JINA BACARR
Placer en París

Editado por HARLEQUIN IBÉRICA, S.A.
Núñez de Balboa, 56
28001 Madrid

© 2007 Jina Bacarr. Todos los derechos reservados.
PLACER EN PARÍS, N° 4 - 21.2.13
Título original: Naughty Paris
Publicada originalmente por Harlequin Enterprises, Ltd.
Este título fue publicado originalmente en español en 2008

Todos los derechos están reservados incluidos los de reproducción,
total o parcial. Esta edición ha sido publicada con permiso de Harlequin Enterprises II BV.
Todos los personajes de este libro son ficticios. Cualquier parecido
con alguna persona, viva o muerta, es pura coincidencia.
® Harlequin y logotipo Harlequin son marcas registradas por Harlequin Books S.A.
® y ™ son marcas registradas por Harlequin Enterprises Limited y
sus filiales, utilizadas con licencia. Las marcas que lleven ® están
registradas en la Oficina Española de Patentes y Marcas y en otros
países.

I.S.B.N.: 978-84-687-2426-3
Depósito legal: M-38253-2012

Me encantó la película *Moulin Rouge* sobre París y *La Belle Epoque*, y me pregunto cómo sería ser delgada y fantástica como Nicole Kidman, y enamorarse de un tío bueno y cantar afinando cuando tienes un orgasmo. Pensaba en ello mientras comía quiche de verduras con queso bajo en calorías y un *capuccino* con leche desnatada. Pensaba en ello mientras les enseñaba propiedades comerciales a hombres viejos y aburridos, con lujuria en la mirada y flaccidez en los pantalones. Pensaba en ello cuando me dejaron plantada en el altar, y me fui a París de luna de miel, *sans* el novio.

Después ya no tuve que pensar más en eso, porque ocurrió. A mí, Autumn Maguire.

Así comenzó todo...

Désire
(Deseo)

No soy una mujer, soy un mundo.
Solo han de caer mis vestiduras
y en mi cuerpo encontrarás
toda una serie de secretos.

Gustave Flaubert
(1821-1880)

Capítulo 1

París hoy. Un estudio de pintor en Marais
La Modelo

—¿Quiere que me quite la camiseta?
—Sí, *mademoiselle*.
—¿Y los pantalones?
Él asiente:
—Sí, *mademoiselle*.
—Espere un minuto parisino —protesto. Al viejo artista le cuelga un Gauloise de la comisura de la boca, como un pene fláccido. Da una bocanada — sin quitar los ojos de mi camiseta mojada, que se me pega como una pegatina—. He entrado aquí para resguardarme de la lluvia, no para una clase de aeróbic nudista.

Mi voz sale ronca, como del fondo de la garganta. ¿He dicho yo eso? Tengo que mantener la calma.

Tenía el mismo nudo en la garganta cuando me tragué el caramelo después de que David, mi exprometido, me dijera que «no la mamo bien» y que no podía seguir adelante con nuestra boda porque lo nuestro no iba bien.

El muy cabrón.

Ni que suspender un posgrado en mamadas fuera una buena razón para obligarme a hacer terapia y poner a mi madre furiosa conmigo por la luna de miel ya pagada y no cancelable en París. Pero aquí estoy, paseando por la orilla derecha bajo la lluvia, como Jean Valjean con zapatillas chorreantes. Plantada y triste.

Me pregunto cómo consentí que David, un tipo que sabe usar la lengua para animar mi botoncito, me convenciera de cargarlo todo a mi tarjeta de crédito. Me he dejado la piel trabajando para ir ascendiendo desde la universidad, posponiendo mi sueño de abrir mi propia galería de arte. Ahora no solo no tengo novio, sino que encima gasté el dinero de mi plan de pensiones en pagar doce vestidos de dama de honor con los correspondientes zapatos de Jimmy- como-se-llame a juego. Eso por no hablar de los más de ciento veinte kilos de costillas de primera. Poco hechas.

Después de cortar por la mitad mi tarjeta de crédito agotada, me bebí la última botella de champán y luego tiré mi vestido blanco, un Vera Wang de imitación, al contenedor más cercano. A la mañana siguiente salí en dirección a la cuna de los chocolates Godiva, para endulzar el mal sabor de boca que tenía. Y no me refiero a pasarme el rato de rodillas chupándosela a un tipo con un condón de frambuesa. Me refiero a algo dramático y sensacional, rezumante de energía acumulada. Quiero sentirme viva, deseada.

¿A quién pretendo engañar? Quiero ser una fabulosa diosa del sexo.

La juventud y el glamour no lo son todo.

Ja, para David sí. Por eso no estoy acurrucada con él entre las tibias sábanas de nuestro hotel en París, sino que estoy recorriendo la ciudad como una rata en una cloaca.

Ya no eres una jovencita, querida, y eres tan... eh... poco delgada. Por eso David se fue con esa afrodita rubia, insípida, flaca como un palillo, que ni siquiera tiene edad legal para beber. Tu secretaria, de hecho. ¿Cómo pudiste ser tan tonta?

¿Tonta? Fui imbécil, una completa idiota por dejar que esa zorra me quitara a David. Me la jugaron.

¡Bum! Como para darme la razón, un relámpago azota los grandes ventanales y me golpea los ojos con violencia. Ilumina la tenue luz del estudio, y diluye el humo del ambiente.

Parpadeo. Vuelvo a parpadear. Esto parecen los efectos especiales de una película mala de terror. Ya no puede empeorar más. Las nubes de tormenta ocultan el sol de la tarde. Fuera cae una tromba de agua, golpea los cristales, reluce con un brillo húmedo. El trueno estalla altísimo. El viejo edificio se estremece. Tengo escalofríos. ¿De veras quiero volver a la calle en medio de esta tormenta? Por eso no protesto cuando el viejo artista me arrastra hacia la plataforma al fondo del estudio.

—Dese prisa, *mademoiselle*, nos quedamos sin luz.

Una oleada de tabaco quemado me ataca la nariz. ¿Quién es este tipo? Desde luego no es un adonis que pueda incitar a las mujeres a quitarse la ropa con una sonrisa. Es bajito, tirando a calvo, tiene tripa y fuma demasiado.

—Las manos quietas, *monsieur*, que sé karate —Es un farol, pero funciona con los ejecutivos empollones con los que tengo que lidiar todos los días, que creen que ponerse en forma es algo que haces tú solo con una mano.

Por cierto, ¿han notado cómo al artista le ha impresionado cómo he dicho ka-ra-te con acento en la última sílaba? Puede que no la chupe muy bien, pero sé algo de los galos. Saqué sobresaliente en francés en la universidad, Puedo soltar suficientes insultos para impresionar al taxista más chungo, sé llamarle desde *salaud*, cabrón, hasta *quel casse-cuilles*, tocapelotas.

—Se ha equivocado, *monsieur* —digo, ahora que tengo su atención—, no estaría tan ensopada como una lasaña pasada si tuviera un paraguas, pero no tengo. En el Condado de Orange no lo tenemos nadie. Estropearía nuestra reputación. Por no hablar de los índices de audiencia.

Pone una cara extraña. ¡Qué tonta! ¿Cómo va a entender mi retórica pop con la que intento explicarle por qué no quiere verme desnuda, por qué me embadurno con cremas bronceadoras de imitación en lugar de lucir un biquini amarillo limón en una playa de Carolina del Sur? No le digo que la celulitis y yo somos uña y carne. Por no hablar del estómago, que tengo la sensación de que voy a empezar a soltar gases por las patatas fritas grasientas que me comí en el mercadillo.

—¿Entonces no es modelo, *mademoiselle*? —el viejo artista gesticula con las manos como si estuviese palpando melones en el supermercado.

Niego con la cabeza con efusividad:

—No.

—Lástima —tose, apaga el cigarrillo en un plato vacío. Hace una evaluación mental de mi desnudo desde la cima de mi gorra de los Red Angels pasando por mi camiseta blanca de algodón de DKNY y mis pantalones de deporte malvas con una raya blanca a los lados, hasta los zapatos cómodos de andar—. Aun así, me gustaría dibujarte.

Inclino la cabeza a un lado, pensativa. ¿Qué me lo impide? Posar en braguitas y sujetador es como estar en biquini en la piscina, ¿no? así que, ¿por qué no me lanzo?

Asiento.

—Vale, será un curioso souvenir que llevarse a casa.

Sonríe. Entonces me suelta la bomba.

—*Bon*. Bien. Debe posar desnuda.

—¿Está seguro de que Madonna empezó así? —pregunto, mientras me aferro a mis braguitas y tiro de la goma hasta que se escapa y me golpea la piel. Ay. Ya me he quitado la ropa mojada y la he dejado colgada en el panel negro que hay en una esquina, junto con la riñonera con el dinero y el pasaporte.

—¿*Mademoiselle*?

—Sí, hombre, la cantante. ¿*Like a Virgin*? —agito las caderas como la superestrella. Por alguna razón, no surte el mismo efecto. El viejo artista se encoge de hombros.

—Me da igual que sea virgen.

No lo soy, pero sonrío de todas formas.

—Quiero dibujarla, *mademoiselle*, no quiero hacerle el amor.

Ya está. Mi ego no puede estar más bajo. Como un condón usado.

Bueno, allá voy.

Me bajo las bragas por debajo de los muslos y dejo que se deslicen hasta el suelo. Vale. Lo he hecho. Estoy desnuda. No hay vuelta atrás, aunque no me haya depilado más allá de la línea del biquini.

Viva yo desnuda.

Miro al viejo artista, que frota su caballete con un paño húmedo. Le pregunto con la mirada qué hago ahora.

Tose. Se limpia el sudor de la frente. Señala mis pies. Miro para abajo. Tengo los tobillos envueltos en nylon rosa. Cambio el peso de un pie al otro. La plataforma de madera cruje. Él me incita a darme prisa. Vale, vale. Empujo mis braguitas fuera de la plataforma con los dedos de los pies. No llevo nada más que mi propio sudor. Me río.

El viejo artista asiente, toma un carboncillo y espera a que me coloque. Me llevo la mano al pubis. Qué estupidez. Tengo que relajarme. Tranquila. Soy valiente. Un escalofrío me recorre la nuca y hace que mis pezones se endurezcan y apunten para afuera. Sé cómo se sienten los chicos cuando se les pone dura en medio de una reunión de trabajo. Pueden ocultarlo tras el boletín semanal de estadísticas de mercados. ¿Y yo? Estoy más desnuda que una hamburguesa baja en calorías sin acompañamiento.

Sé que están ahí sentadas, muy cómodas en chándal, moviendo la cabeza, pellizcándose los muslos y preguntándose cómo una mujer de treinta y pico años se ha atrevido a pensar en quitarse la ropa delante de cualquiera que no sea su ginecólogo. Pues no es fácil. No estoy precisamente delgada, por lo que resulta todavía más lamentable.

Estoy desesperada por un poco de acción, algo emocionante, y si el precio son unas bragas de La Perla, que caigan. Nunca pasa nada emocionante en el mundo de las ventas inmobiliarias, aunque fantaseo con encontrarme con Donald Trump entre bancarrota y bancarrota y recién divorciado de la última esposa.

Por desgracia, el tiempo no pasa en balde. Tengo treinta y cuatro años y algo más que un poco de tripita desde que David se largó con mi corazón y mi fuerza de voluntad en el bolsillo trasero. La idea de posar desnuda tiene para mí una carga sexual implícita, un irresistible halo de prohibición, sin que comporte un riesgo ni para mí ni para mi reputación profesional. Un recoveco único de mi personalidad que nunca me he atrevido a explorar.

Hasta ahora. En este momento. Mi mundo es tan frustrantemente aburrido, tan conservador en todos los sentidos, que, aunque me choca la petición del artista, también me intriga muchísimo. Es parte de mi naturaleza.

Además, quiero demostrarle a mi exprometido que aún doy morbo.

Rechino los dientes. Solo de pensar en David me dan escalofríos. Tenía que haberlo dejado cuando me enteré de que me había utilizado para conseguir información sobre aquella venta importante de Wyoming. Pero resultaba tan convincente su discursito de «lo hago por nosotros», que dejé a un lado mis miedos y no protesté cuando me bajó las bragas y se dispuso a enviarme al cielo con su boca sexy.

Hasta mi madre me lo había advertido. Me dijo que David iba detrás de un buen cuerpo con una buena cuenta corriente. Pero no le hice caso. Tenía que habérselo hecho; ella acaba de divorciarse de su tercer marido.

Hoy no estoy de humor para consejos, así que he apagado el móvil. Mi madre me bombardea a mensajes que se parecen a los titulares que aparecen debajo de la pantalla en la CNN. No me interpreten mal. Quiero a mi madre, aunque coleccione licencias de matrimonio como otras mujeres guardan los cupones oferta del supermercado.

Para vuestra información, la he dejado muy ocupada reduciendo la deuda nacional francesa ella solita en la calle de moda Saint Honoré, y yo me he venido al barrio Marais. Buscaba un póster o un cuadro para llevarme a casa a engrosar mi colección de obras vulgares de artistas por descubrir, o, más exactamente, barato, cuando estalló la tormenta de verano. Primero llegó una lluvia refrescante, que resbalaba por los tejados y las estrechas avenidas. Caían gotas como puños y se estrellaban contra las calles de piedra como globos de agua. Me calé. Me refugié en un estudio de pintor con un cartel medio borrado sobre el arco de la entrada: *Casa de Morand*.

«Casa de cera» sería más apropiado.

Este sitio parece sacado de una película de terror. Hay pelusas en los rincones, periódicos de color amarillo mostaza apilados en las sillas, y una estantería llena de libros de arte ocupa una de las paredes. Unos fogones con cazuelas rojas, sucias, conviven con una mesita de té china, con pinceles apilados en bandejas que contienen un líquido que huele a aguarrás.

El viejo artista carraspea.

—¿Está lista, *mademoiselle*?

Asiento.

La humedad resbala por la cara interna de mis muslos. Una humedad que me hace estremecerme cuando lo veo fumar y canturrear para sus adentros, esperándome. Ya no me puedo echar atrás. Respiro hondo. Aquí está, mi destino en un cuadro. Tengo calor, y sudo.

Hago una pose.

¡Quién hubiera dicho que estarse quieta veinte minutos iba a ser tan difícil! Sobre todo si me esfuerzo por no concentrar mi energía en mi pubis palpitante. Vale, mi coño. Sí, me da vergüenza admitirlo pero me he excitado posando desnuda. No, el viejo artista no ha intentado nada, es muy profesional.

Soy yo.

Estoy tan frustrada sexualmente, que ni siquiera la rigidez del cuello y el dolor de espalda pueden evitar que fantasee con mover mi cuerpo a un ritmo sutil, con un amante que me lama el clítoris y luego los labios de mi sexo, que entierre su lengua en mí, y vuelva luego de nuevo al clítoris. De arriba abajo, hasta que vibre ahí abajo con una energía ondulante que nunca se detenga... nunca se detenga...

Mmmm... sigue soñando.

Tomo un descanso detrás de la pantalla para relajar mis músculos doloridos y limpiarme el sudor entre las piernas. Porque es sudor, ¿no? Sonrío, luego olfateo. A lo mejor no. Dejo escapar un suspiro y un pequeño gas (no he podido evitarlo) y alcanzo una bata descolorida de un gancho. Tirando a gris y salpicada de pintura seca, parece que lleva ahí colgada desde que liberaron París. Pero está seca, y mi ropa aún está mojada. Drip, drip. Paso de puntillas entre los charcos del suelo de madera. ¿O es que hay una gotera en el techo?

Miro hacia arriba. A diferencia del resto del estudio, aquí el techo es un tragaluz cuadrado. Allá arriba, por encima de mi cabeza, la lluvia golpea los paneles cuadrados de cristal enmarcados por pequeños riachuelos de agua que impiden que entre la poca luz grisácea que dejan pasar las gotas. Me recorre un escalofrío. Este lugar es siniestro. Me pregunto qué esconde el viejo artista tras la cortina de terciopelo negro que cubre la pared. ¿Será Dorian Gray con sus pantalones de montar?

Antes de que alcance la cortina para descubrirlo, un objeto capta mi atención. Tiene unos treinta centímetros, de bronce, de aspecto mugriento: Es una estatua con una corona de plumas, lleva un mayal en la mano y su erección se yergue por delante de él.

¿He dicho erección? ¿Como pene? ¿Polla? Oh, sí, eso he dicho. Esto es mucho mejor que cualquier souvenir de hotel. Llena de curiosidad, me acerco y rodeo con mi mano el falo de la escultura, y continúo sujetándolo. No sé por qué, pero no puedo soltarlo. Sonrío. Hace tiempo que no tengo un pene tan duro en la mano.

Me asomo a través de la pantalla y le pregunto al viejo artista por la estatua.

—Eso que tiene en la mano es la *gaule*, la erección, del dios egipcio —dice, mientras da golpecitos a su paquete de tabaco. Está vacío.

—Debería salir en un anuncio de Viagra —comento, para ocultar mi desconcierto. La estatua tiene su encanto, si te gustan los egipcios con el pelo de pincho.

—Min es el dios de la fertilidad, *mademoiselle*. Su símbolo es el trueno.

Retumba un trueno. ¡Qué oportuno!

El viejo artista no pierde el hilo, como si hubiese contado esta historia cientos de veces:

—Tiene el poder de otorgar juventud y sensualidad —hace una pausa, y continúa en voz más baja—, si alguien está dispuesto a pagar el precio.

—¿Precio, *monsieur*?

—Debe vender su alma, *mademoiselle*.

Levanto una ceja:

—¿Vender mi alma?

—Sí. Será joven y hermosa...

—¡Anda ya! —está de guasa, ¿no?

—Pero no puede enamorarse.

Eso no puede pasar. No después de lo de David. Pregunto:

—¿Y que pasa si me enamoro?

—Que vuelve a ser como era antes.

En otras palabras, de mediana edad y con sobrepeso. Pensativa, recorro con los dedos la, eh... polla de la estatua. Según el viejo artista, está a la venta. Es tentador. ¿No volver a aumentar de talla? ¿Un vientre plano? ¿Pechos turgentes? Es una idea fascinante, vibrante magia negra sexual. Pero ¿merece la pena arriesgarse a un control de seguridad en el aeropuerto? Niego con la cabeza. Todavía tengo malos recuerdos de las miradas de desdén y los cacheos de cuando mi exsecretaria (sí, la pareja actual de David) me coló un pintalabios vibrador en el equipaje de mano cuando volé a San Francisco hace un mes. No quiero volver a pasar por eso.

Con una sonrisa le digo al viejo artista que lo pensaré. Se encoge de hombros, y desaparece en busca de otro paquete de cigarrillos. Miro a mi alrededor a ver qué otros tesoros encuentro. No hay nada. Jarrones rotos, libros viejos, una lámpara Tiffany y un cuenco rojo manchado de carboncillo, que emite un olor extraño. No es desagradable, solo extraño. Me acerco a oler. Canela, vino… ¿y jengibre, puede ser?

En cuestión de segundos, se me nubla la mente, como si los duendecillos del vino hubiesen invadido mi cabeza y usasen mi cerebro como cubeta para pisar la uva. ¿Es la botella de Pinot Noir con la que he ayudado a pasar las patatas fritas, o es esta cosa apestosa del tarro? La bilis del estómago se encuentra con el aceite de freír y añade alcohol afrutado a la mezcla, desbaratando mi equilibrio. Sea lo que sea, se me aflojan las rodillas, como si me moviese a cámara lenta. Intento enfocar, pero todo está borroso. ¿Y si me desmayo? ¿O entro en coma? Sin un príncipe para despertarme con un beso francés. De eso nada. Caigo de rodillas, pero me niego a sucumbir a los trolls que bailan en mi cabeza. Me agarro a la cortina de terciopelo negro cuando…

¡Swwooosh!

Levanto los brazos al tiempo que la montaña de terciopelo se me echa encima, asfixiándome. Entre jadeos intento quitarme la suave oscuridad de los ojos, liberarme de la capa de murciélago gigante que me cubre de los pies a la cabeza. Jadeos fuertes, precipitados, con una nota de pánico, invaden mis oídos y hacen que se me ericen los pelos de la nuca. Contengo el aliento y escucho. ¿Quién es?

Dejo escapar el aire. Mierda, soy yo. Jadeo como una estrella porno que finge un orgasmo en el ciberespacio.

Vale, ya puedo tranquilizarme. No estoy aquí atrapada con una espeluznante aparición que me habla con oscuros gemidos, puedo quitarme esta cortina de terciopelo de encima. Pero cada vez que tiro en una dirección, la tela se mueve en otra, dándome ganas de vomitar. Tengo que librarme de las náuseas. Respiro hondo. Otra vez. Otra más. Nunca más mojaré patatas fritas en vino tinto. ¿En qué estaba pensando? De pronto...

... por encima de mi respiración agitada aparece otro sonido. Carcajadas. ¿Carcajadas? ¿Ha vuelto el viejo artista? Tengo la extraña sensación de que se está atragantando con su cigarrillo sin filtro, disfrutando de la escena. Yo le daré motivos para reírse cuando salga de este infierno de terciopelo y...

... eh, espera. No es él. La risa es profunda y sexy, y está tan cerca de mi oído que un escalofrío recorre mis vértebras, que chocan entre sí como piezas de Lego que no encajan. Aquí pasa algo raro. Gotas de sudor entre mis pechos se deslizan tórax abajo, y caen por mis muslos mientras tiro y tiro de esta cortina de terciopelo. No puedo soltarme. Se acelera mi respiración. Tengo húmeda la nuca. Por fin consigo arrancarme la gruesa tela de la cara y...

... lo veo. Me mira. Sus ojos azul oscuro me intrigan. Un cuadro a tamaño natural de un hombre de alrededor de un metro ochenta.

Me echo a reír, relajando la tensión de mi rostro. Así que eso es lo que escondía la cortina. Un semental. Con los brazos cruzados y las piernas entreabiertas, lleva pantalones más que apretados que marcan su impresionante miembro, y se está...

¿Riendo?

Se me pone carne de gallina. Cuanto más pienso en lo que he oído, más convencida estoy de que lo he imaginado. Oír esa risa sexy de hombre ha avivado el deseo carnal tan dormido en mi psique femenina que ya no sé qué es verdad y qué existe solo en mi cabeza. Bueno, míralo ¿quieres? Es un cuadro, maldita sea. Tócalo. No, ahí no. Ahí, en la mano. Está fría. ¿Ves? No es humano, así que quítate ese rollo siniestro de la cabeza y lárgate de aquí. Ah, se me había olvidado. No puedo. Estoy desnuda.

Bueno, chica. No puede verte.

Sonrío. Sí.

Así que ¿por qué no divertirse un poco y flirtear con él?

Con los ojos puestos en el hombre del cuadro, recorro mis pechos con los dedos, los tomo con ambas manos. Juguetona, me froto los pezones, duros, marrones y puntiagudos, me lamo los labios. Cuando empiezo a sentirme más cómoda con mi juego de provocación, muevo los dedos hacia abajo hasta el vientre, luego entre las piernas. Balanceo mi cuerpo con gracia, con elegancia. Esto es arte.

¿Arte? Venga, toda una vida leyendo el *Cosmopolitan* me dice alto y claro que esto es sexo, ni más ni menos. Mis fluidos corren y la plenitud de mi sexo se hincha cuando oigo al viejo artista trastear ahí en la sala.

Ya está de vuelta.

Le oigo prender una cerilla. Está encendiendo otro cigarrillo Gauloise.

Una ondulante columna de humo serpentea por encima de la pantalla que nos separa. El humo no afecta al hombre del cuadro. Yo toso.

Sin apartar la vista del cuadro, me dirijo al otro lado de la pantalla, y comento con un tono que espero que solo trasluzca curiosidad:

—He encontrado un cuadro que me gusta.

—¿*Mademoiselle*?

—El tipo guapo con pantalones apretados que está detrás de la cortina de terciopelo negro —me muerdo el labio inferior.

—Ah, ha encontrado a Paul Borquet.

—¿Quién es?

—Era considerado un genio en su época. El cuadro es un autorretrato que pintó en su estudio de Montmartre.

—No había oído hablar de él.

—Desapareció de forma misteriosa en 1889 y el mundo del arte se olvidó de él. Lo descubrí hace años.

—¿Por qué lo tapó?

Me inclino hacia ese artista perdido. Estamos tan cerca que se tocan nuestros muslos. Me estremezco. Tiene un carisma electrificante que trasciende al mundo en tres dimensiones. ¿O simplemente es que estoy cachonda?

—Las modelos pasaban demasiado tiempo mirándolo—. El viejo artista se echa a reír—. Y excitándose.

Incluso con la luz tenue entiendo por qué. El hombre es oscuro, de aspecto amenazador, con un aura de lujuria que hace que mi piel se estremezca con fantasías de cafés recónditos, alcohol fuerte y noches de pasión empapadas en sudor. Un héroe erótico.

Mi mirada se posa en el bulto prominente de su entrepierna, que confirma mis sospechas. Es guapo, de rasgos muy pronunciados, aunque ligeramente asimétricos, que le dan un aire arrogante. Está de pie con las piernas abiertas, el pelo oscuro, tirando a largo, flota alrededor del cuello abierto de la camisa, en contraste con la musculatura de su pecho, visible a través de la camisa arrugada.

Mirarlo desata un ardor suave abajo, en el área inexplorada debajo de la marca de mi moreno artificial. Me hace estremecerme. Me recuerdo a mí misma que solo es un cuadro. Luego me asalta una idea mezquina. ¿Cómo sería hacerle el amor? ¿Por qué no? Después de que David me dejara plantada, una chica tiene que alimentar sus fantasías, aunque sea con un tío bueno de dos dimensiones con pantalones ceñidos.

Deslizo la cortina de terciopelo negro que me cubre los hombros con un gesto provocativo, dejando que caiga espalda abajo y me acaricie el trasero. Me pregunto cómo sería recorrer su pecho con los dedos, tocar su carne, y a continuación agarrar el fular violáceo enrollado alrededor de su cuello con gracia y acercar su rostro al mío. Tan cerca que pueda inhalar su perfume almizclado, y entonces apoyar la mejilla contra la profunda negrura de la capa que lleva echada sobre un hombro.

Noto mis tabúes elevarse y escapar de mí como si alguien me hubiese aspirado el aliento con un beso largo y profundo. No puedo sacar de mi mente el deseo de que me bese con pasión.

Me estremezco. Tengo la nuca empapada en sudor. ¿Qué estoy haciendo? ¿Hacerle el amor a un artista que murió hace más de cien años? Estoy perdiendo la cabeza. Debería salir fuera a que el chaparrón me despeje la mente.

¡Flash! Un relámpago baila sobre la pantalla de ébano y hace que reluzca. Le doy la espalda al cuadro. No lo voy a mirar más. No lo voy a mirar. Un trueno retumba en mis oídos, como si Paul Borquet me retara a mirarlo.

—¿Era impresionista? —pregunto.

—Paul Borquet era uno de los mejores, *mademoiselle* —contesta el viejo artista—. Monet, Renoir, Toulouse-Lautrec, todos admiraban el trabajo del joven pintor. Y su valor.

Vuelvo la cabeza y echo un vistazo a Paul Borquet. Sé que no debería, pero no puedo evitarlo.

—¿Valor? —pregunto. Vale, así que era un auténtico macho alfa. Interesante. Muy interesante, justo lo que no necesito. Otro tipo que toma esteroides como si fueran M&Ms morados.

—Murió en un fuego, *mademoiselle*, intentando salvar a la mujer que amaba.

No está mal, pero ya he tenido suficiente supermacho. Entonces, ¿por qué no puedo dejar de mirar a Paul Borquet? Les diré por qué. No se trata de magia negra. Entiendo de arte. Su obra tiene energía. Es vibrante. Comprende de veras el color. Su uso de la pintura se convierte en el vehículo para la percepción de la luz. Parece suspendido, brillante y vivaz dentro del marco del cuadro. La obra tiene una cualidad de instantánea, una sensación de inmediatez y espontaneidad, como si él estuviese aquí ahora mismo, delante de mi. Vivo.

—Paul Borquet —murmuro. Me llevo el pulgar a los labios y lo chupo, mientras me pregunto si sería tan bueno en la cama como lo era con el pincel. Un fuerte apetito sexual despierta en mi interior y me hace tocarme. Muy adentro. Me lamo los labios y me lo imagino desnudo. Deslizo las palmas calientes de mis manos por mis muslos, imagino el líquido pegajoso, como rocío goteando de su pene, brillante. Saboreo este momento. Su uso de pinceladas bruscas y trazos afilados sugiere una agresividad en su personalidad que me excita. Me da escalofríos, me pone caliente. Muy caliente.

Mantengo la mirada en el cuadro mientras agito las caderas y sueño cómo sería tener el pincel de este impresionista desaparecido deslizándose por mi vientre, entre mis muslos, haciéndome cosquillas con sus cerdas suaves. Él recorre mi pecho con los dedos, entreteniéndose aquí y allá, se toma su tiempo. Después me lame con la lengua, al tiempo que mete y saca el dedo de mi sexo. Dentro y fuera. Dentro y fuera.

Me balanceo, me agito, gimo, apenas si puedo controlar mis impulsos. El olor fuerte a pintura al óleo se mezcla con el otro más dulce de mi propio deseo, mientras me muevo al ritmo de la música en mi cabeza. Juro que Paul Borquet me hace un guiño.

Doy un paso atrás. Luego otro. Parece seguirme con la mirada. Un apetito incontrolable me crece por dentro, demanda ser satisfecho.

Me inclino hacia delante, me toco los pechos, pellizco los pezones, balanceando los hombros adelante y atrás. A continuación me froto el pubis despacio, desafiando al hombre del cuadro a besarme. Hago como si cabalgara al artista desconocido, aprieto las piernas despacio en torno a su cuello, sus cabellos negros cosquillean el interior de mis muslos y acerco mi sexo a su boca, balanceo mi cuerpo de delante atrás sobre sus labios. Un cosquilleo vibra entre mis piernas. Un calor sudoroso me recorre deliciosamente el pubis, y una sensación sutil pero ardiente fluye a través de mi cuerpo cuando acaricia el sensible botón de mi clítoris con la lengua.

Aprieto los músculos del pubis. Mi sexo está apretado y caliente, aunque no me he corrido. Quiero que me folle. Quiero abrazarme a su polla como si estuviera muy dentro de mí. Quiero tenerla ahí para siempre. Tengo la boca seca. Me chupo los labios decorados con un brillo rosa, y suelto un gemido suave.

¿Puedo saltarme los límites? ¿Puedo tener un orgasmo en mi fantasía? Sonrío. Nadie me ve detrás de la pantalla. Nadie salvo Paul Borquet con sus anchos hombros, sus bíceps turgentes, su cintura baja y sus muslos firmes. Y, oh sí, su traserito estrujable.

El corazón me late con fuerza. Me abandono, agarro la estatua del dios egipcio Min y la sujeto contra mis tetas desnudas; su erección firme reposa en mi canalillo mientras me corro de forma salvaje, una dulzura tibia recorre mi coño y melódicas oleadas de placer me recorren. Una cortina de ronroneos, gemidos y suspiros bañan el aire, algunos suaves, otros más altos, dolorosamente extáticos.

Todos esos sonidos no hacen sino intensificar mi orgasmo, el más largo en mucho tiempo. No cierro los ojos, no dejo de mirar a Paul Borquet, deseo sentir sus brazos rodeándome, sus labios besándome, su cuerpo apretado contra el mío.

—Si fuese joven y hermosa, no te daría cuartel —susurro en francés, cambiando mi peso de un lado al otro. La plataforma de madera cruje bajo mis pies desnudos y mojados. Un relámpago ilumina la claraboya y me golpea los ojos como una bombilla de mil vatios—. Te haría enamorarte locamente de mí.

Grito cuando una corriente eléctrica sacude la escultura de bronce que tengo entre las tetas, y envía una corriente caliente a través de mí, vibrante a través de mi cerebro, y me eriza el pelo de los brazos.

Oigo la voz del viejo artista, muy lejos, que dice que va a buscar ayuda, pero no puedo contestar, no puedo centrar mi atención. Todos los músculos de mi cuerpo se ponen rígidos, y siento que me elevo y navego por el espacio, como si algo me dirigiese hacia el cielo. Me recorre un escalofrío inexplicable, como si estuviese en medio de un torbellino, con electricidad brillando sobre mi piel, entrando y saliendo de mi cuerpo más rápido de lo que tardo en parpadear.

¿Qué me está pasando?

Este no es mi mundo. La electricidad baila una coreografía de luz y oscuridad sobre mí, dibuja el recorrido de mi sudor. Estoy sin aliento, y algo más que un poco confundida. Mi viaje a París se convierte en el *Rocky Horror Picture Show* con subtítulos en francés. ¡Esto no puede estar pasando!

Un trueno retumba con fuerza en mis oídos. A continuación se apagan las luces.

Oscuridad. El aire húmedo de pronto se llena de un fuerte perfume almizclado. A macho.

Acercándose... más cerca... sí... oigo esa risa sexy otra vez, y alguien exhala aire caliente sobre mi oído. Me estremezco. Aprieto la estatua con los dedos hasta que me arden y se yerguen mis pezones. Empiezo a excitarme de nuevo, y dejo escapar un gemido cuando alguien me aprieta un pecho y lo chupa. A continuación gime.

¿Quién? ¿Dónde está? No puedo abrir los ojos, tragar ni hablar, ni mover las piernas ni las manos, tocarlo, nada.

No puedo hacer nada más que un desesperante ruido al respirar, mientras yazgo...

¿Dónde?

¿Dónde estoy?

Capítulo 2

París 1889
El Artista

«No puedo pintar, no puedo moverme. En consecuencia, no puedo creer lo que he visto. Juro que hace un momento una luz extraña ha cortado la noche y he visto a una pelirroja desnuda jugando conmigo, coqueteando conmigo, moviendo los hombros de un modo provocativo.

Sigo mirando la oscuridad fina como una gasa que vela un rincón de la estancia y un escalofrío recorre un lado de mi rostro para bajar luego por la columna y encontrarse de frente con el ardor lento que palpita en mi bajo vientre. Preparado para explotar. No. Me estoy volviendo loco. Deliro. Lo que ha ocurrido me ha dejado atontado, como si el rayo hubiera atravesado mi cuerpo».

Exhaló el aire despacio, parpadeando, intentando aliviar el extraño dolor de cabeza que se apoderaba de él, causado por beber demasiada absenta, o eso quería creer él. Consiguió así recuperar el control...

un poco. Se golpeó la pierna con la punta del bastón, siguiendo un ritmo extraño en su alma que solo él podía sentir. Apretó el bastón con más fuerza, en un intento por aferrarse al momento. ¿Cómo era posible algo semejante? Ni lámparas ni velas iluminaban el rincón en el que había visto a la pelirroja; la luz de la luna no entraba por la ventana abierta. No había oído entrar a nadie por la gruesa puerta de madera. El único sonido que captaban sus oídos era un susurro suave.

—Yo te haría enamorarte locamente de mí —musitó ella.

Una risita sensual escapó de sus labios pintados; ninguna inocencia fingida templaba los gemidos que salían de su garganta. Se dejó caer al suelo, como sin vida, como se esparce el sol de la mañana sobre los haces de heno en los campos de trigo, dejando atrás solo sombras profundas. Frío. Soledad.

Lanzó un gemido.

Esa noche, trabajando en su estudio, había tenido la sensación de que lo observaban. Lo deseaban. Lo desnudaban. Sonrió. Era la pelirroja. Un cosquilleo familiar lo hizo retorcerse con energía frenética, como si miles de labios rojos de carmín, labios húmedos, los labios de ella, besaran y succionaran su largo pene. Arriba y abajo, trazando círculos con la lengua.

Un espasmo de anticipación hizo que su pene duro se apretara contra el pantalón estrecho. Estaba excitado, estimulado por la pelirroja. Sentía el pene grande e hinchado con una necesidad que no podía ocultar.

Pero antes tenía que averiguar si ella era real.

Paul Borquet se acercó al rincón oscuro con

miedo en el corazón. Miedo de descubrir que ella era solo una ilusión. ¿Qué otra cosa podía ser? El susurro que había oído procedía de muy lejos, y se apagaba lentamente, como el largo suspiro de una joven en su primer orgasmo.

Respiró hondo.

La chica hermosa yacía en el suelo, inmóvil. Era de carne y hueso.

Y estaba desnuda. El tono pálido de su piel le encantaba; su rostro le embrujaba, sus pechos se echaban hacia delante y tenía una mano entre los muslos, como desafiándolo a asomarse y saborear su pubis. Sus caderas delgadas y sus piernas largas encandilaban el ojo del artista con una armonía sensual tan perfecta que no podía hacer otra cosa que mirarla.

No podía concentrarse en nada que no fuera la pelirroja. Ni en la modelo que lo esperaba en el pequeño estudio de arriba, ni en el cuadro inacabado, ni en su necesidad de más absenta. Había bajado allí a calmar su sed del licor verde cuando una lluvia cegadora de luz lo había atraído a aquella habitación y entonces la había visto.

Y nada más importaba.

Respiró hondo y la sombra del perfume erótico de ella descendió sobre él y lo encerró en un momento sensual tan real que le tembló la mano con la que buscó el pulso de la joven en el cuello. Abrió mucho los ojos azul oscuro. Sí, en las venas de la chica latía la sangre, pero su piel estaba caliente, como si una llama fiera bailara sobre su cuerpo sin quemarlo. No pudo evitar tocarle la cara, los labios. Los pechos. El deseo de retorcer los pezones calentó su bajo vientre. Anhelaba lamerlos con la lengua y mordisquearlos luego. Gimió, deseando poder enterrar la cara en aquella carne blanca cremosa y oler el aroma de su sexo de mujer. Dulce y pungente. Erótico.

Tenía que pintarla. Era preciso.

Cerró los ojos en una tortura de éxtasis. Tocar a la hermosa pelirroja lo sacaba de su profunda tristeza. Antes había estado melancólico, sentado silencioso y recogido en su estudio, con la cabeza hundida en el pecho y el pelo colgándole por el rostro mientras bebía absenta. Se sentaba así noche tras noche, maldiciendo el mundo del arte por no reconocer su genio.

Por la tarde se había levantado de su estupor de borracho y había ido al Louvre a estudiar las obras de Delacroix, Poussin y los maestros holandeses del siglo XVIII. Eso suponía para él una liberación ideal cuando las jaquecas y los sueños atormentaban su cerebro con tal dolor que no podía sostener el pincel con firmeza.

Después había ido a su pequeño estudio en el distrito de Marais, en casa de la *comtesse*, su amante de otro tiempo, y preparado sus pinturas, pero no había ocurrido nada. Nada. Sus impulsos creativos estaban dormidos. Ya no podía buscar en las partes más remotas de su mente y explorar el vasto universo de su imaginación, esa mística de sensaciones que sabía que podía lograr y que le permitía poner sus sentimientos en el arte. Sin embargo, no se rendiría. No podía.

Respiró con fuerza, con un anhelo repentino por captar el olor a pintura y el sonido de pinceladas cortas y rápidas susurrándole al oído. Conjuró en su mente un cuadro deslumbrante de la pelirroja, viendo ya con claridad los colores. Rojo. Azul. Amarillo. Colores fuertes, apasionados. Colores que vivían, que capturaban el momento.

El corazón le latía con fuerza y un velo delgado descendió sobre su razón, el velo de la locura que acompañaba a menudo a su arte. Siempre luchando por vender los cuadros suficientes para comprar más pintura, mientras luchaba también por expresar un sentimiento, un pensamiento, una necesidad humana en su obra.

¿La esperanza no podía expresarse con una estrella en los cielos? ¿El hambre de un alma que busca amor con el resplandor de una puesta de sol? ¿La belleza de todas las mujeres por los ojos luminosos de una mujer?

Estaba seguro de que la pelirroja era esa mujer.

¿Cómo había llegado hasta él? Estaba allí en la habitación, aquella seductora criatura de la noche. Y en ese caso, debía de ser experta en magia negra y una seguidora de lo oculto. Se regodeó en la idea de que fuera una compañera apropiada para acompañarlo en su viaje de exploración mística y sexual por el submundo parisino de hedonismo y excesos, donde bailaban mujeres desnudas para complacer a hombres decadentes.

Él lo llamaba su *cirque érotique*, donde *mademoiselles* jóvenes y hermosas iban de habitación en habitación en suntuosas mansiones privadas en bicicletas sin pantaletas, desnudas de cintura para abajo, ofreciendo a los caballeros una visión exquisita de sus nalgas descubiertas; o donde las mujeres se ofrecían como esclavas del amor y tomaban voluntariamente sustancias intoxicantes fuertes para aumentar el placer de ambos al cumplir la voluntad del amo; o donde participaban en tríos salaces, para asegurarse de que el caballero siempre tuviera el doble de diversión.

Él abrazaba aquel mundo, un mundo donde había magia en cada beso y todos los besos eran mágicos; un mundo que encontraba extrañamente evocador.

El mundo de las artes negras.

La chica gimió. Se movía.

—¡Ohhhh! —cruzó un brazo sobre el pecho y su mano apretó juntos los pechos exuberantes. Él dio un respingo. La visión de esa carne blanca deleitaba sus ojos, pero su mente le decía que la cubriera o se resfriaría. Conocía el guardarropa de la dueña de la casa de un modo íntimo, por lo que no tardó mucho en encontrar una capa de terciopelo rojo con capucha. La echó sobre el cuerpo desnudo de la chica y después la tomó en sus brazos, regodeándose en la ligereza de su cuerpo esbelto cuando...

... la otra mano de la joven se abrió y el objeto que sostenía cayó sobre la alfombra.

Él sintió una opresión en la garganta. No. No podía ser. Pero lo era. Su pequeña estatua del dios egipcio Min. ¿Se había colado la chica en la casa para robarla? ¿Qué otros tesoros buscaba? ¿Joyas? ¿Luises de oro? ¿Sedas? ¿Era una ladrona de la noche y no una diosa como había creído?

Debería echarla a la calle y no tener nada más que ver con ella. Sabía que esas mujeres eran criaturas sensuales que combinaban su oficio con besos y promesas de sexo prohibido. Mujeres desnudas en el ardor de la pasión, que besaban, chupaban, ataban al hombre con ligaduras de seda, vendas en los ojos y anillos en el pene para mantener su erección hasta que satisfacía a la chica y ella gritaba de placer.

¿Era una de ellas? Miró su rostro adorable, la plenitud y belleza de sus pechos, la curva elegante de su caja torácica, tan blanca y pura contra el terciopelo rojo de la capa. Se volvería loco si no podía pintarla, así que se la quedaría. Pero tendría mucho cuidado con sus sentimientos. Mucho.

La depositó sobre una *meridienne* de color rosa, le puso un cojín de seda rojo debajo de la cabeza y le acarició la mejilla, la nariz recta, los labios llenos, los pechos. Bajó luego la mano por delante hasta el vientre plano y el interior de los muslos y rozó con ella los rizos rojizos que cubrían su monte de Venus. Su sueño estaba en sus brazos, una *mademoiselle* encantadora, pero todavía lo confundía una cosa. ¿Por qué había robado su estatua de Min? ¿Por qué? ¿Conocía su poder?

Él sí.

Se había interesado por lo oculto cuando la dueña de la capa de terciopelo rojo, una *comtesse* hermosa y rica, le regaló la estatuilla en pago, no solo por sus retratos, sino también por su actuación en el dormitorio. La *comtesse* sostenía que la estatua había sido descubierta en la pirámide de un faraón poderoso conocido por su potencia sexual.

La estatua tenía poderes mágicos y sensuales que ella estaba encantada de mostrarle en su cama. Él sostenía su rostro entre las manos y bajaba la boca para besarla con pasión hasta que ella le abrazaba fuerte la cintura con las piernas, con los tobillos cruzados en la espalda. Él la penetraba y se movía en su interior con acometidas lentas y rítmicas primero y luego cada vez más rápidas hasta que ella llegaba al orgasmo tantas veces que perdía el conocimiento.

Acostarse con la condesa no era el único juego que se permitía. De vez en cuando, tenían lugar orgías sexuales en las grandes casas del distrito de Marais y él participaba de buena gana, ataviado solo con una capa roja larga sobre su cuerpo musculoso. Ocultaba su identidad tras una máscara de zorro, aunque muchas mujeres jóvenes sostenían que lo reconocían por lo que él no podía esconder: el falo. Largo, duro y de una forma perfecta.

Su truco favorito consistía en hacer desaparecer su bastón e invitar a las jóvenes a agacharse bajo las alas de su capa para buscarlo entre sus piernas. Ellas pasaban los dedos, los labios, hasta los pechos, por el cuerpo de él, hasta que su pene las encontraba y llenaba sus *connasses*, coños, con su magia.

—*Hélas, tu es bien monté* —susurraban las mujeres, diciéndole que estaba bien dotado. Y él las montaba, con el rostro oculto, sus penetrantes ojos azules oscuros observándolas por los agujeros de la máscara, a todas las mujeres que ansiaban que les diera placer.

Esa noche no. La pasión por su arte le produjo una acción refleja en los dedos, haciéndole abrir y cerrar el puño. Despacio. En su interior surgió un flash estimulante de calor interior, como si hubiera tendido la mano más allá del arco de lo que era real en ese momento y lo que podía ser real más adelante.

Esa noche tenía que pintar.

A ella. A la pelirroja.

Pero antes… tenía que librarse de la rubia.

—¿Yo no le gusto a *monsieur*? —preguntó una voz femenina con un mohín.

—He cambiado de idea, Lillie —él se abotonó la chaqueta azul manchada de pintura que llevaba y tensó la bufanda de terciopelo color ciruela que le rodeaba el cuello. Era su marca distintiva, su estilo, y lo cuidaba mucho. Se obligó a mirar a la modelo, un chica guapa de la *maison tolerée*, el burdel, de *madame* Chapet. Lillie de Pontier era la más guapa de las chicas de esa casa de la *rue des Moulins*. La había elegido entre tres chicas que simulaban encuentros sexuales entre ellas, moviéndose por una cama amplia de columnas, donde se tocaban, acariciaban, besaban y chupaban los pechos unas a otras.

Pareció complacida cuando la eligió; se acercó a él, le sopló al oído y frotó su trasero firme adelante y atrás por la polla de él. Pero ya no necesitaba sus servicios. Estaba nervioso. Impaciente. La pelirroja se despertaría pronto. Tenía que sacar a Lillie por la parte de atrás para que las dos chicas no se vieran. Estaba frenético; no le quedaba mucho tiempo.

—Yo le enseñaré gratis lo que todo París pagaría por ver —Lillie se quitó el liguero negro y las medias de color rosa bajaron por sus muslos cremosos.

—Ponte las medias, Lillie.

La chica no hizo caso y se inclinó hacia él, que vio gotas de sudor entre los pechos desnudos de ella. Por un momento, no pudo apartar la vista. Ella solo llevaba un corsé de raso azul, atado con firmeza a su cintura minúscula y con los pechos elevados al descubierto. Sus amplios senos se movían en todas direcciones formando curvas deliciosas y complaciéndolo. Copas llenas de carne blanca que seducían sus ojos con la promesa de placeres futuros. Una cinta rosa atada en un lazo alrededor del cuello completaba el efecto.

Extendió el brazo para desatar el lazo hasta que...

Se detuvo con la mano en el aire. A sus oídos llegó un sonido procedente de abajo. ¿Un gemido? ¿La pelirroja?

—Su espectáculo privado está a punto de empezar, *monsieur* —dijo Lillie con voz ronca.

Sus dedos largos y blancos sujetaron el final de las medias rosas y tiró de ellas para después abrir las piernas y mostrar el triángulo amarillo dorado de vello púbico entre sus muslos perfectos. Su coñito. Bien cuidado y llamándolo. Eso él no se lo esperaba. Ella movió la cabeza hacia él y le preguntó con los ojos lo que pensaba.

—Me tientas, Lillie, pero...

¿Oía a alguien moverse abajo? ¿Abriendo y cerrando cajones?

—Soy la mejor en la casa de *madame* Chapet —Lillie se mordisqueó una uña y tocó el interior de su muslo, subiendo el dedo arriba y abajo con suavidad, acercándose cada vez más a su pubis—. Puedo montar el alazán tanto tiempo como desee el caballero.

Azotó el aire con una fusta imaginaria y él se sintió tentado por un momento. Muy tentado. Necesitaba liberar la pasión acumulada en su interior. Se imaginaba sentado en una silla con Lillie en su regazo, su bastón deslizándose arriba y abajo por las pantorrillas y los muslos de ella. Después daría unas palmadas suaves en sus nalgas firmes y le daría la vuelta para poseerla mientras la besaba en los labios y con las manos le agarraba los pechos, la cintura, los muslos... todo su cuerpo.

Ignoró el deseo que expresaban los ojos de ella y negó con la cabeza. No, esa noche no podía, aunque ella era hermosa. Su piel pálida como los ángeles brillaba con polvos blancos de arroz de China y unas sombras azules decoraban sus párpados y las sienes, reforzando el tamaño y la luminosidad de sus ojos. En las mejillas, los lóbulos de las orejas y la barbilla se había aplicado el color rosa del amanecer con una pata de conejo y un toque de oro artificial aclaraba su cabello. Vulgar pero eficaz.

La joven poseía toda la destreza de una mujer formada en el arte de la ilusión. Y por eso nunca podría ser la modelo perfecta, por eso no podría pintarla con el vigor de la realidad, porque todo en ella era una ilusión.

Pero no, era otra persona la que lo había embaucado; alguien más provocador, más excitante sexualmente.

—Esta noche no te necesito, Lillie —dijo. Pero tenía que haber adivinado que una mujer como ella no se rendiría fácilmente.

—Míreme, *monsieur* —susurró; retorció los pelos del pubis e insertó los dedos dentro del coño—. Mire cómo doy cuerda a mi cajita de música para tocar una melodía que le dé placer.

A él no le sorprendió que empezara a gemir de un modo bastante convincente. No tenía dudas de que había tenido mucha práctica, pero no tenía tiempo para el amor. Era una emoción estúpida a la que rehusaba entregarse; agotaba su energía, su pasión por pintar. Su amante era el arte. Jamás podría amar a una mujer tanto como a su arte.

Nunca.

Pasó los dedos por el mango de ébano de su bastón, tallado en forma de una pareja que hacía el amor. Su pene estaba duro. Tenía que librarse de Lillie. ¿Pero cómo? ¿Y por qué estaba tan atormentado, tan afectado por su pasión por pintar a la pelirroja?

Sabía por qué. Ella era la seductora elegida por los dioses para ser la modelo perfecta para la obra de arte maestra en la que estamparía su arte con un impulso de sus verdaderos sentimientos, con la emoción íntima de su alma. Jamás había creído posible que existiera una mujer así en este mundo.

Una urgencia distinta se instaló en su falo. Primitiva. Lujuriosa. No podía esperar.

—Vístete, Lillie —ordenó—. Esta noche no puedo pintar más.

—Pero *monsieur*. No hemos jugado al juego...

—Hoy no tengo tiempo para juegos. Tengo otro compromiso.

—¿A las cinco de la mañana?

—Haz lo que te digo o *madame* Chapet se enterará de tu insolencia.

—¿Esa bruja vieja? Solo le importa el dinero y yo le hago ganar mucho —Lillie se puso las enaguas y los zapatos, aunque no los abrochó.

Se oyó una puerta que se cerraba abajo.

La joven se echó a reír.

—Creo que su otro compromiso no ha podido esperar, *monsieur*.

Le entró el pánico.

—¡No! ¡No puede irse! ¡No puede!

Paul tomó su bastón y su voluminosa capa negra y se envolvió en ella como una criatura de la oscuridad que se dispusiera a alejarse volando en la nube de un sueño. Corrió escaleras abajo, abrió la puerta, salió y se mezcló con la nube de pedigüeños que recorrían los bulevares de Marais.

Paró a una de ellos y preguntó si había visto a una chica con una capa de terciopelo rojo salir corriendo de la casa. La mujer tendió la mano y cuando él le puso un billete doblado en la palma, señaló la *rue Sain-Merri*. Lo invadió la alegría. Ella no había sido una ilusión suya. Existía. ¿Pero dónde?

Se envolvió más en la capa y corrió hacia la noche con la sensación clara de que no tenía más remedio que encontrarla.

Por mucho que le costara.

Capítulo 3

¡Santo Cielo! ¿Qué había pasado?

Zzz zap. Zzz-zing. Bang.

La energía vibraba a través de mí como el rayo de una tormenta y me producía el orgasmo más salvaje que había tenido en mi vida. Empezaba en el centro de mi vagina, muy adentro. Chisporroteaba como una bola de fuego, vibrante, e iba aumentando de tamaño hasta llenar mi coño. Mi clítoris estalló en llamas y unos fuegos artificiales deslumbrantes explotaron ante mis ojos. Plateados, rojos, azules.

Calientes, calientes, calientes.

Viví un viaje exquisito; mi cuerpo entero se sacudía con cada descarga, mis piernas se agitaban en el aire mientras volaba a través del espacio, con una ducha eléctrica cayendo a mi alrededor, lluvia que chamuscaba mi piel y me hacía gritar. Gemí tanto que parecía que lloraba. Largos estremecimientos rítmicos recorrían mi cuerpo arriba y abajo, anunciado la cima de mi pasión, de mi clímax. Luego empezaron una serie de espasmos en mi vagina, espasmos tan fuertes...

Un momento. ¿Cómo podía pasar todo eso sin un pene que me llenara? Sin que los músculos de mi vagina intentaran introducirlo más y más hondo.

Imposible. Estaba todo en mi cabeza.

¿O no?

Paul Borquet.

Juro que lo vi por el rabillo del ojo, inclinado sobre mí. Su aroma varonil encendió de nuevo mis ganas de sexo y su arrogancia para tomar lo que quería revolucionó mis emociones. Sentía sus manos apretando mis pechos y frotando luego los pezones con los pulgares, antes de bajar la palma por mi cintura y clavar los dedos en el vello púbico. ¡Oh, era delicioso!

Él. Gimiendo, con el cuerpo tenso, caliente, resbaladizo por el sudor.

Yo temblando, anhelando que tocara el montículo suave entre mis piernas, que apartara los labios e insertara un dedo...

Y luego se había ido.

¿Adónde?

¿Y dónde narices estoy yo?

¿No es ya hora de responder esa pregunta?

Camino balanceando los brazos, con los muslos desnudos frotándose entre sí sin bragas y los pies ardiendo; subo por la *rue Saint-Merri* y lo voy mirando todo a la vez. Veo unas luces eléctricas que brillan en el nido de calles pequeñas agrupadas, la mayoría farolas de gas de las mansiones que arrojan un tono amarillento sobre los adoquines y sombras tétricas por todas partes. Una niebla exquisita lo cubre todo como un velo delicado. Veo a un hombre de pie en la esquina, ocupado con un gran caldero de cobre. Se quita el sombrero negro de fieltro y se sube el cuello del abrigo antes de seguir moviendo las castañas calientes que se asan en su caldero. La fragancia a castañas flota por la plaza y me tienta a pararme, a hacer las preguntas que rondan por mis labios. No lo hago. Quiero ver más.

No me llevo una decepción. Veo carros tirados por caballos, carruajes, hasta una bicicleta solitaria a esas horas tempranas; el tráfico no sigue un orden concreto. El sonido de los cascos de los caballos llena mis oídos. Tendría que haberme dado cuenta, ¿verdad? Pero no es así. No puedo. Todo resulta demasiado raro.

Sigo andando, me envuelvo mejor en la capa de terciopelo rojo para combatir el primer frío de la mañana. Me encanta esa capa. Forrada con un raso rojo tan suave como una piel desnuda, me acaricia y resulta pecaminosamente elegante. ¿De dónde ha salido?

Cuando recuperé el sentido después del mejor orgasmo que he tenido en años, la capa me cubría de la cabeza a los pies, pero mi ropa, la riñonera con mi dinero y el pasaporte, todo había desaparecido. Una chica necesita algo más que terciopelo rojo para encontrar el camino de regreso a casa.

O al hotel. Es allí adonde me dirijo. Tengo intención de ir a la policía y descubrir qué ha hecho ese artista viejo con mis cosas.

Sigo confusa y exhausta por haber tenido un orgasmo como si yo fuera la atracción estelar en un *ménage á trois*, pero lo que pasaba cuando me desperté fue que la oscuridad invadía el estudio excepto por una luz eléctrica con una pantalla opaca. ¿Una luz eléctrica? Me lo pregunté al ver que la habían tapado con un pañuelo fino rosa que bañaba la estancia en un resplandor suave. Eso debería haberme advertido, pero no llegué a pensarlo bien. Me fascinaba más el guardarropa de trajes que encontré. Enaguas, medias, ligueros, zapatos de botones. Nada de ropa interior. Pero en mi presente estado de desnudez, no podía permitirme ser selectiva.

Me puse una enagua blanca suave con capas y capas de volantes fruncidos y muchos lazos rosas y encima me coloqué un salto de cama de seda de color albaricoque tan fino que resultaba transparente. Solté una risita cuando vi mis pechos levantados y sin moverse y los pezones duros asomando a través de la seda como si volviera a tener diecinueve años.

¿No es esa la función de la lencería cara? ¿Hacerte sentir sensual y delgada?

¿O era algo más? ¿Algo de magia negra?

Después de atarme un cordón plateado a la cintura, que parecía más pequeña, me puse unos botines de cuero gris perla con siete centímetros de tacón y me cubrí con la maravillosa capa de terciopelo rojo. No había espejos, por lo que no podía verme, pero todo me cabía bien, como si hubiera perdido algunos kilos. Muy raro. Quería creer que la estatua me había hecho algo con su magia, pero no podía. Todavía no.

Me tiran los músculos de las pantorrillas y camino con rigidez por el bulevar hacia lo que espero sea la *rue Saint-Honoré*. En el cielo, la luna en retirada me ignora, como también las nubes oscuras que intentan apagar su brillo. No hay nubes de tormenta ni truenos; ni tampoco rayos. No hay charcos de lluvia. Pero hace frío, demasiado para un amanecer de principios de verano que se insinúa ya con tonos rosados sobre los edificios elegantes de ladrillos rosados y las mansiones de piedra blanca. Una brisa fresca juega con el terciopelo pesado y lo mueve alrededor de mis tobillos, como si supiera que no llevo bragas y quisiera asomarse. No le hago caso. Tengo que conseguir respuestas, y deprisa.

¿Por qué el estudio de Marais parecía tan diferente cuando me he despertado? ¿Dónde estaba el viejo artista? ¿Cuánto tiempo he estado inconsciente?

¿Y qué hay de Paul Borquet?

No puede haber sido real. He debido de imaginarlo.

Respiro hondo el aire que se arremolina a mi alrededor como si fuera humo. Estoy sudando a pesar del frío. Oigo mis jadeos, el rumor de mi capa rozando el suelo de adoquines. No quiero aceptar la idea loca que se abre paso por mi cerebro confuso por el orgasmo. Me digo que nada de lo que he visto es real. No puede ser. La realidad es que estoy tumbada en un hospital de París con tubos saliendo de mi nariz, de mi boca, de todas partes, con mi madre arropándome y coqueteando con un atractivo doctor francés que le asegura que me despertaré pronto.

—Solo ha sido un golpe en la cabeza al resbalar en el suelo durante una tormenta eléctrica —le dirá.

Mi madre reaccionará.

—¿Ha dicho que estaba desnuda? ¿Y agarrada a la erección de una estatua egipcia? ¿Mi hija?

Sí, madre. Tu hija, que tiene el sueño erótico más sexy de su vida y no tiene intención de despertarse todavía. Así que sigamos adelante. Quiero ver qué ocurre ahora.

Miro los adoquines. Un suspiro sale de mis labios. Veo obras, casas de piedra caliza lechosa, calles que se ensanchan, como si le estuvieran lavando la cara a París.

No puedo poner palabras a mi fascinación, pero la siento hasta el núcleo de mi sexualidad femenina. Como si estuviera en París y mi cuerpo, mi espíritu, mi vida sexual, despertara y me llenara con tanta energía, con tanta furia, que siento mi cuerpo ganar en exuberancia, en curvas. Soy letal. Una pistola sexual.

Esa sensación sensual se apodera de mí y no me suelta. La respiro. La succiono. El poder es un viaje emocionante. El poder sexual es un viaje emocionante en superdirecta. Atención, que llego yo.

Cruzo la calle, seducida por el aroma floral intoxicante de la naturaleza en estado de excitación... pregunten a cualquier abeja. El rocío brilla en la lona que cubre un puesto de flores. Debajo veo a una anciana con un chal negro y una falda oscura pesada que coloca con amor rosas, lirios y violetas. La mujer se aparta el chal de la cara y me sonríe. Estoy tan absorta mirándola que no veo al hombre que se me acerca por detrás.

—Perdón, *mademoiselle* —dice el joven dandi al chocar conmigo.

Lleva un sombrero negro y ropa de noche; pasa de largo como sorprendido, no sé si por mí o por lo que lo rodea. Arrugo la nariz. El fuerte olor a alcohol permanece en el aire. Asumo que la forma de una botella de vino lo seduce más que las curvas de una mujer. El joven se aleja por el bulevar murmurando para sí, cuando de pronto, una criatura harapienta con una cesta de mimbre atada a la espalda se pega a él por detrás.

Vuelvo la cabeza y olfateo. El aire se ha impregnado de un olor agrio, como de alguien que hace semanas que no se lava. Observo admirada cómo la criatura, que lleva una linterna en una mano y un gancho en la otra, saca varios artículos de los bolsillos de la chaqueta del joven con el gancho y los echa en la cesta.

—¡Cuidado, *monsieur*! —grito, para advertirle, pero él está demasiado mareado para darse cuenta de lo que pasa y prosigue su camino sin mirar atrás.

—Ocúpese de sus asuntos, *mademoiselle*.

¿Es una mujer? La voz es ronca y zafia, pero claramente femenina.

—No lo haré —replico, insultada—. Usted es una ladrona, *madame*, o algo peor.

Sigo diciéndome que nada de todo eso es real, así que me acerco más, fascinada por esa criatura.

—Es muy valiente, ¿no, *mademoiselle*?

Se aparta del joven, sorprendida por mi atrevimiento y con el cuerpo inclinado por el peso de la cesta. Calculo que tendrá unos cuarenta años, pero su postura inclinada hace que parezca mucho mayor.

Vestida con harapos grises y algún trozo ocasional de seda a cuadros asomando a través de sus enaguas rotas de muselina, parece una mujer vencida por la pobreza pero habilidosa de todos modos. Lo que me sorprende son los botines finos de cuero negro que lleva en los pies. Ella sorprende mi mirada.

—¿Le gustan?

—¿Dónde los ha robado? —le pregunto con una mueca.

—Ayer estos botines eran de una mujer elegante de la *rue Saint-Honoré* —se levanta las faldas con el gancho para mostrarlos mejor—. Pero ahora adornan los pies encallecidos de la vieja Mathilde, putita.

¿Me ha llamado putita?

—Puede que usted sea una ladrona, pero yo no soy una prostituta —respondo.

—¿En serio? ¿Y qué otra cosa puede ser con ese pelo rojo, mademoiselle?

Me encojo cuando extiende la mano para tocarme el pelo, pero no me aparto. Algo en esa mujer me intriga, como si fuera un personaje clave en este melodrama.

—Nunca he visto un pelo de ese color excepto en las prostitutas y las amantes de caballeros que visten plumas lujosas y sedas suaves y huelen a claveles pasados y polvos Rachel Rose.

Hago una mueca.

—No me pregunte a qué huele usted.

Antes de que pueda detenerla, la mujer se lanza sobre mí y me abre la capa larga, casi rompiéndola. Mis pechos desnudos asoman a través del material sedoso del salto de cama, con los pezones marrones y puntiagudos.

La ladrona abre mucho los ojos.

—Por todos los ángeles del cielo, nunca he visto a nadie correr por las calles de París en ropa interior.

Me envuelvo bien con la capa.

—Me han robado la ropa —no tengo intención de dar más explicaciones.

La vieja Mathilde me mira.

—Lo sé, *mademoiselle*. La he estado observando.

—¿A mí? ¿Por qué?

Me olfatea.

—La he seguido por las calles desde la *rue Saint-Merri*, pasado el bulevar de Sébastopol hasta la *rue Berger* —ríe con suavidad—. Lleva encima el olor del sexo.

Levanto los ojos al cielo y me humedezco los labios.

—No sabe hasta qué punto.

Ella hace una mueca.

—¿Ese artista es tan bueno con la polla como dicen?

En la neblina del amanecer, puedo ver que le gusta jugar con mis sentimientos.

—¿Artista? ¿Quién?

—Paul Borquet.

La agarro por los hombros, aunque su olor me abruma. Huele a vinagre con ratas flotando en él.

—¿Qué sabe de Paul Borquet? —se me acelera el pulso—. ¡Dígamelo!

—Debe de tener un coño caliente, *mademoiselle*. Mojado, jugoso y apretado. Maduro para que un hombre le meta la polla dura y descargue en él su pesada carga —se lame los labios con la lengua apuntando hacia mí. El efecto es más cómico que sexual, pero su comentario me enerva.

—Ya estoy harta de sus trucos —grito—. Dígame lo que sabe de Paul Borquet.

—La busca, *mademoiselle* —sisea ella—. Y cuando la encuentre, cuidado. Tiene un apetito sexual que saca su poder de lo oculto —se santigua—. Es un maestro de las artes oscuras.

Siento escalofríos y me envuelvo mejor en la capa. ¿Magia negra? El artista viejo tenía razón sobre el poder de la estatua egipcia. Oh, mierda, eso significa...

¿... esto no es una fantasía?

—Puede convertir a cualquier mujer en su esclava —dice la vieja urraca.

—¿Cualquier mujer?

¿También una mujer de otra época?

—Sí, *mademoiselle*. También una mujer tan joven y hermosa como usted.

¿Joven y hermosa?

Antes de que tenga tiempo de considerar si he vendido mi alma por ser joven y sexy, pierdo el equilibrio cuando la criatura echa atrás mi brazo, me agarra los pechos y los aprieta con fuerza.

Algo se quiebra dentro de mí. Recupero el equilibrio y le lanzo un puñetazo. Ella se tambalea hacia atrás, pero se recupera rápidamente. Con un gruñido de disgusto, me empuja al suelo. Caigo pesadamente y me golpeo con tal fuerza que me castañetean los dientes. Antes de que pueda reaccionar, se aleja calle abajo mas deprisa de lo que yo habría creído posible. Lleva botines de su número. Yo no tengo tanta suerte. La mujer a la que pertenecen los zapatos que llevo yo debe de tener solo cuatro dedos en los pies.

Le grito que se detenga, pero me mira y se echa a reír.

—No se saldrá con la suya —echo a andar tras ella y la veo avanzar por el bulevar sin prestar atención a si la sigo o no. Conoce las calles mejor que yo, pero no puedo perderla. Es mi único vínculo con Paul Borquet.

Aprieto el paso todo lo que puedo, sin hacer caso de la luz roja que se me enciende en el cerebro para que esté atenta al exceso de ejercicio. La rabia, como el buen sexo, tiene el poder de hacerte resistente. Ni siquiera jadeo. Veo a la ladrona a veinte pies delante de mí. Yo no soy ninguna corredora de maratones pero, cuando estoy desesperada, puedo moverme con rapidez.

La veo girar en una calle tan estrecha que solo pueden entrar peatones y cochecitos de bebés. Corro tras ella. ¿Dónde se ha metido? ¿En una de las casas? No, todo está cerrado. ¿Dónde, pues? La escena en la calle parece sacada de una vieja película en blanco y negro. Hileras de casas feas de varios pisos, escalones rotos, adoquines desiguales.

Me estremezco con la brisa neblinosa que me hace cosquillas en el cuello desnudo. El sudor baja por mi mejilla y se instala en el labio inferior. La sal se mezcla con lo que queda de mi brillo rosa de labios. Lamo el sudor y arrugo la nariz. La carterista ha desaparecido, pero su olor sucio permanece en el aire. Corro por la calle, mirando a todas partes. No soy lo bastante paranoica para pensar que me están llevando a una trampa.

Entro en un portal y después en otro, intentando

buscarle la pista. Apuesto a que me observa desde su escondite y se ríe de mí esperando que me rinda.

No lo haré.

Como la calle gira y se dobla, con tallas góticas de piedra a cada lado y como el callejón es la única ruta de huida visible a mis ojos, cedo a mi impulso femenino y entro sin cautela en el callejón desierto y silencioso. Camino por él, mirando en la oscuridad. Cualquier excusa con tal de no volver al hotel y afrontar a mi madre y a la policía francesa y ver terminar la aventura. No quiero perder las buenas vibraciones que me ha dejado mi polvo de fantasía.

Me divierto demasiado.

Echo a un lado la cabeza y busco alguna señal de la vieja urraca. Aflojo el paso, dolorosamente consciente de que la he perdido. Justo cuando empezaba todo. Estoy llena de energía y podría correr todo el día. No vuelvo atrás, ni siquiera cuando el viento frío atraviesa mi capa roja y me corta como la hoja de acero de una navaja. Me castañetean los dientes y la humedad acecha bajo mi ropa produciéndome piel de gallina. El callejón me lleva a la entrada trasera de un edificio grande y destartalado.

Un impulso guía mis pasos al interior del vasto vestíbulo. Estiro el cuello y levanto la vista. Una panorámica asombrosa. Es como un gran hangar de aviones que se prolonga hacia arriba. Ese edificio gigantesco de forma de paraguas con techos de hierro forjado y cristal parece viejo, muy viejo, y da la impresión de prolongarse durante kilómetros. Cuento hasta diez pabellones con vigas de hierro y techos de claraboyas, así como celdas grandes para almacén. Luego oigo voces. Me vuelvo y veo comerciantes que descargan sus cajones de mercancías y las amontonan hasta tres o cuatro metros de altura en todos los espacios posibles.

Al mismo tiempo, me pasan carros de mano y vendedores que entregan sus productos o los venden fuera del mercado a los compradores madrugadores. ¿Qué hora es… las cinco o las seis? Me pasan afiladores de cuchillos y un burro que tira de un carro cargado de sillas viejas. Vendedores de carne, de café, sopa y leche, de ostras o de fruta se disputan los mejores lugares de venta.

Olfateo el aire. En mi nariz se mezclan aromas a menta, tomillo y tomates. Es abrumador. Un lujo para la vista, el oído y el olfato. De los restos de verduras barridos en montones en el suelo entran y salen ratas. Prostitutas se ofrecen desde corredores en sombra. Acordeonistas tocan melodías melancólicas. Hay montañas de coles verdes, de calabazas naranjas, de cajas llenas de tomates maduros.

¿Dónde narices estoy?

El restallar de un látigo me llama la atención. Me vuelvo, alerta. Veo a un hombre que pesa al menos ciento veinte kilos con pelo moreno rizado y barba negra arreando a la que asumo debe de ser su pobre esposa. La lastimosa mujer va uncida al carro por un arnés y tira jadeante de una pesada carga de verduras.

—¡Date prisa, perra! —le grita el hombre; se vuelve y me hace una mueca—. ¡Fuera de mi camino, estúpida! —me empuja con una maldición.

—Tenga cuidado a quién llama estúpida, patapouf.

—¡Puta! —me grita.

Crack, llega el sonido del látigo golpeando un poste de madera cerca de mí. Sobresaltada, con el corazón galopante, no me puedo mover. El impacto es tan fuerte que saltan astillas y me arañan la mejilla. Me cae sangre por la cara y dentro de la boca, pero no la saboreo. Me vuelvo y veo que el hombre oso se acerca a mí blandiendo el látigo.

—¡Alto, ladrona! —grita—. O le arranco la carne de los huesos con mi látigo.

—No soy una ladrona —contesto.

¡Cómo se atreve! Solo porque lo he llamado tubo de grasa, él me llama ladrona. La sangre se me hiela en las venas al ver que levanta el brazo y hace restallar el látigo en el aire como una cola de dragón. Trago saliva con fuerza. Esta vez no fallará.

Me dejo caer al suelo y me tapo la cabeza con los brazos, balanceándome adelante y atrás sin hacer caso de los trozos de madera y serrín que se clavan en mi capa. Estoy temblando. Me sujeto la cabeza con ambas manos y lucho por entender qué es lo que me ocurre. Es más difícil acertarle a un blanco en movimiento, por lo que ruedo hasta un rincón oscuro alejándome del hombre del látigo y me pongo en pie.

Corro por el mercado, chocando con carros y tirando cajas de frutas y verduras. Sigo corriendo. Quiero salir de allí. ¿Cómo escapar? La entrada al mercado está bloqueada por hileras de cajas amontonadas hasta más arriba de mi cabeza. Miro en la otra dirección. También bloqueada. Corro más deprisa, con una urgencia que mi cerebro no comprende.

Con el viento agitando los mechones de pelo que escapan de mi capucha, sigo corriendo hasta que…

—No tan deprisa, ladronzuela.

—¡Deje de llamarme ladrona!

Me vuelvo y una mano me agarra por la capa roja con tanta fuerza que no puedo respirar. Oigo el susurro de su capa larga caer al suelo antes de que la pesada tela de lana me roce las pantorrillas, pinchándome. El otro brazo del hombre rodea mi cintura y me levanta en vilo como si fuera tan ligera como una muñeca.

Me lleva al vestíbulo en sombras cerca de un restaurante con el pintoresco nombre de *Au Chien qui Fume*, el Perro Fumador. Olfateo el aire. El aliento del hombre huele a alcohol. Y a regaliz. Me retuerzo y aprieto mi cadera contra sus partes, pero no consigo verle la cara.

—¡Suélteme! —grito irritada.

—Jamás. Ahora que la he encontrado, *mademoiselle*, no volverá a escaparse —mi captor ríe con un tono de barítono cargado de una sensualidad que envía cosquilleos a mi cerebro y hace que me palpite el pubis.

Yo conozco esa voz.

El corazón me late con tal fuerza, que no puedo respirar. La fuerza de sus manos hace cosas maravillosas a mi libido que no quiero admitir. No puedo. Esta fantasía ha ido demasiado lejos. Me ha empujado una carterista, me han llamado ladrona, perseguido y agarrado. Y ahora me excita una voz que solo he imaginado oír.

El miedo me tensa la garganta cuando él me da la vuelta y consigo mirarlo. Lanzo un respingo. No puedo creer lo que veo.

Es él.

Paul Borquet.

No me extraña que esté excitada.

—Quiero verla bien, pequeño demonio —mete las manos dentro de mi capa, aparta el salto de cama y me agarra un pecho. Yo me debato, pero él me sujeta con una firmeza que me hace ver que es fútil resistirse—. Sí, perfecto —desliza la mano bajo mi enagua y sube y baja los dedos por el muslo. Su espiración es pesada, gutural, como la de un animal valorando a su presa—. Delgado, firme. Me servirá.

¿Serviré? ¿Para qué?

—Si vuelve a tocarme, *monsieur*, le agarraré las pelotas y... —hago un gesto de retorcer con la mano y él parece captar la idea.

—Maldita sea, *mademoiselle*. Debería agradecerme que la haya salvado de monsieur Renard.

—¿Quién?

—La bestia de Les Halles.

—La bestia es usted, monsieur, por tratarme así —muevo la cabeza primero a un lado y después a otro—. No estoy a la venta. Exijo que me suelte.

Le doy una patada en la espinilla y él grita una obscenidad.

—Yo le daré una lección, ma belle.

Me coloca sobre su rodilla, mueve la mano bajo la capa hasta que encuentra mis nalgas desnudas y empieza a acariciar la piel. Lanzo un gemido entrecortado. Grito cuando golpea las nalgas. Una vez, dos. Pica, pero es un picor delicioso, que despierta las terminaciones nerviosas alrededor del periné. Masajea con dos dedos la zona sensible entre el coño y el ano. Le oigo contener el aliento mientras sus dedos empujan, exploran y aprietan mi carne temblorosa.

Placer en París

Cierro los ojos y disfruto de la sensación de cosquilleo cálido que producen sus dedos al recorrer la zona, con gentileza pero con un propósito, sabiendo exactamente cómo excitarme. Siento que me ruborizo. Aquello me gusta tanto que quiero más. Pero preferiría morir a admitirlo así.

—Si la encuentra monsieur Renard, su hermoso trasero acabará en la rueda —dice él.

—¿Rueda? —pregunto yo, negándome a creer la sensación de placer que recorre mi pubis—. ¿De qué habla?

Paul Borquet golpea otra vez mis nalgas desnudas y lanzo un gemido.

—Si hace lo que le diga, *mademoiselle*, la salvaré de ese destino.

—¿Oh? ¿Y qué es eso?

—*Mademoiselle*, quiero que...

Cierra la mano sobre mi pubis y desliza el dedo entre los labios. Su pulgar encuentra mi clítoris y lo frota, no con fuerza, solo lo suficiente para despertar sensaciones cálidas en mi interior. Suspiro de placer.

Luego me susurra al oído el acto de lujuria más travieso, sensual y suculento que he oído jamás.

Ñami, ñami.

Capítulo 4

Paul, resbaladizo tanto por su sudor como por la humedad cálida de la joven, olfateó sus dedos y se regodeó en el aroma de la juventud de ella. Tales delicias lo llenaban de energía y pasión renovada, de vigor y resistencia para dedicarse a su arte.

«Tengo que estar a solas con ella. Saborear su coño, húmedo de sus jugos de miel».

Antes tenía que seducir a la pelirroja para que lo acompañara a su estudio en Montmartre. No le hablaría a nadie de ella, tampoco a los otros artistas con los que pintaba a menudo en *L'Atelier Gromain*. Nadie sabía cómo podían reaccionar si se dejaban seducir por aquella belleza opulenta.

Recorrió el cuerpo de la chica con los ojos, desde el pelo rojo sedoso hasta la punta de los zapatos. No podía compararse con una mera mortal. Alta y majestuosa, sostenía la cabeza con orgullo, como una diosa tallada en mármol blanco de Carrara. Era la perfección en un mundo de carne imperfecta y volvía locos a los hombres.

Solo estaba a salvo en sus manos, por lo que volvió a introducirle los dedos y le masajeó el clítoris con una caricia experta.

La chica se retorció en sus brazos, y el olor de su aroma femenino le aseguró que era real y no una alucinación provocada por la absenta. Los pechos, redondos y firmes, respondían a sus dedos; los pezones estaban erectos y oscuros. Le sorprendía que no llevara corsé, pero a pesar de ello, era esbelta con una cintura natural tan pequeña que casi podía abarcarla con sus manos.

Quería desesperadamente seducirla, tocarla en todas partes, besarla por todas partes. No había imaginado que la encontraría precisamente en Les Halles, el mercado central de París. Había merodeado por allí en su busca y casi había renunciado a la esperanza de encontrarla cuando la capa roja atrajo su atención y corrió tras ella.

Ahora no podía dejarla marchar. Sospechaba que ella no había saboreado lo que podía enseñarle. Imaginaba sus pezones duros y puntiagudos atravesados por anillos de plata. Su pubis enmarcado por un matorral delicado de rizos color fresa y resplandeciente por la humedad de sus jugos, esperando que la lengua de él saboreara su esencia. Ella gemía y suspiraba con tanta alegría como si descubriera el sexo en su forma más pura en las caricias de los dedos de él. Inexplicablemente, cada movimiento de la parte baja del torso de ella en su mano incrementaba su ansiedad.

¿Y si no quería posar para él?

—¿*Mademoiselle* acepta mi proposición para salvarla de la humillación de la rueda? —levantó la vista hacia el techo altísimo y la rueda horizontal atada al tejado plano de la torre de piedra del verdugo. ¿Cuántas veces habías visto a ladrones y comerciantes poco escrupulosos atados al borde de aquel instrumento de tortura medieval con solo las manos y la cabeza asomando y al verdugo tensando más la rueda cada cuarto de hora?

La chica siguió su mirada y se estremeció.

—Lo dice en serio, ¿verdad?

—En Les Halles se corre la voz muy deprisa, *mademoiselle*. Venga conmigo.

—¿Y si no me presto a sus lascivos juegos, *monsieur*?

—Les Halles está plagado de gendarmes impacientes por blandir sus porras. Capturar a un ladrón es un gran deporte para ellos.

Ella sonrió. ¿O fue una mueca lo que cubrió sus hermosos labios rosados?

—Pero lo tengo a usted para protegerme, *monsieur*. Soy una chica con suerte.

—No sonreirá tan fácilmente si estiran su hermoso cuerpo desnudo en la rueda, con las piernas abiertas para mostrar el delicado interior de sus labios rosas, los pechos apuntando hacia fuera, los pezones succionados a capricho del verdugo y su lengua fea lamiéndola donde desee.

Sentía mal sabor de boca. La rueda era un castigo demasiado cruel para una chica cuyo único crimen era la necedad. Pensó en los años que había sufrido él dolor y miedo sin saber nunca cuánto durarían los golpes de su padrastro.

Sus pensamientos volvieron a Giverny, la casa de

su infancia con sus cortinas de encaje y rodeada por los campos donde él salía a pintar. Veía los campos de margaritas, azaleas y peonías que imploraban que las pintara y recordaba las horas que pasaba pintando, sabedor de que, cuando volviera a la casa, su padrastro intentaría arrancarle aquella «tontería de la pintura» a golpes. A veces no podía pintar. Los años de palizas de su padrastro borraban su sueño de pintor y provocaban emociones dolorosas que atormentaban su alma de artista y prolongaban el efecto de las palizas mucho después de que el dolor físico hubiera cesado.

La chica no sabía nada de su dolor. Inocente de las durezas de la vida, parpadeó y se tocó la mejilla.

—Es usted un pervertido, *monsieur*, aunque atractivo...

Él clavó los dedos en la carne suave de las nalgas de ella, que apretó hasta que la joven gritó.

—Le prometo que yo no le haré daño; solo le daré placer.

La pelirroja se echó a reír, pero a diferencia de las chicas que conocía de los burdeles de París, no bajó las pestañas ni giró la mejilla con artificio para permitir que el sol de la mañana que entraba por el techo de cristal realzara su estructura ósea. Aquella chica era la excepción y eso le intrigaba aún más.

—¡Si supiera cuánto placer me da!

—*Mademoiselle*, su atrevimiento me sorprende.

Ella soltó una carcajada, echando atrás la cabeza. Su voz era baja y ronca. El pene de él se endureció de deseo.

—Pero si intenta follarme, se irá a casa cojeando. Sé karate.

¿Karate? ¿Qué narices era aquello? ¿Una maldición del diablo?

—¿Cómo ha dicho, *mademoiselle*?

Paul parpadeó y la frustración frenó la exploración de la joven. Sacó los dedos de su interior, pero eso no le impidió a ella apretar su cadera contra el muslo de él, que reprimió un gemido. No era hombre que dejara que sus necesidades físicas se impusieran a su razón. Había sido criado en una sociedad donde los modales eran más importantes que los sentimientos. Y aquella instigadora no tenía modales.

—Ningún hombre se ha atrevido a hacerme una proposición así, *monsieur*, aunque es tan increíblemente erótica y sensual que me deja sin aliento —se apartó, pero él la retuvo del brazo—. ¿Es usted real o es un sueño? —le apretó el brazo—. Es real y está maduro.

—¿Maduro, *mademoiselle*?

—Listo, a punto.

Sus palabras le sonaban extrañas. ¿Un dialecto del campo? Hablaba con un acento peculiar y entremezclaba palabras inglesas que él no comprendía, aunque sabía bastante de aquel idioma bárbaro.

—Le arrancaré la ropa y le haré el amor no una, sino dos veces antes de que cante el gallo al amanecer —musitó.

Ella se echó a reír.

—Me encanta ese lenguaje de película de terror mala.

Paul no le hizo caso.

—Le haré suplicar por *mon mandrin*.

—¿*Mandrin*? —preguntó ella, sin comprender—. ¿Polla, pene?

Él la atrajo hacia sí.

—Me fascina con sus palabras. Las mujeres parisinas necesitan muy poco lenguaje para transmitir mensajes; utilizan la elegancia de sus cuerpos para decirle a un hombre lo que desean.

—Yo sé lo que deseo, *monsieur* Borquet.

Él respiró con fuerza.

—¿Sabe mi nombre, *mademoiselle*?

Ella sonrió.

—He visto su trabajo. Es muy impresionante —bajó la vista y apretó el pene de él—. Como el resto de usted.

Paul apretó los dientes e ignoró el apretón de ella y su sarcasmo. Movió las manos por el cuerpo esbelto de su cautiva.

—Es evidente que *mademoiselle* está deseando sentir el placer de mi polla en su interior.

—Se lo he advertido, *monsieur* —dijo ella.

Subió la rodilla hacia el pene de él, pero las manos de Paul fueron más rápidas. No solo era un maestro con el pincel sino que tenía las manos de un boxeador. Grandes. Fuertes.

La agarró por el brazo y la hizo volverse; su rostro estaba tan cerca del de ella que sentía su aliento en la mejilla.

—Yo no puedo esperar más, *mademoiselle*. Quiero saborearla.

Se inclinó y la besó en la boca. La besó con fuerza. Le separó los labios y le deslizó la lengua dentro. Ella gimió y él la notó estremecerse. Una sensación deliciosa lo recorrió. Sintió en ella una pasión fiera que podía iluminar la noche. Como un champán dulce y rosa.

Al fin ella dejó relajar su cuerpo, disminuida ya su furia.

—Nada de esto es real, así que ¿por qué lo combato?

—Mejor, *mademoiselle*. Porque no pienso dejarla marchar.

—No se ponga tan chulo, *monsieur*. No he aceptado su lunática proposición —volvió a apretarle el pene, esa vez con más fuerza—. Todavía no.

—¿Quién es esa ramera que hay en sus brazos, *monsieur*? —preguntó Lillie con ojos llameantes.

Paul se volvió, pero no soltó a la pelirroja.

—¿Cómo me has encontrado, Lillie?

—Todo el mundo en Les Halles habla de la chica de la capa de terciopelo rojo y de que usted se la ha robado a *monsieur* Renard.

Paul veía que la prostituta rubia se esforzaba por reprimir un tic en el lateral de la boca. La expresión de su cara indicaba que lo había seguido en su busca de la pelirroja.

—Te he despedido antes, Lillie. Sigue tu camino.

—Antes quiero ver a esa zorra.

Antes de que él pudiera evitarlo, Lillie le quitó la capucha a la pelirroja y, al ver su hermoso rostro, la abofeteó.

—¡Perra!

—¡A mí no me toque! —gritó la pelirroja. Abofeteó con fuerza la cara de Lillie, que enseguida se puso roja.

—*Quel cockatrice* —dijo Lillie; y escupió a la otra.

—¿Qué me ha llamado? —le preguntó la pelirroja en inglés.

—Una puta vieja y gastada —repuso Paul, que intentaba ocultar su regocijo.

—Le arrancaré el pelo por sus raíces oscuras —declaró la pelirroja.

Y Paul se preguntó si debía dejarle hacerlo. Sería todo un espectáculo el de aquellas dos mujeres hermosas arrancándose la ropa, tirándose del pelo con los pechos desnudos subiendo y bajando, agarrándose los pezones, con el olor de su furia formando un perfume a almizcle erótico. Pero las mujeres como Lillie podían atacar fácilmente a su víctima con una navaja y eso no era agradable de ver.

—No tan deprisa, *ma belle* —dijo Paul, intentando separarlas—. *Mademoiselle* de Pontier no es una mujer con la que se pueda pelear. Es una dama de alcurnia del placer, de uno de los mejores burdeles de París.

Aquello no impresionó a la pelirroja. Se echó a reír y se humedeció los labios.

—De donde yo vengo, a las mujeres que venden sus cuerpos se las conoce por la misma palabra de cuatro letras, independientemente de su precio.

Miró de hito en hito a la rubia y Paul, intranquilo, lanzó también una mirada a Lillie para advertirle que se estuviera quieta. Ella no le hizo caso.

—Pues una chica como usted jamás sería aceptada en la casa de la *rue des Moulins* —replicó.

—¿Oh? —la desafió la pelirroja—. ¿Y cómo soy yo?

—He oído decir a los caballeros que las mujeres como usted son como una salsa barata; en cuanto se descubre de qué están hechas, ya nadie quiere saborear su coño.

La pelirroja se volvió hacia ella.

—¿En serio? Pues es mejor que su pastelería francesa...

—¡Guarra! —gritó Lillie, preparada para la lucha—. No es más que una puta callejera que recorre los bulevares para pararse delante de una tienda, jugar con su coño y hacer que un hombre la siga.

—¿A mí? Por lo que puedo ver, es usted la que pide guerra con las caderas —repuso la pelirroja. Y Paul notó que no había perdido nada de su coraje.

—Pero usted no sabe nada de dar placer a un hombre —repuso Lillie, retorciendo el cuerpo—. Yo soy la más solicitada de las chicas de la casa de la *rue des Moulins*.

—Me importa un bledo dónde viva ni quién le pague para gemir cuando está tumbada de espaldas con la polla dentro —replicó la pelirroja—. Y no quiero problemas.

Parecía confusa, y en ese momento Paul solo deseaba abrazarla. Pero sabía que eso enojaría a la hermosa rubia y empeoraría aún más las cosas.

—Basta ya de celos estúpidos, Lillie. Márchate —dijo con firmeza.

Lillie lo miró dubitativa. A pesar del aire frío de la mañana, Paul empezaba a transpirar. Miró a la pelirroja, que le sonrió, ¿y no era sorpresa y gratitud lo que expresaban sus ojos cuando él le devolvió la sonrisa?

No tuvo tiempo de averiguarlo. Lillie insistió en que Paul le pagara sus servicios, cosa que él hizo, después de disculparse por no haberle dejado montar su alazán esa noche.

Lillie también tuvo unas palabras de despedida para la pelirroja.

—Esto no acaba aquí. Yo nunca olvido una cara —dijo.

—Yo, por mi parte, encuentro su cara muy fácil de olvidar —replicó la pelirroja.

Paul veía que a Lillie le costaba trabajo contenerse, pero sabía cuándo retirarse, en especial con los francos extras guardados entre los senos. Siseó entre dientes como una serpiente y se alejó por fin.

—*Merci, monsieur*, gracias —dijo la pelirroja, ruborizada—. Me he dejado llevar por la furia cuando me ha insultado esa chica, pero no podía evitarlo. Tengo la sensación de ser la protagonista de una mala película francesa.

—¿Película, *mademoiselle*?

—Sí, película —ella se encogió de hombros—. Supongo que todavía no se ha inventado el cine.

No ofreció más explicaciones y él no se las pidió. Un viento fuerte agitó la capa entre sus piernas. Antes de volverse, adivinó que significaba más problemas.

—¡Ahí está la ladrona!

Paul vio al grande y feo monsieur Renard abriéndose paso entre un pequeño grupo de tenderos que se arremolinaban a su alrededor; apuntaba a la pelirroja con un dedo.

—Yo capturaré a la hermosa ladrona, *monsieur* —dijo otro hombre—. Y luego la desnudaré y exhibiremos su cuerpo para que todos puedan verlo.

Paul miró al que había hablado, en un francés

malo con acento inglés. Era un caballero joven, bien vestido, claramente ebrio, que llevaba del brazo a una joven exuberante cuyos hombros desnudos rozaban la parte frontal de la camisa blanca de él.

El joven inglés se limpió la boca y se rascó la entrepierna, pero no podía apartar la vista de la pelirroja. Paul agarró su bastón con fuerza. Estúpidos imbéciles. ¿Es que no veían que la chica era suya?

Le apretó la mano y la ocultó a los ojos de ellos con su pesada capa. La mano de ella estaba caliente y el pulso le latía con rapidez en la muñeca. Era suya y debía protegerla.

—Suélteme antes de que mi sueño se convierta en pesadilla, *monsieur* —le suplicó ella.

Paul observó su rostro, fascinado por el modo en que sus labios perfectos formaban los sonidos de su extraño acento.

—Mientras esté conmigo, nadie le hará daño; se lo prometo. Rápido, sígame.

Ignoró los gritos de Renard y las amenazas del inglés proferidas en un francés malo y echó a andar deprisa entre los puestos del mercado, con su capa en torno a la chica como un manto de invisibilidad. La observaba por el rabillo del ojo. Sus ojos se encontraron y a él se le aceleró el corazón.

Exhaló el aire despacio y miró las curvas de la chica, con el deseo de captar su alma en un lienzo. La blancura de su piel lo deslumbraba; el mohín erótico de sus labios lo tentaba a besarla. El deseo que aún quedaba en sus ojos lo excitaba.

—¡Alto, *monsieur*! —gritó el inglés, detrás de ellos.

—No haga caso, *mademoiselle*.

—No tendrá que decírmelo dos veces —declaró ella—. Me largo de aquí.

—¡He dicho alto! —repitió el inglés—. Protege usted a una criminal. En Inglaterra lo colgarían por eso.

Paul se volvió y vio con desmayo que, a pesar de su ebriedad, el inglés era rápido y estaba casi encima de ellos, disfrutando claramente de aquel incidente.

Lo más perturbador de todo era que no veía a Renard. Paul no se fiaba de él. Aunque se rumoreaba que tenía una polla tan fláccida como los espárragos podridos de su carro de verduras, tenía fama en Les Halles de seducir chicas jóvenes y después violarlas. De penetrarlas con el mango de cuero negro de su largo látigo. Probablemente esperaba entre las sombras del mercado para agarrar a la chica en cuanto él la perdiera de vista. El inglés, sin embargo, con sus acusaciones, era un peligro inminente, por lo que no tendría más remedio que cambiar de planes.

Se volvió y echó casi toda su capa encima de la chica. No pudo ocultarla del todo, pues el inglés les cortó el paso entre los puestos de carne con la boca abierta en una sonrisa y un rictus de lascivia en los labios. Extendió los brazos para agarrar los pechos de la joven, que asomaban entre la capa.

Paul sintió tentaciones de usar la navaja afilada oculta en el extremo de su bastón para convencer al otro de que se dedicara a sus asuntos. Sintió la garganta seca al imaginar al inglés tocando la piel pura y adorable de ella.

—Corra hasta el Black Beau, *mademoiselle* —susurró a la pelirroja, señalando con el dedo un pequeño *bistrot* cercano.

—*Monsieur*... —dudó ella.

—Haga lo que digo o el inglés causará jaleo suficiente para lograr que la cuelguen boca abajo en la rueda —abrió su capa y le despejó un camino entre los puestos—. ¡Corra, vamos!

La pelirroja hizo lo que le decía.

—¡Detenga a la ladrona, *monsieur*! —gritó el inglés.

—¿Ladrona? ¿Qué ladrona? —murmuró Paul, al tiempo que giraba el bastón y hacía una pirueta en círculo con su amplia capa cayendo a su alrededor—. No veo ninguna ladrona.

—Esa, *monsieur* —él señaló a la pelirroja que corría hacia el *bistrot*—. No irá muy lejos —empujó a Paul con el codo y le clavó el hombro en el estómago en su afán por abrirse paso.

—¡Bastardo! —murmuró Paul entre dientes—. Villano —aquel inglés tenía tan malos modales que se merecía que le dieran una lección.

Rápido como una flecha, el artista arrojó su largo bastón de ébano delante de los pies del inglés y este tropezó.

El inglés dio un grito y cayó, con los brazos y piernas agitándose en todas direcciones antes de aterrizar en el suelo con un golpe seco.

Paul sonrió y limpió el bastón en los extremos de la capa con la punta de los dedos. Las sucias manos del inglés jamás tocarían a la chica. Guardó el bastón bajo su capa, donde desapareció como granos de arena atrapados por el viento.

—Me ha puesto la zancadilla, *monsieur* —lo acusó el inglés, al que la borrachera dificultaba la acción de levantarse—. Debería darle una paliza, pero mis guardaespaldas se han retirado ya y yo me niego a ensuciarme las manos con los de su calaña.

—¿Yo, *monsieur*? —Paul hizo una mueca; aquel hombre parecía un tarro de gelatina lanzado sobre un plato—. Solo soy un pobre artista.

—No lo creo, *monsieur*. Es un mago. ¿Qué tiene en la mano?

—Nada, *monsieur* —el artista adoptó una expresión agraviada, sonrió y abrió su capa—. Solo esto.

Con un gesto grandioso, sacó un pañuelo desgastado y lo agitó ante la nariz del otro. El inglés retrocedió, sorprendido por el olor fuerte del pachulí, un perfume de la India que hablaba de largas noches de placer agotador.

Paul inclinó levemente la cabeza.

—Su siervo, *monsieur*.

El inglés movió la cabeza con disgusto.

—Su magia y usted no me engañan. Ha ayudado a escapar a esa chica.

—Se equivoca, *monsieur*.

—Ha insultado al duque de Malmont, *monsieur*. La próxima vez que nos veamos, no será en circunstancias tan poco placenteras, delante de peones, y cuando eso ocurra, juro que lo mataré.

El inglés enderezó los hombros y se sacudió el polvo de las mangas de la chaqueta. Se alejó en otra dirección, con su orgullo británico magullado delante de todos los tenderos y compradores que llenaban el mercado.

Paul golpeó el suelo cubierto de serrín con el bastón y un miedo mental lo embargó. Se había librado del inglés y su amenaza lo traía al fresco, pero la pelirroja no estaba segura con *monsieur* Renard buscándola. Tenía que sacar de allí a esa diosa que no podía tener más de diecinueve años.

¿De dónde había salido?

Frecuentaba a menudo las puertas traseras de cabarés y teatros, donde había mujeres lascivas a las que mimaba el ego con halagos y dinero. Esas mujeres habían sucumbido a una muerte viviente en las sábanas de seda de la perversión sexual y la avaricia. Se retroalimentaban mutuamente. Él se limitaba a ofrecerles una salida para que realizaran sus fantasías y disfrutaran de la alegría de su polla una noche.

Y si no la ayudaba, no tenía razones para creer que el futuro de esa pelirroja sería diferente. Intentó imaginar su vida en las calles. Mendigar una moneda podía darle pan, pero llegaría el día en el que su súplica lastimosa no sería más que una oferta para quitarle lo único que ella podía vender solo una vez: su virginidad.

Se preguntó qué esperanza tendría entonces, cuando yaciera de espaldas con los ojos lánguidos apartados del extraño que la penetraba mientras las paredes de su vagina lo abrazaban con ansia, traicionándola. Una esperanza que iría muriendo con cada embestida, cada gemido sudoroso, cada caricia. Paul sabía que detrás llegaba la oscuridad de la perversión. Siempre era así.

Agarró con fuerza el mango del bastón. Tenía que salvarla de esa oscuridad.

Capítulo 5

Huyendo de la bestia a la que llaman *monsieur* Renard, nunca he tenido tanto miedo como cuando lo vi correr hacia mí como un animal salvaje. Juro que lo vi sacarse el pene, oscuro y carnoso, y agitarlo en mi dirección. El olor acre de su sudor me abrumaba. Repulsivo. Por su culpa he perdido a Paul Borquet.

Eres tonta.

Vale, el artista es sexy, atractivo y tiene una polla a la altura de su reputación, si es tan grande como yo la sentía apretada en mi cadera. Y cuando me ha azotado, he gritado de sorpresa y placer y arqueado la espalda hacia él.

No volveré a burlarme de los anuncios sadomasoquistas. Un azote en el trasero tiene algo que puede despertar la libido de una chica tanto como un vibrador a velocidad máxima.

Pero si creen que les voy a decir lo que me susurró al oído cuando jugaba con mi coño, sigan soñando. Ahora no puedo pensar en eso. Tengo que largarme de aquí antes de que me encuentre ese horrible *monsieur* Renard y me convierta en su esclava. ¿Por qué me tocan a mí todos los villanos corpulentos? ¿Por qué no me tocan los sueños de Disney con los enanos simpáticos y los elefantitos lindos?

Tienes al apuesto príncipe, hija. ¿Qué más quieres?

Sí. No puedo reprimir una sonrisa. ¡Qué manos tiene el artista! Me lo imagino lamiendo la parte interna de mis muslos hasta que yo ya no pueda más y me deje caer en sus brazos. Y él, antes de que pueda pensar cómo se dice en francés «fóllame con fuerza», se arrodilla y con la boca me lleva al orgasmo una, dos, tres veces.

Sí, estoy dispuesta a creer que he viajado atrás en el tiempo si eso me ayuda a encontrar a Paul Borquet.

Pero antes debo escapar.

Dentro del *bistrot* Black Beau, me sorprende encontrarlo tan pequeño que no hay mesas. Ni clientes. Solo una barra y un par de sillas colocadas en un rincón. En los fogones hierven calderos grandes, de los que sale vapor. Retrocedo para huir del vapor caliente antes de que me escalde la piel y oigo fuera ruido de pasos rabiosos. Cerca, muy cerca. Retrocedo un par de pasos, hasta quedar aplastada contra la pared trasera del minúsculo *bistrot*.

Una locura. Me escondo en un restaurante desierto en un mercado derruido hace tiempo, y las sillas de madera oscura y los calderos metálicos me devuelven imágenes distorsionadas de un pasado donde no existo.

Hasta ahora.

El corazón me late con fuerza; mi cuerpo está acalorado.

—¿Dónde está la chica de pelo rojo? —oigo que pregunta la voz de un hombre. Y el restallido de su látigo corta el aire de la mañana. Me asomo por el hueco de la puerta. Es *monsieur* Renard.

—Ha entrado en el Black Beau —dice alguien.

Miró a mi alrededor. ¿Dónde puedo esconderme? No hay puerta de atrás y nadie atiende los calderos que hierven en los fogones. No sé qué hacer. Una ola de miedo me inunda y agarro una escoba grande y pesada para defenderme. No me dejaré atrapar sin lucha. No permitiré que ese villano me pille, agarre mis pechos y clave sus dientes amarillentos en mis pezones.

Empiezo a empujar uno de los grandes calderos de sopa, sudando y gruñendo, hasta que empieza a moverse y el líquido hirviente salpica el suelo. Sigo empujando con un gemido y el caldero cae al suelo de madera y lo salpica todo.

—¡Cuidado! —grita alguien fuera.

Me protejo el rostro del vapor caliente con las manos y me asomo entre los dedos para ver lo que ocurre.

Fuera veo una multitud airada, entre ellos el hombre de barba negra y otro hombre, que saltan el uno sobre el otro gritando y maldiciendo.

—Es culpa suya, *monsieur*.

—No, *monsieur*; ha empezado usted.

Tengo que salir corriendo. Respiro hondo, bajo la

cabeza y me recojo los pliegues de la capa roja, cuando oigo:

—Por aquí, *mademoiselle* —susurra una voz de hombre—. ¡Rápido!

¿Quién? ¿Qué? No puedo creerlo cuando veo que se levanta lentamente una trampilla en el suelo.

¿Qué puedo perder?

Sin vacilar, corro hasta la trampilla y me asomo al agujero. Una oscuridad aterciopelada me espera abajo. Vale, sé que no es buena idea lanzarse a un agujero negro que puede llevar a ninguna parte, pero no tengo mucha elección. O eso o que me destroce una plebe furiosa.

—Salte, *mademoiselle* —dice la misma voz desde el interior del sótano—. Salte.

Oigo el ruido de una bala que golpea una lámpara de aceite y lanza trozos de cristal por todas partes. ¡Me están disparando! Respiro hondo y salto...

... y aterrizo ilesa encima de lo que creo que es un barril grande de vino. Veo muy poco. Palpo en la oscuridad y muevo las piernas por un lado. Solo un hilo de luz plateada me da la bienvenida. Antes de que mis ojos se adapten a la penumbra, una brisa pasa a mi lado y me obliga a contener el aliento. Huele a alcohol fuerte.

—Cierre la trampilla antes de que nos encuentren y nos envíen juntos a reclamar nuestro lugar en el infierno, *mademoiselle* —ordena una voz de hombre. La impaciencia nubla sus palabras, pero entiendo lo que dice.

Cierro la trampilla y vuelvo mi atención a la figura con capa que sostiene una vela en una mano y un bastón en la otra.

Paul Borquet.

Sonrío. Nunca me he alegrado tanto de ver a alguien.

—Le debo otra vez la vida, *monsieur* —nuestro ojos se encuentran y empiezo a comprender las emociones que me embargan. Desde el primer momento en que lo vi, me sentí atraída tanto por su galantería como por su pene.

—Soy yo el que está en deuda, *mademoiselle*. Su belleza me inspira, me llena de pasión por pintar.

Nos miramos y me doy cuenta de que es más que un clon de superhéroe oscuro y misterioso con capa negra y mallas ajustadas. Somos artista y modelo, una obra de arte todavía por definir que desafía al tiempo y la razón. Me apoyo en él y él acaricia mi cuello y se detiene después. Percibo su placer y algo más. Miedo. Todavía no estamos fuera de peligro.

—¿Cómo me ha encontrado? —inquiero.

—No hay tiempo para preguntas —contesta el artista, con la luz formando un halo a su alrededor—. Tome mi mano. Tenemos que darnos prisa. Esa bestia de Renard no tardará en empezar a arrancar el suelo en su busca.

Su mano fuerte agarra la mía y la vela temblorosa me guía hacia el suelo sucio debajo de mí. El artista se envuelve en su capa y me conduce por un túnel subterráneo y retorcido apenas lo bastante grande para que él se arrastre de rodillas. Me envuelvo bien en mi capa y lo sigo, sin perder de vista su trasero. He pasado mucho tiempo de rodillas con David, pero la vista nunca era tan buena.

La vela se apaga sin previo aviso y me entra el pánico, pero en lugar de verme sumergida en la oscuridad, me sorprende ver que la luz del sol me da la bienvenida como una sonrisa cálida. Levanto la vista. La salida del túnel está en un pozo viejo y seco, con escalones de piedra y anillos roñosos de hierro en la pared para ayudarte a subir.

—He usado muchas veces esta ruta de escape cuando mi gusto por el alcohol supera a mi gusto por un coño de mujer —dice el artista con regocijo. Se inclina y junta las manos para ayudarme a empezar la subida—. Usted primero.

Enarco las cejas.

—¿Para que usted pueda meter los dedos en mi trasero?

—Tiene una lengua afilada, *mademoiselle*.

—No tanto como el extremo de su bastón —bajo la vista. Él sube y baja el bastón por mi trasero. Sensual. Provocativo. Me lamo los labios.

Se echa a reír.

—¡Vamos!

Descubro con alegría que me resulta más fácil de lo que esperaba agarrarme a los anillos clavados en la pared de piedra y subir por el pozo. Mi respiración pesada se mezcla con la del hombre que me sigue y el sonido de nuestros pies en las piedras llena el eco del pozo vacío de agua.

—Me encanta el olor a libertad —dice Paul; respira hondo cuando salimos fuera y me mira con una sensualidad que yo no encuentro nada perturbadora—. Pero no tanto como el olor de una mujer.

—A mí no me mire. No huelo bien después de arrastrarme por ese túnel —respondo, sacudiéndome el polvo de la capa.

—Deje que eso lo juzgue yo, *mademoiselle*.

Se inclina, con su rostro tan cerca del mío que respiro el olor a licor fuerte de su aliento. Eso me marea. Sus labios rozan mi mejilla; aparta mi capa y me besa los hombros y después el cuello con delicadeza. Escalofríos de placer recorren mi cuerpo. Tengo que calmar mis nervios, frenar mi mente galopante, conseguir respuestas.

Que Dios me ayude si él se acerca más.

—¿Adónde me lleva? —pregunto, porque no sé qué otra cosa decir.

Él baja la vista. Acaricia mis pechos y se toma tiempo para frotar los pezones en círculos tan deliciosos que no puedo respirar bien.

—Donde estará segura, *mademoiselle*.

¿Segura? ¿Con sus manos haciéndome eso?

—¿A su estudio en Montmartre? —pregunto.

—¿Cómo sabe que tengo un estudio en la colina? —me mira con curiosidad.

Yo deseo gritarle que no deje de acariciarme los pezones en círculos, pero como soy cobarde, no lo hago.

—Me lo han dicho —respondo con voz temblorosa.

—¿Quién?

Baja la mano hasta mi cintura y juega con el cierre metálico de mis enaguas. Maldigo esta ropa ridícula.

—Un viejo artista. Me enseñó su autorretrato.

No le hablo de la estatua de Min ni de su profecía. ¿Por qué arruinar su fantasía?

—¿Dónde conoció a ese artista, *mademoiselle*?

Sigue con las enaguas. ¿Ha perdido interés por mi clítoris? ¿O le interesa más su autorretrato?

—En una galería de arte en Marais. La Casa de Morand.

Paul mueve la cabeza. Ya ni siquiera me toca. ¡Oh, qué frustración!

—No conozco esa galería en Marais.

Frunzo el ceño. Mis pechos se sienten fríos sin su contacto. ¿Todo esto es un sueño después de todo? Vale, volveremos a intentarlo, apelaré a su ego. Más conocido como su polla.

—Yo vi ese cuadro —insisto—. De tamaño natural, en todos los sentidos —no puedo evitar que mi mirada caiga sobre el bulto entre sus piernas. Y él se da cuenta.

Se acerca más y me susurra al oído:

—Se refiere al autorretrato que le di a la condesa du Chalons. Pero debe de estar confundida, *mademoiselle*; la condesa se lo llevó consigo a Londres.

—No estoy confundida, *monsieur* Borquet —es evidente que el retrato que vi en el estudio de arte moderno ha viajado de dueño en dueño a lo largo de los años—. Me gusta más la realidad.

—¿Perdón? —dice él, sin comprender.

—Humor norteamericano.

—Ah, es usted americana, *mademoiselle*.

Asiento.

—Autumn Maguire, de…

No, no debo decirle más. Ahora no.

Paul enarca las cejas y se echa a reír.

—A mí no me importa de dónde sea. No es como las chicas inglesas que se levantan las faldas en los *dance halls*. Vulgares y picantes, con muecas en los labios y brazos y piernas gruesos —se inclina hacia mí y me mira con curiosidad—. Usted tiene el cuerpo de una diosa hecha para el placer, para el juego amoroso.

Levanta mi enagua con el bastón y me frota el interior del muslo con él. ¿Por qué ha tardado tanto? Me cosquillea todo el cuerpo, excitado y feliz. No me aparto. Intento respirar hondo y despacio, pero mi respiración se va haciendo jadeante.

No te excites mucho; ni siquiera sabes dónde estás.

Miro a mi alrededor, al patio antiguo. No puedo lidiar con esa situación de locura hasta que encuentre el coraje de aceptar el hecho de que he viajado atrás en el tiempo. Tengo que hacerlo rápidamente, antes de que mi angustia se convierta en un pánico que no pueda controlar.

Admítelo.

Esto es el viejo París.

Torres y torrecillas cubiertas de mugre. Una atmósfera medieval cuelga en el aire como un tapiz viejo desgastado por los extremos cuya gloria caduca suplica una segunda mirada. Veo varias casas viejas amontonadas alrededor de una plaza pequeña de adoquines rotos, con montones de harapos apilados ordenadamente en una fila alrededor del perímetro.

De pronto los harapos se mueven y caras pequeñas y tensas asoman por debajo de sus sucios caparazones de ropa. El olor a cuerpos enfermos y sucios me abruma. La escena es como un telón que se abriera en el acto final, donde los casi muertos juegan a la vida.

Esto es el viejo París.

Mis preguntas sobre dónde estoy y qué hago aquí

se borran en un instante, cuando Paul me toma en sus brazos y hace lo que yo deseaba que hiciera. Me besa. Con fuerza. Profundamente. Como un hombre al que no le gusta apresurar el placer. Un hombre que sabe lo que quiere. No se parece a ningún otro beso que haya conocido. Su boca se mueve levemente sobre la mía y su lengua explora el interior de mis labios. Yo no puedo moverme. Tengo los brazos clavados a la espalda y mis pechos apretados contra el de él. Todo mi cuerpo está tenso. Estoy sin aliento, pero por las razones equivocadas.

Intento soltarme, pero él me atrae hacia sí.

—No tenga miedo —ríe el artista—. Con Paul Borquet de protector, no sufrirá ningún daño.

—¿Y quién me protegerá de usted? —miro con dureza sus ojos azules, que contienen secretos que debo saber pero que son imposibles de leer.

—Cuando llegue el momento de cumplir su parte de nuestro trato, la excitaré de tal modo que no sentirá dolor.

—¿Y por qué iba a sentir dolor? —debo preguntarlo. Un azote en el trasero está bien, pero no conviene exagerar.

—Su coño es caliente y apretado, incluso para una chica tan joven.

¿Joven? ¿No ve que soy una mujer y no una colegiala virginal? Aunque admito que soy una mujer que se enamora como una tonta de un hombre más joven. Mucho más joven. No puede tener más de veintipocos años, aunque hasta el momento no haya pensado en ello, debido al efecto que produce toda esa fantasía en mi cerebro.

Sin embargo, debo admitir que me siento distinta.

Me pongo las manos en la cintura, que sí es pequeña, y coloco la palma en el estómago. Más plano. Me gustaría encontrar un espejo y descubrir si el dios egipcio Min ha hecho magia conmigo.

Paul no tiene ni idea de lo que me pasa por la cabeza y cree que me burlo de él.

—*Mademoiselle* siente excitación sexual, ¿no es así? —coloca sus manos en las mías y me aprieta la cintura. Baja una mano por el estómago y más abajo. ¿Cuenta las hileras de volantes fruncidos de mi enagua que lo separan de mi pubis? Si él no lo hace, yo sí. Pero no puedo dejarme arrebatar por mis sentidos. ¿Quién sabe quién puede estar mirando? Solo tengo que separar las piernas y él colocará la cabeza entre mis muslos. Y ya sé lo que pasará luego. El cosquilleo a lo grande.

Muevo la cabeza.

—No con tanta gente mirando —digo con firmeza—. ¿Dónde estamos?

—Aquí viven los mendigos, los cojos y los ciegos. Son mis amigos.

Un niño, ¿o quizá es un adulto?, vestido de harapos, corre hasta Paul y le susurra algo al oído. El artista saca una moneda del bolsillo y se la da. Me toma del brazo y me empuja hacia un callejón pequeño.

—Deprisa —dice—. Tenemos que irnos.

—¿Por qué? ¿Qué sucede?

—En la calle se rumorea que *monsieur* Renard busca a una chica pelirroja que viste solo una capa de terciopelo rojo. La buscarán aquí, entre los mendigos. Vámonos.

—¿Adónde vamos? —pregunto.

No quiero escuchar la vocecita de mi cabeza que me dice que, si soy joven y hermosa, es que he vendido mi alma. Que me dice lo que no quiero creer. Solo siento todavía el ardor del beso del artista en los labios.

No tengo más remedio que seguirlo, pegados a las paredes, en dirección al Sena. Adondequiera que miro la gente se ocupa de sus asuntos cotidianos, ir al mercado, a los cafés, las tiendas, oficinas, o limpiar las calles. En mi estómago se asienta un miedo preocupante que va creciendo a cada paso.

Después de unas cuantas manzanas, Paul afloja el paso, cerca ya del Pont Neuf. De pie bajo los árboles que dan sombra a las orillas del río, miro el Sena con atención. En mi época, el río está lleno de vasos de plástico, patos o condones usados. Ahora lo recorren barcazas que transportan grano o vino. Un tráfico pesado de barcazas de negocios y botes privados congestiona el canal. Hay gente por todas partes, todos inmersos en sus vidas diarias.

El frío me penetra hasta los huesos. Me abrazo temblorosa.

—Dígame en qué año estamos, *monsieur*.

—Estamos en 1889.

Me echo a reír, me atraganto con la risa y empiezo a farfullar:

—Estoy viva en 1889 en París y el artista del retrato también está vivo y a mi lado.

Palabras tontas que carecen de significado para Paul Borquet. Confuso, saca una petaca de la chaqueta y un olor violento a alcohol consigue marearme. El artista me pasa la petaca de alcohol fuerte.

—Necesita un trago, *mademoiselle*.

—¿Por qué no? —digo yo.

Inhalo profundamente y acepto la petaca; bebo un trago, que sabe a regaliz amargo, con la esperanza de que me quite el frío de los huesos y me haga recuperar el sentido común. Tengo que interpretar mi papel en esta farsa parisina, aunque me pregunto cuándo me despertaré.

Parpadeo varias veces y trago saliva. Mi cabeza está mareada, rara...

Quiero que Paul me tome de nuevo en sus brazos y juegue con mi clítoris.

Siento las piernas como de goma. Un cosquilleo me baja por los brazos hasta la punta de los dedos. Empiezo a respirar más deprisa, pero me embarga una sensación de fatiga, como si mi cuerpo estuviera exhausto por todo lo que ha pasado desde que me atravesó la corriente eléctrica. Oigo la voz de Paul, pero no veo bien su cara. Todo está borroso.

—¿Qué es esto? —pregunto con curiosidad. Menta. Regaliz. Y algo más que no identifico.

—Absenta.

Absenta. Un licor fuerte de sabor a anís ilegal en mi época por sus propiedades similares a las drogas. Un alcohol potente. Adictivo y que se cree que causa locura. Toulouse-Lautrec, Baudelaire, Degas eran bebedores de absenta, al igual que Oscar Wilde. ¿Y este último no dijo que la absenta te hace ver las cosas como quieres que sean y no como son en realidad?

Parpadeo. Varias veces. No sirve de nada. A mi alrededor todo empieza a moverse y siento un golpeteo en la cabeza. Empiezo a caer en la inconsciencia y me siento impotente para evitarlo. Impotente para impedir que Paul Borquet me penetre de pronto con sus dedos. Ha vuelto a pillarme por sorpresa y las palpitaciones de mi cuerpo bloquean mis pensamientos y mi capacidad para disfrutar de su pulgar frotándome el clítoris. ¿Qué me ocurre? ¿Me estoy despertando? ¿Se acabó el sueño?

No, no quiero despertar precisamente ahora que tanto me gusta. ¡Oh, maldita sea!

Capítulo 6

Paul Borquet abrió la ventana y se asomó sobre el alféizar del segundo piso. Miró el patio debajo, donde crecía el musgo entre los adoquines y las plantas del jardín estaban cubiertas de paja. Respiró hondo y maldijo lo gris del día. Necesitaba más luz. Solo un brillo débil se abría paso hasta el estudio y colgaba sobre sus hombros intentando entrar en sus dominios.

Reprimiendo su irritación, empujó hacia la ventana el diván con la chica inconsciente. Ella no se movía. Estaba pálida, con los ojos cerrados. No podía dejar de mirarla, con su nuble gloriosa de pelo rojo flotando alrededor de su cabeza, los labios rosas, los pechos firmes. Su piel era inmaculada. Una piel como nubes blancas perfectas en una fresca mañana de primavera. No podía creer que estuviera allí con él.

Cuando la pelirroja sucumbió al efecto del alcohol, él actuó con rapidez y la llevó a su estudio en un coche de alquiler.

Ahora la contemplaba con una mezcla de placer y excitación, y extraía de ella energías renovadas. No podía correr el riesgo de que desapareciera. Seguía atormentado por el miedo a que se evaporara y convirtiera en una sombra oscura desconocida, un abismo de magia negra que atormentara los rincones más recónditos de su mente.

Tomó su bastón y se acercó a ella blandiendo el mango, como si pintara el aire entre ellos. Retiró el mango y apareció la hoja plateada, cuya punta afilada atrapaba el brillo de la vela encendida colocada en alto. Tomó la precaución de cortar los cordones del borde del cojín y atarle con ellos las muñecas, que aseguró después al armazón del diván.

A continuación levantó el trozo de seda azul medianoche con el que ella se había cubierto los pechos y contempló el pulso tembloroso en su cuello y las gotas de sudor entre sus muslos. Tenía que captar esa pureza, toda la gracia de sus curvas.

—Ya no puedo seguir negando mi pasión —susurró con admiración, aunque sabía que ella no lo oía.

Humedeció un lienzo blanco limpio e hizo un esbozo rápido a lápiz de la pelirroja reclinada en el diván. Se mojó los labios y, con la saliva de la lengua, lamió las cerdas del pincel hasta que este formó una punta perfecta. Lo sumergió en la mezcla de óleos verde y rojo anaranjado y empezó a pintar en el lienzo, aunque tuvo que parpadear varias veces para aclarar su visión borrosa. Estaba agotado después de dos días sin dormir. ¿O eran tres? No lo sabía.

Le maravilló que el color de su pincel se absorbiera parcialmente en la tela y diera al cuadro una fluidez curiosa y un efecto de movimiento que cobraba vida en el lienzo. Casi podía sentir el aliento de ella en el rostro cuando la pintaba. Tomó un trago de la petaca para ver si el alcohol adormecía su apetito. Quería anular su frenesí creador, el frenesí que lo empujaba a dejar a un lado todo lo demás excepto su necesidad de pintar a aquella hermosa joven.

Mojó el pincel en los tonos marfiles, azules y verdes de su paleta y olfateó el aire para captar el aroma sexual de ella, un aroma que le abrumaba.

Pintó durante lo que le parecieron horas, sin pensar en nada que no fuera el alegre desfile de colores que cobraba forma en el lienzo. Rosa amanecer, amarillo, violeta... Sus dedos escuchaban los dictados de su mente, pero tenían también voluntad propia. Su pincel actuaba impulsivamente pero sin errar, buscando una armonía de color que vibraba con energía.

Miró a la chica, dormida todavía, que subía los brazos para aliviar los nudos de tensión de los hombros. El gesto se vio interrumpido por las ligaduras de seda que la ataban, aunque sin hacerle daño. Él sonrió y miró a la chica que decía llamarse Autumn Maguire, con los ojos cerrados y las largas pestañas descansando sobre sus mejillas como manchas de hollín. Inconsciente del tormento de él, ella retorcía el cuerpo como una oruga perezosa que se regodeara en un paraíso de flores; tiraba de las ligaduras o abría las piernas para mostrar los rizos rojizos del pubis, excitándolo.

Paul respiró hondo. Eso era lo que faltaba en su

trabajo. Debía captar la expresión erótica de su rostro. Dejó a un lado el boceto, decidido a usar su cuerpo como un lienzo vivo. Tomó un pincel seco con cerdas muy suaves y pintó los pechos de ella con gotas de su sudor; bajó después por la caja torácica y el vientre, para entretenerse en su juguete. Ella respiró hondo, abrió las piernas y una sonrisa satisfecha iluminó su rostro. Paul siguió pintando gotas de sudor en sus pechos desnudos.

Cuando estuvo excitada, le introdujo los dedos y los movió en su interior hasta sentir que el clítoris se endurecía y vibraba. Sus dedos exploraban el interior de ella con caricias tiernas.

La joven gimió con una expresión de tormento extático en el rostro. Apretó los ojos con fuerza. ¿Había eyaculado? No, no era posible. Él no estaba preparado. Colocó la mano entre las piernas de ella. La humedad manchaba la seda. Gotas. No era suficiente.

Agotado, apoyó la cabeza en las manos, pero su cuerpo no se relajó. Tenía las pupilas dilatadas y respiraba con fuerza. Su cuadro no estaba terminado, aunque se sentía poderoso, alimentado por una necesidad terrorífica pero irresistible de crear. Para eso debía capturar sus fluidos. ¿Pero cómo?

La pelirroja se movía. Bien. Pasó la mano por sus pechos y se vio recompensando por un estremecimiento débil bajo las puntas de los dedos. Sí, eso era. Le daría placer, despertaría todas las terminaciones nerviosas de su cuerpo.

Se agachó y besó los labios suaves color melocotón de la joven; introdujo la lengua para rozar con ella el botón duro del clítoris. Ella respondió con un gemido gutural y un movimiento de caderas. Sí.

Haría fluir sus líquidos hasta que todo su cuerpo vibrara con deseo por su polla...

... y después la poseería otra vez. Y otra. Todas las horas. Hasta que su obra maestra estuviera terminada.

Me despierto a una realidad extraña. Tengo resaca. La boca seca, ojos doloridos y un dolor de cabeza horrible. Me hago lentamente consciente de la dureza del diván en la espalda, el olor rancio del aire y un sabor desagradable en la boca. Un hambre terrible hace que me duela el estómago, como si llevara días sin comer. Y si estamos en 1889, hace mucho tiempo que devoré aquellas patatas fritas en el mercadillo.

No tan deprisa.

Aquí hace viento.

Me atrevo a mirar mi...

¿Mi ombligo? ¿Y de quién es ese estómago plano y los rizos rojos entre las piernas?

¡Estoy desnuda!

¿Desnuda?

Me siento a la vez escandalizada y excitada. Es la segunda vez que conozco a un artista y acabo desnuda. ¿Qué ocurre? Lo último que recuerdo es que estaba de pie en el Pont Neuf mirando el Sena y bebiendo alcohol de una petaca. Absenta.

Recuerdo vagamente que después entré en un sueño profundo, aunque fui consciente de que Paul Borquet me transportaba hasta un carruaje y me apretaba contra sí durante el viaje por las calles adoquinadas.

Miro ahora su pequeño estudio en Montmartre, pues asumo que es ahí donde estoy, respiro hondo y apoyo la cabeza, contenta de mirar el techo hasta que aparezca el hombre de mis sueños.

Espejos. Cubren todo el espacio encima de mí. Reclinado en el sofá como yo, veo el cuerpo desnudo de una chica reflejado en el espejo del techo como una foto digital en una pantalla gigante de ordenador.

La chica me devuelve la mirada desde el espejo. Tiene un cuerpo fantástico. Cintura delgada, pechos llenos, caderas esbeltas, hombros sexys. ¿Quién es esa mujer con un cuerpo de ensueño?

¿Puedo ser yo?

Cierro los ojos, segura de que, cuando vuelva a abrirlos, la chica habrá desaparecido. Y si no es así y esa chica soy yo, bueno, esta es mi fantasía, ¿no?

Abro un ojo cada vez, saco la lengua. La chica del techo hace lo mismo. Contengo el aliento. Soy yo. Interesante.

Sin creerlo todavía, parpadeo varias veces y muevo la cabeza de izquierda a derecha, captando cada vez en el espejo imágenes de mi cuerpo desnudo que me hacen emitir suspiros de incredulidad, luego de admiración y después de nuevo de incredulidad. Miro fijamente el cristal del techo, admirada por lo vívido de mi imaginación y muy complacida con este espíritu libre e independiente que ha venido a habitar mi mente y mi cuerpo.

Gracias, Min, chico travieso.

Levanto mi cuerpo despacio, para ver si hay sensaciones en mis brazos y piernas. Un cosquilleo me hace ser consciente de mis extremidades, aunque una pesadez suprema tira de mí hacia abajo, como arena húmeda que atravesara mis venas. ¿Qué ocurre? No puedo sentarme, algo tira de mis muñecas y las adormece. Vuelvo a tirar. ¿Qué es lo que me sujeta abajo?

Echo atrás la cabeza y me dejo caer en el diván con un suspiro. Estoy atada al sofá con cuerdas de seda. Esta fantasía ha dado un giro equivocado. Estoy en zona de peligro. Impotente. Paul Borquet puede hacer lo que quiera conmigo y yo no podré impedírselo. Lo que quiera.

¿Quién le va a impedir atarme a los postes de su cama o anillos del techo? Y luego oiré el restallar de su látigo cortando el aire para caer en mis hombros o en mi trasero desnudo. O el beso de su bastón. El dolor atravesará mi cuerpo y mi piel se llenará de marcas rojas. No, gracias. Yo me largo...

... o tal vez no.

¿Y si solo quiere excitarme? Puede que las ligaduras eróticas tengan algo de pervertido, pero yo siempre he querido probarlas. Si Paul Borquet quiere una pupila deseosa para sus juegos nocturnos, tal vez me interese. El miedo no es algo desconocido para mí, pero estoy también segura de que aquí acecha algo místico, que llena mi mente de pensamientos de pasadizos oscuros, huesos fantasmales y magia negra estilo Hollywood. ¿Por qué no? La seda liga mis muñecas y la seda acaricia mis nalgas. Aire cálido sopla sobre mí desde una ventana abierta. No me siento amenazada. Las ligaduras pueden seducir mi lado más oscuro, pero solo si hablamos también de comodidades. Nada de celdas frías ni mazmorras para esta esclava voluntaria. Quiero alimentar mi hambre con estilo.

Adelante, pues.

Una telaraña de placer empieza a tejerse sola en mi vientre y entre mis piernas cuando pienso en su lengua frotando mi clítoris mientras sus dedos pellizcantes producen sensaciones exquisitas en mis pechos y pezones. Y yo tengo que estar aquí tumbada disfrutándolo.

Pobrecita.

Mientras espero a que él aparezca, me contento con seguir tumbada en el diván, mirando el techo con una vela suspendida dentro de una jarra de cristal meciéndose en una cuerda encima de mi cabeza. Muevo el trasero, excitada ya por mi imaginación.

Pero un momento; no soy la primera mujer a la que trae aquí el artista. Veo un montón de ropa femenina, entre ella seda roja y amarilla, una media negra, una enagua de encaje, blanca y almidonada, un vestido de tafetán de cuadros marrones en un montón cerca del diván. Me invaden los celos. Un pensamiento nuevo perturba mi fantasía. ¿Y si Paul Borquet quiere que me moje, no con sus labios, sino con el beso de una mujer? ¿Cómo reaccionaré si trae a una hembra como la rubia del mercado y ella se sienta a horcajadas en mis hombros y baja su coño hacia mí. ¿Qué haré? ¿Y si su lengua abre mis labios y se desliza sin esfuerzo por el botón hinchado de mi clítoris? ¿Me traicionará mi cuerpo y mis caderas se moverán al ritmo de sus caricias?

No sé la respuesta a esas preguntas, pues no he pensado nunca en ello. Nunca he sentido la caricia de otra mujer en mi mundo. Pero este no es mi mundo, esto es París en 1889.

Prepárate para lo que sea.

Olfateo el aire como un gato callejero que metiera la nariz en la bandeja de la arena de otro y huelo a alcohol fuerte y residuos de... ¿me atreveré a decirlo?... sexo.

Acre. Como polen. Polen fresco. Monsieur Borquet es un hombre muy ocupado.

—Ah, mi hermosa se ha despertado, dispuesta a atormentar mi alma con sus hermosos ojos. Ojos verdes deslumbrantes, ¿no es así?

Echo adelante la cabeza, pero la luz es muy pobre. No veo al que habla, pero lo oigo. Una risa profunda que exuda sexualidad, y sus palabras atropelladas por el alcohol. Tuerzo el cuello y achico los ojos antes de posar la vista en él.

Paul Borquet.

Rebosante de la exuberancia del alcohol y agotado por la falta de sueño, sigue siendo muy atractivo, con su pelo negro cayendo alrededor de la cara y sobre los hombros, la camisa abierta hasta la cintura y manchada de pintura. Veo que tira de los cordones de la cintura del pantalón y los ata con fuerza. Seguramente viene de aliviarse. Deseo por un momento que no se atara con tanta fuerza los pantalones.

La mirada hambrienta de sus ojos pone a prueba mi cordura y me hace temblar. Cruzo de mala gana las piernas y veo que su expresión se hace más intensa, sus ojos se nublan de deseo y su pene se hincha bajos los pantalones. ¿Piensa follarme? ¿Por qué, si no, me iba a atar al diván?

—¿Por qué me ha traído aquí? —pregunto, sin querer dejarle ver que puedo estar dispuesta a seguirle el juego.

—Para pintarla, *ma chérie* —ríe él; y bebe de la petaca. Un trago largo, parte del cual cae en su camisa.

¿Pintarme? Siento ganas de gritar. ¿Yo estoy excitada y él solo quiere pintar?

¡Cómo se atreve!

Me da la espalda, toma otro trago, se sitúa detrás del caballete y empieza a sacar pintura de un tubo y mezclarla en un papel marrón grueso.

Saco los pechos en un gesto de desafío que le sorprende, aunque no dice nada. Estoy furiosa con él. Excitada de soñar despierta, solo tengo que frotar el trasero contra la seda para sentir espirales agudas de placer formándose en mi vientre. Aunque los cordones de seda no están atados prietos, solo un mago podría librarse de sus intrincados nudos. Tiro de ellos para probarlo. El artista levanta la vista y en sus ojos hay un brillo que promete que, si vuelvo a molestarlo, lo pagaré caro.

Bien. Bien.

¿Con ese acto lascivo que me propuso en el mercado?

Tiene que serlo.

Quiere pintarme y...

... ahora viene lo perverso...

... tomar los fluidos de mi coño y mezclarlos con sus pinturas. Sonrío. ¿Eso es posible?

—¿Por qué me ha atado? —pregunto, tirando de los cordones de seda.

—Tenía miedo de que huyera antes de que termine mi obra maestra.

¿Su obra maestra?

Siento que el corazón me late con fuerza y me

palpita en los oídos. ¿Se refiere a hacer un cuadro de mí? Seguramente, si ese cuadro existiera, yo lo habría visto.

¿O desaparecería Paul Borquet antes de terminarlo?

Esa idea no mejora en nada mi situación. Estoy más curiosa que horrorizada por lo que sucede. Eso no me lo esperaba. El viejo artista me dijo que Paul Borquet desapareció en 1889. Este año. Respiro hondo. ¿Puedo resolver yo el misterio de este impresionista desaparecido?

Conseguir que hable, descubrir lo que hay en su cabeza.

—¿Por qué pintarme a mí para su obra maestra, *monsieur*?

No puedo llamarle Paul. Todavía no.

—Por el pelo, *mademoiselle*. Es el color de los campos de amapolas. Aquí arriba —se señala la cabeza— y ahí abajo —señala mi pubis con la punta del pincel.

Se acerca después a retirar lentamente las ligaduras de seda de mis muñecas.

—¿Por qué me desata? —pregunto, con la esperanza de que el juego no haya terminado.

—Usted no va a huir —afirma él.

—Claro que no; no tengo ropa.

—Si de mí dependiera, nunca llevaría ropa.

Me humedezco los labios y digo con picardía:

—¿Y usted no está muy vestido?

El pintor alza una ceja.

—Usted me convierte en un hombre tan caliente de deseo que no puedo pensar en pintar.

—Y entonces, ¿por qué pintar?

—¿Qué tiene usted en mente, *mademoiselle*?
—Acérquese y se lo demostraré.

Paul me toma en sus brazos y me estrecha con tanta fuerza que por un momento ninguno de los dos podemos respirar. Me besa. Sus labios están calientes y su falo, duro y palpitante debajo de los pantalones, presiona la suavidad de mis piernas.

Se suelta el cordón de los pantalones.

Larga vida al rey...

... siempre que siga cayendo su semen.

Jadeando como una gata en celo, ¿verdad? Nicole Kidman, muérete e envidia. Tú tienes a todos los hombres de Moulin Rouge, pero yo tengo a Paul Borquet. Y estoy atrapada en mi fantasía.

París en una época salvaje y lujuriosa.

Mi cuerpo transformado en el de una chica hermosa.

El peligro impulsándome a los brazos de Paul, a su cuerpo fuerte, con la sensación de su pene rígido en mi piel, la urgencia de su respiración, el débil olor de nuestro sudor mezclado...

Saben adónde quiero llegar con esto, ¿verdad?

¿Quieren acompañarme en el viaje? Abróchense el cinturón, pues va a ser una noche con turbulencias.

A fin de cuentas, ¿qué viene después del deseo?

Pasión

*No sabía si lamentaba
haber dejado que
la amara o si quería
amarlo más todavía.*

Gustave Flaubert
(1821-1880)

Capítulo 7

¡Cómo lo deseo!

Mantengo la vista fija en Paul, que termina de desatarse los pantalones de terciopelo y los deja caer al suelo. El anhelo en mi vientre se convierte en fuego cegador al verlo. Los músculos vigorosos de sus brazos se tensan cuando me aprieta contra sí. Huele al almizcle y su pelo es suave, lo que hace que me resulte fácil acariciar sus mechones sedosos.

—Bésame otra vez, Paul.

Después de un beso así, es hora de que empecemos a tutearnos, ¿no les parece?

—¿Y perder mi alma? —susurra él, con un gruñido—. Ya te has llevado mi corazón.

Mordisqueo mi labio inferior de un modo juguetón. La gatita sexy de principio a fin.

—¿Mis besos no valen el precio de tu alma?

—Tu beso me inspira a continuar con mi trabajo, con mi pintura —musita él.

—Pues deja que te inspire un poco más —bajo la vista y me arrodillo en el diván con las piernas abiertas, una mano en la cadera y la otra jugando conmigo misma.

—¡Ah! Eres demasiada tentación para este pobre artista —suspira, mueve la cabeza y se seca el sudor de la frente—. No puedo contenerme aunque pierda lo único sin lo que no puedo vivir.

—¿A qué te refieres?

—A ti.

—¿A mí?

—Sí, sí. Siempre he creído que mi arte era como el sexo, algo tan transformador, tan refrescante, que algún día podría expresar ese sentimiento en el lienzo. Cuando te vi, supe que tú eras la inspiración que he buscado por todas partes, desde los cabarés a los burdeles o los salones. Tengo que terminar de pintarte. Ahora. Antes de que desaparezcas y me quede sin ti en mi mundo.

Frunzo el ceño.

—Hablas raro, Paul, como si esperaras que desapareciera.

—Es una sensación que tengo... y que me perturba.

Paul suspira y me estrecha contra sí, como para retenerme. Yo le toco el hombro y bajo la mano despacio por su brazo poderoso. Lo miro con aprobación cuando se saca la camisa por la cabeza y deja al descubierto su torso. Está maravillosamente formado: pecho musculoso, cintura estrecha; el corazón me late con fuerza y contengo el aliento. La amplitud de su pecho, las ondas de sus músculos abdominales, juegan con mis sentidos retándome a continuar mi exploración descendente, con el calor que emana de mi interior acercándome peligrosamente a hacerme olvidar las reglas de Min.

Follar sí. Enamorarse, no.

No oigo otra cosa que nuestras respiraciones conjuntas, casi como una sola. Me desea tanto como yo a él, pero se contiene. ¿Por qué? Como si me leyera el pensamiento, me susurra al oído lo que quiere y una de sus manos acaricia mi pelo y la otra aprieta mi pecho izquierdo. Me echo a reír. Quiere capturar mi esencia en su obra. Es una idea pícara, pero estamos en París, ¿no?

—¿Y cómo piensas reunir mis jugos de miel? —pregunto.

Él inserta dos dedos en mi vagina y empieza a introducirlos y sacarlos, sin prisas.

—Sencillo. Estás muy mojada, *ma belle* —tiende la mano hacia donde está su paleta y recoge un tarro pequeño de arcilla. Está vacío. No por mucho tiempo, si sigue tocándome así.

—No me sorprende que tus jugos fluyan tan rápidamente —continúa—. Eres una muchachita.

—Soy una mujer, Paul —susurro, turbada porque solo le interesen mis jugos juveniles—. Una mujer que quiere que le hagas el amor.

—Eres una diosa y te adoro —musita él con voz ronca y profunda.

—Hazme el amor.

Aunque es evidente que él controla la situación, me siento obligada a seducirlo. ¿Es porque quiero probarme a mí misma que sigo siendo deseable? ¿Enseñarle un par de cosas, como dónde encontrar mi punto G? No porque yo sepa dónde está, pues

David nunca pudo encontrarlo, pero leí un libro sobre eso. Sobre que una mujer puede eyacular varias cucharadas de té de flujo con estimulación digital de su punto G.

Sigue acariciándome, Paul, y tendrás jugos de miel suficientes para todo el maldito cuadro.

Me besa el cuello y aprieta mis pechos contra su torso. No lo detengo. Mi cuerpo obedece y sucumbo al anhelo de aferrarme a él, de susurrarle mi deseo, dejarme llevar por mis instintos y verme inundada por un remolino de suspiros eróticos y pasión agotadora.

Me rindo a él, exhausta por la intensidad de mi lucha interna por resistirme. Cierro los ojos y lo que siento me revela lo que me empeño en negarme a mí misma. Solo tenía que alterar mi punto de vista y dejar que mi corazón me dijera lo que mi mente no quiere aceptar.

Me estoy enamorando de Paul Borquet, un hombre que no existe en mi mundo, pero yo sí en el suyo.

Cuidado, chica. Si te enamoras de él, ese cuerpo tuyo de fábula se convertirá en grasa. Y no olvides esas líneas en torno a los ojos que viste en tu último cumpleaños.

Sí, conozco las reglas. Tendré cuidado.

Lo oigo respirar y siento su aliento caliente en mi piel. Levanto el rostro hacia el suyo, la señal que él esperaba. Me besa en la boca y su lengua me llena con un fuego ardiente que me excita, fundiendo mi resistencia.

Le devuelvo el beso con una ferocidad que revela mi necesidad y me echo hacia atrás cuando él me acaricia el pelo, baja las manos por mi espalda desnuda y envía oleadas deliciosas de excitación por todo mi cuerpo.

Me sube la barbilla para mirarme a los ojos y mordisquea mi oreja. Respiro hondo. Estoy ardiendo y respiro entrecortadamente.

—Te deseo, Autumn.

—Oh, sí, Paul, sí.

Me retuerzo con deliciosa agonía mientras él acaricia mi piel y sigue raspándome los pezones con la lengua. No presto atención a dónde estamos ni lo que esto significará mañana, al día siguiente o a la semana siguiente. Solo importa este momento.

La luz de la tarde lanza un resplandor naranja al interior del estudio, que ilumina nuestros cuerpos desnudos. Con el corazón galopante, me entrego a él. Estoy tumbada de espaldas en el diván y él se inclina y me muerde suavemente los pezones. En el espejo del techo, veo a mi artista de pelo oscuro moverse despacio sobre mis pechos para chupar y mordisquear tantas veces mis pezones que pierdo la cuenta.

—¿Te gusta? —susurra, sin pararse. Baja por mi cuerpo hasta que siento sus labios besar el tramo de pelo caoba que adorna mi pubis.

—¡Oh, Paul! Nunca he sentido algo así —me reprimo, a punto de decirle que es el mejor amante que he tenido nunca. ¿Qué diría él si supiera que no soy la hermosa jovencita que me devuelve la mirada en el espejo sino una mujer con experiencia? ¿Lo comprendería?

Guardo silencio. Y grito cuando sus dedos encuentran mi botón hinchado, endurecido y que busca liberación. Respondo a su caricia, con mi vientre y caderas moviéndose con un ritmo sensual. Miro a Paul, desnudo pero pendiente de mis necesidades, que masajea con la otra mano la firmeza de mis caderas. Abro más las piernas para que él pueda ver la humedad brillante de mis jugos reuniéndose en los pliegues sensibles de mi coño, llamándolo.

Sonrío cuando coloca un cojín en mi espalda para que me apoye, divertida por su galantería pero encantada con ella. Mueve su cuerpo tan cerca del mío que parece que nos vamos a fundir el uno en el otro. Su largo falo duro me produce un cosquilleo de placer. Antes de que pueda captar toda su belleza y maravillarme ante su tamaño, él separa los labios suaves bajo mi vello púbico y desliza el pene en mi interior. Bajo la vista. No, solo ha introducido la punta del pene, pero la sensación es tan exquisita que es más de lo que puedo soportar.

—Nunca he sentido esto —susurro, aferrándome a él y mirando sus ojos azules oscuros. Se siente claramente halagado por mi respuesta.

—Quiero que sientas el mismo éxtasis que siento yo cuando te miro —me dice, y por unos segundos, me miro en el espejo y veo la expresión extática de una chica entregada a un placer increíble. Tengo que admitir que me siento estimulada por la visión de mi cuerpo desnudo con la cabeza de su polla dura alojada en él. Me penetra más hondo, hasta que me siento llena de él. Sus embestidas se vuelven exploratorias, arriba y abajo, arriba y abajo, y lo único que puedo hacer es gemir, con el rostro sonrojado de deseo.

Sigue moviéndose, con respiración jadeante y el cuerpo húmedo de sudor. La intensidad de la emoción que los dos compartimos es abrumadora, nuestra necesidad del otro va aumentando con cada embestida de su pene. Me faltan segundos para sentir los estremecimientos rítmicos y prolongados del clímax y me pregunto qué ocurrirá en ese momento.

¿Me despertaré de nuevo en mi época, en el suelo frío del estudio de arte de Marais, caliente y sudorosa, con el cuerpo húmedo por la pasión de mi propio sueño?

¿O despertaré al lado de Paul Borquet?

Pase lo que pase, estoy decidida a no cerrar los ojos y dejarme arrastrar por las sensaciones deliciosas. No, miraré el espejo y veré mi cuerpo en el abrazo de la pasión, veré a Paul, este maravilloso artista, bombeando su deseo en el interior de mi cuerpo y dedicándose a satisfacer mis necesidades además de las suyas.

Aprieta el paso, que se vuelve más urgente, y antes de que pueda contener el aliento, llega el momento supremo y mi cuerpo empieza a palpitar. Intento mantener los ojos abiertos, pero no puedo. Parpadeo a medida que una ola tras otra de placer recorren mi cuerpo e intento obligar a mis ojos a abrirse para ver los temblores de mi cuerpo cuando él me embiste todavía con su pene y me lanza a un clímax de éxtasis, antes de...

¿Se sale? ¿Qué? Aprieto los músculos de la vagina todo lo que puedo, pero él se ha ido y yo no puedo parar. Gimo y muevo las caderas arriba y abajo, gritando de placer con cada contracción de las paredes de mi vagina, con la boca abierta en un grito de abandono. Ohhhhhhh... y luego se ha terminado.

No puedo moverme. En lo profundo de mí me

siento adormecida de relajación y satisfacción. Antes de que pueda recuperar el aliento, mi cuerpo despide flujo. Un olor fresco y ligero me intoxica. Paul introduce lo que puede en el tarrito de arcilla y a continuación coloca mi mano alrededor de su polla. Lo acaricio instintivamente hasta que vuelve a estar duro como una roca y luego abro las piernas y lo guío a mi interior.

—¡Entra en mí! —grito.

Él obedece y la emoción de mi orgasmo unida a su tormento de deseo lo lleva a él al clímax y vacía su semilla en mi interior. Parece que tarda una eternidad en hacerlo, mientras sus movimientos arriba y abajo producen una ola tras otra de placer delicioso. Quiero que la sensación continúe siempre. La sensación de él dentro de mí, lanzándome a un torrente de éxtasis, apartándome de las preocupaciones e imágenes de otro siglo. Llevándome lejos, muy lejos de todo lo que he conocido.

Un momento después me retuerzo bajo él y le clavo los dedos en la espalda. Paul arremete con fuerza, y me produce un orgasmo tan explosivo que no puedo dejar de gemir y jadear con voz ronca. Por primera vez en mi vida experimento un orgasmo múltiple durante el sexo. Algo que nunca me he creído capaz de sentir. Comprendo entonces que nunca he conocido a un hombre como Paul Borquet, un hombre que responda así a mis necesidades, que se emplee tan a fondo en el acto del amor que olvidemos todo lo demás. Un hombre cuyo deseo se corresponda con el mío...

Pero un momento. No hemos usado protección. Yo tomo la píldora, pero es imposible saber si funciona en los viajes por el tiempo. ¿Y las enfermedades de transmisión sexual? ¿O este paquete de fantasías incluye sexo seguro? Espero que sí. No quiero irme. París en 1889 es una ciudad maravillosa, con toda la excitación que una chica pueda desear.

La luz del sol se refleja en el techo de espejos y crea manchas doradas en nuestros brazos y piernas. Miro el trasero apretado de Paul y su pene fláccido, grande todavía. Un sol nuevo ilumina todas las curvas de su cuerpo desnudo y yo estoy empapada de la alegría de mi pasión y me contento con mirarlo. Respiro, relajada.

No puedo creerlo. Paul Borquet está tumbado a mi lado, con el brazo alrededor de mi cintura con aire protector.

Todavía estoy aquí.

Y preparada para otro orgasmo.

Pero parece que tendré que esperar. Paul duerme.

Camino desnuda por el estudio, disfrutando de ello. Hacía años que no me sentía tan desinhibida, tan... bohemia. Sí, eso es, bohemia. Desde que los negocios inmobiliarios y las reuniones empresariales de planificación se apoderaron de mi vida, mi sueño de vivir la vida bohemia se esfumó como el humo.

Ahora he recuperado ese sueño. Paul me ha insuflado su visión artística y su deseo sensual por mí. Somos como dos animales sexuales que abrazan el descubrimiento del otro.

Y estoy deseando ver su cuadro de mí.

Me acerco de puntillas al caballete y miro la

obra impresionista. Confusa, no puedo creer lo que veo. Oh, se parece a mí, pelo caoba flotando alrededor de los hombros desnudos, suave como pétalos de amapola tomando el sol en los campos, pero la cara del cuadro es pura. Inocente. Los ojos, la boca. La inclinación de la cabeza, las manos, el giro del cuerpo.

Me admira la levedad de las pinceladas, su habilidad para captar mi imagen de un modo muy espontáneo. Comprendo entonces que había olvidado lo que significa impresionismo, mirar la belleza del mundo de un modo minimalista: la naturaleza, los colores, la gente y los sentimientos sencillos, algo tan profundo y hermoso.

Nunca había visto unas líneas tan bellas, una riqueza así de tono y color, pero no soy yo. Es la recreación espiritual de una visión hermosa de una chica a punto de ser mujer, como si él, el artista, fuera a ser el que la llevara allí.

Tomo en mis manos el tarrito de cerámica situado al lado de la paleta. Vacío. Él ha mezclado mis fluidos con sus pinturas mientras yo dormía.

Paseo adelante y atrás, pensativa. Una parte romántica de mí anhela que él pueda verme como la mujer que soy. Tengo que convertirme en parte de este mundo si quiero sobrevivir y hacer que Paul Borquet se enamore de mí, de la mujer, no del cuerpo. Y lo haré. Aunque no puedo soportar pensar lo que ocurriría si me viera como realmente soy. Treinta y cuatro años, vale, casi treinta y cinco, con tripa y algunas arrugas.

Aparto de mi mente mis deseos sexuales y reviso el montón de ropa de mujer.

El momento oscuro pasa y recupero el sentido común. Tengo hambre. Mucha hambre. No encuentro nada en el estudio, por lo que decido vestirme y arriesgarme a explorar fuera. Rescato mi enagua del día anterior y un vestido de tafetán de talle muy bajo y con una cintura pequeña; añado medias negras, ligueros, unas zapatillas color rosa que parecen zapatitos de bailarina, un sombrero blanco con una cinta larga y un corsé de seda roja con encajes negros.

¿Dónde está mi capa de terciopelo roja?

Una búsqueda rápida por el estudio no produce ningún resultado. Sí encuentro un cuadro tras otro de mujeres en distintos estadios de desnudez, junto con dibujos a carboncillo de desnudos, así como bolsas de papel marrón manchadas de pintura. Olfateo la pintura para ver si está mezclada con ya saben qué y escribo una nota para Paul con pintura roja fresca.

Voy a buscar comida.
Ta chérie, Autumn.

Coloco la nota en el caballete y diviso algo rojo en un rincón. Cuando tomo mi capa, una estatuilla de bronce y peltre con el pene erecto cae al suelo. La tomo en mis manos y la aprieto entre mis pechos desnudos, abrazándola con fuerza como a un viejo amigo. ¿Cómo ha llegado allí?

¿Y qué importa eso?

Todo lo que me dijo el viejo artista del poder del éxtasis sexual es cierto. Abracé la magia negra de la estatua y soy joven, hermosa y sensual. Pero tengo miedo de lo que ocurra cuando acabe este viaje de locura.

He vendido mi alma para encontrar a Paul Borquet.

Espero no arrepentirme.

Capítulo 8

Este vestido apesta.

El olor de su dueña anterior llena mi olfato y hace que me resulte imposible ignorar el desagradable aroma que emite el vestido de tafetán marrón manchado de sudor. Además, el vestido y la enagua me dificultan andar con facilidad. Me recojo las faldas con la mano y cruzo la *rue Cortor* hasta la *rue du Mont*, bajo por un callejón tranquilo, bordeo una plaza desierta y entro en una calle que termina en unas escaleras.

Me rasco un picor. La dueña del vestido no lo ha lavado nunca. Apesta a olor corporal, tanto de sudor como de sexo. Está tan mal cosido que se ha salido una manga al ponérmelo. Peor aún, los botones superiores no abrochan, por lo que dejan al descubierto parte de mis pechos, aunque no me quejo. Tengo un escote maravilloso aunque no lleve Wonderbra, pero me pregunto si no debería haberme puesto la capa a pesar del día soleado. He tenido que olvidar el corsé, porque ponérselo con lazos en el frente y corchetes detrás me ha resultado una misión imposible y no me he atrevido a despertar a Paul para pedirle ayuda.

Paul. Mis músculos vaginales se tensan solo con pensar en él. Sabe acariciar mis pezones y pellizcarlos, no con mucha fuerza, pero sí la suficiente para que me estremezca de placer y dolor. Lo echo de menos y llevo menos de una hora fuera. Me detengo y miro a mi alrededor. ¿Dónde estoy? Reconozco la *Place du Tertre*, una plaza pequeña que en mi época está llena de turistas que buscan los apartamentos de Van Gogh y Renoir. Siento carne de gallina en los brazos. ¡Quién iba a imaginar que viviría en el mismo barrio que esos artistas inmortales!

Me gruñe el estómago. Comida antes que arte.

Más atrás he encontrado una panadería con hogazas grandes de pan recién hecho y ahora llevo una bajo el brazo; luego he comprado un queso suave amarillo en una charcutería. Desayuno para llevar, gracias a las monedas que he encontrado esparcidas entre óleos y aguarrás en el estudio de Paul. Un estudio sin agua caliente ni váter. Por suerte, el pequeño jardín estaba vacío cuando he hecho pis encima de un agujero, cerca de un montón de malas hierbas arrancadas y amontonadas allí.

Sigo recorriendo las calles de Montmartre, de vuelta al número 28 de Caulaincourt; huelo el aroma a rosas de los puestos de flores y escucho los gritos de los vendedores callejeros de ropa. Retrocedo sorprendida al ver una cabeza equina saliendo por la ventana de una tienda que anuncia carne de caballo.

Contengo el aliento y sigo adelante. Tengo la boca seca. Daría algo por una taza de café, pero miro al frente y aprieto el paso a pesar de las pesadas enaguas, en dirección a una calle pequeña, solo para descubrir que lleva a otra calle pequeña.

Me he perdido.

Sigo andando, sujetando el queso y el pan. Tengo que encontrar el estudio, en un bloque de cinco pisos, con el número pintado bien visible sobre el arco de la entrada y la gran puerta azul casi colgando de los goznes.

Los adoquines rotos crujen bajo mis pies. Respiro hondo. ¿Dónde está la *rue Caulaincourt* y los famosos talleres de yeso de Montmartre, utilizado para blanquear las fachadas de las casas?

Me esfuerzo por percibir el sonido de los pesados brazos de los molinos de trigo, pero solo oigo la música melancólica de un hombre que toca un organillo. Es evidente que los molinos ya no resultan útiles en una ciudad preparada para entrar en el siglo xx. El único edificio que reconozco de mi época, las cúpulas de piedra blanca de la Basílica del Sacré Coeur, todavía no está terminado.

Me recojo las faldas en torno a los tobillos y empiezo a subir la empinada colina, con la música del organillo perdiéndose al fondo. Tengo que seguir andando.

Giro en la *rue Lamarck*. Por muy cansada que esté, estoy decidida a encontrar el camino de vuelta al estudio de Paul. ¿Por qué me siento obligada a quedarme con él? ¿Solo por lo mucho que me excita? Me estremezco al recordar nuestras sesiones de sexo.

Y el cuadro sobre mí no está terminado. Ya saben lo que eso significa.

Ñami ñami.

Sigo subiendo la colina con el sol cayendo sobre mi cabeza. Una sensación tétrica se apodera de mí. Algo en el aire huele a podrido. Es basura arrojada por la ventana de un taller. Me cubro la nariz con la manga. Ese barrio es diferente. Las casas son más viejas y se apoyan unas en otras para no caer.

Un escalofrío me recorre la columna al ver a un grupo de hombres que hacen comentarios lascivos ante la ventana del primer piso de una casa. Veo un azulejo roto incrustado en el lateral de un edificio que anuncia que estoy en la *rue Caulaincourt*. Me animo enseguida. He conseguido encontrar el camino de regreso a la calle larga y curva. Solo tengo que ignorar lo que ocurre delante de esa ventana y bajar la calle.

Es lo que tengo que hacer, pero no lo hago.

La curiosidad es un rasgo que a menudo me desvía de mi camino, lo cual puede ser algo bueno cuando eres una ejecutiva en el siglo XXI, pero curiosear en Montmartre puede no ser muy sano para una chica bien dotada.

Me acerco al grupo de gente, impaciente por vivir una aventurilla. El corazón me galopa en el pecho cuando veo a una mujer de pie delante de una cortina sucia de flores rojas. Sostiene una lámpara de aceite en una mano y hace un gesto de invitación a los hombres de la calle con la otra. Va ataviada con un vestido amarillo y el largo cabello rubio le cae en rizos hasta la cintura. Ya no es joven, pero su rostro ovalado muestra una belleza decadente que lucha por sobrevivir. Mejillas pintadas de rosa; labios escarlata. Ojos azules que no parecen muertos ni vivos.

Nuestras miradas se encuentran y la suya expresa comprensión. Me invade un momento de tristeza por la mujer de la ventana. Me tiembla la boca y la interrogo con la mirada. La mujer me hace una seña de cautela, pero su expresión se desvanece un instante después, cuando un obrero acerca los labios al cristal de la ventana y besa su escote. La mujer ríe nerviosa y le hace señas de que entre en la casa. Los demás hombres se unen al juego y besan y ensucian el cristal de la ventana con la boca y los dedos grasientos, mientras gritan que quieren ver su coño y montarla.

—Aquí hay otra para la ventana —un hombre me agarra del brazo, se me cae el sombrero y me veo obligada a dejar caer el pan y el queso.

—¡Suélteme! —grito, pero el hombre ríe y me arrastra hacia los demás.

—Deja de resistirte —me dice.

Lo miro a los ojos y hago acopio de un valor que no sé que tengo.

—Comete un terrible error, *monsieur*. No soy una prostituta.

—No cometo ningún error, pero he cambiado de idea en lo de compartirte —el hombre me clava los dedos huesudos en el brazo y me arrastra lejos de la multitud—. Eres demasiado guapa para una ventana.

—¿Pero qué dice? No me puedo creer lo que oigo.

—Verá, *mademoiselle* —él aprieta su cuerpo contra el mío y me roza los hombros con los dedos—. He probado los coños de todas las putas registradas en este distrito. Ahora le toca a usted.

Muevo la cabeza sin comprender.

—¿Registradas? ¿Distrito? ¿De qué está hablando? —capto el olor amargo a alcohol fuerte en su aliento. Absenta. ¿Es que nadie bebe otra cosa?

—Vamos, *mademoiselle*, debe de ser nueva en la calle. El viejo Jacquot será el primer...

—¡Quíteme las manos de encima! —lo empujo, pero él es más fuerte, me agarra del pelo y tira de mí.

—Deje de luchar, *mademoiselle*. Tengo que hacer pis.

Yo parpadeo. ¿Aquí en la calle?

¿Y por qué no? ¿No he hecho yo lo mismo en el jardín?

Antes de que pueda protestar, me empuja al interior de un urinario circular, cuyas paredes pintadas de verde protegen a sus ocupantes de las miradas de los demás.

—No se mueva, *mademoiselle* —el hombre me empuja contra la pared circular y hace que me dé vueltas la cabeza, pero es peor el hedor a orina seca. Abrumador. Solo el frescor de la pared de metal frío en la espalda impide que pierda el conocimiento.

—Este sitio y usted me ponen enferma —declaro.

—Se sentirá mejor cuando le meta la polla y haga palpitar su coño —se burla él—. Antes tengo que ocuparme del mejor amigo de una *mademoiselle*.

Me sujeta con fuerza por el brazo y con la otra mano intenta sin éxito abrir los botones de la bragueta. Me suelta con una maldición. Me froto el brazo y pienso en salir corriendo, pero está oscuro en el interior del urinario público.

¿Por dónde está la salida?

Avanzo despacio por la pared de metal sólido en dirección al pasillo estrecho que se abre a la calle, tocando la pared con los dedos, con los pies hundidos en charcos hediondos cuando...

—No tan deprisa, *mademoiselle* —el hombre me agarra y me saca del urinario. Le golpeo el pecho con los puños y él me empuja contra una valla de madera y me sujeta allí.

—¡Suélteme, imbécil!

—No puedes escapar del viejo Jimmy.

—¡Déjeme en paz! —grito; intento clavarle la rodilla en la entrepierna, pero él bloquea el movimiento y se ríe en mi cara.

—Bien, sigue luchando. Me gustan las rameras con espíritu —me agarra las muñecas y me las retuerce a la espalda. Grito de dolor. Él se ríe. Me besa en los labios, con saliva bajándole por la barbilla, e intenta abrirme la boca con la punta de la lengua.

Me retuerzo en sus brazos y el olor a comida pudriéndose me pone enferma. Aprieta su barba en la piel suave de mis mejillas. Doy un respingo cuando me abre el vestido y frota los dedos en mis pezones; los pellizca con fuerza y después empieza a lamerme los pechos, que se mete en la boca para succionar.

—¡Qué hermosa eres! Pagaría cinco francos por ti.

—Ella no vale cinco francos, *monsieur* —grita una voz de mujer.

El hombre se da la vuelta, con todos sus sentidos alerta ante el peligro. Luego sonríe.

—El viejo Jimmy está de suerte hoy. Dos jovencitas quieren su polla.

Casi se le salen los ojos de las órbitas y juro que empieza a temblar de excitación al ver a la otra mujer. Rubia, hermosa, una mujer que ya conozco.

Es la rubia de Les Halles. Con los brazos en jarras, la joven llamada Lillie parece un personaje sacado de una película de cine negro de los años cincuenta. Su pecho sube y baja bajo su ceñido jersey negro, en el que resaltan sus pezones duros. Su falda larga, negra con rayas rojas, termina encima de unos zapatos negros abotonados. Sus ojos son grandes y separados y sus pestañas largas y negras no ocultan la furia que brilla en ellos.

—Volvemos a vernos, *mademoiselle* —dice.

—No la conozco —miento. No quiero tener nada que ver con esa mujer, pero ella no se rinde.

—¿*Monsieur* Borquet la arrojó a la calle con su semen todavía húmedo entre los cachetes de su trasero? —se burla ella—. Bien. Yo estaré encantada de calentar su cama.

—Con ese corazón frío, imposible.

—¿Ah, sí? Yo sé cómo complacer a un hombre, cómo hacerle arrastrarse de deseo cuando me lamo la mano y luego la cierro sobre su pene y la muevo arriba y abajo hasta que gime de placer. Después lo chupo hasta que se corre en mi boca... —dice la rubia, que se lame los labios como si retirara la nata del pene de un hombre.

—Pues aquí tiene un cliente impaciente —señalo al viejo Jimmy, que nos mira a las dos con ojos de deseo—. Es todo suyo, *mademoiselle* —percibo que esa mujer es peligrosa, muy peligrosa, pero no puedo mostrar miedo y no lo haré.

—No discutan, muchachas, hay bastante para las dos —interrumpe el borracho con una risita.

Lillie sonríe.

—Fuera de mi camino, idiota.

—Vamos, *mademoiselle*, tengo dinero; mucho dinero —el borracho saca unos billetes doblados del bolsillo del pantalón—. Y esto —saca su pene, pequeño pero duro.

—Y yo tengo esto, *monsieur* —Lillie saca de la manga una navaja y el viejo Jimmy la ve y se aleja calle abajo, con los pantalones abiertos y el pene en la mano.

No mira atrás.

Yo presiento un nuevo y más grave problema, más letal que la lujuria de un borracho. Lillie se acerca a mí despacio. De cerca es más caricatura que mujer.

—¿Por qué no guarda esa navaja, *mademoiselle*? —pregunto, sin retroceder pero sin sentirme tan segura como hace un momento.

—¿Tiene miedo? —Lillie enarca las cejas—. No hay motivo. Solo intento recuperar lo que es mío.

—¿Suyo?

—El artista, *mademoiselle*. Paul Borquet me pagaba para ser su modelo hasta que apareció usted.

Yo me río.

—Está celosa.

A Lillie le brillan los ojos. Se acerca más, sin apartar la viste de mí.

—Usted se rio de mí en Les Halles —declara con frialdad, aunque interpretando también para el grupo de hombres que empieza a congregarse a nuestro alrededor—. Esta vez no lo repetirá.

—Ya lo he hecho, *mademoiselle* —digo, para ganar tiempo mientras intento pensar qué haré a continuación. No me gusta la idea de tener público, y menos hombres deseosos de ver a dos mujeres peleando como gatas callejeras. Es evidente que Lillie tiene intención de ofrecerles un espectáculo.

—Se lo advertí, *mademoiselle* —dice.

—Ya estoy harta de sus juegos. Me marcho y le sugiero...

Me vuelvo, pero me detengo enseguida. El sonido silbante del acero pasándome al lado del oído corta mis palabras. El sudor cubre mi labio superior cuando veo la hoja de la navaja clavada con firmeza en la valla de madera, a solo unos centímetros de mi cara.

—Yo no me asusto fácilmente, *madame* —digo apresuradamente, buscando ganar tiempo en una situación que ha ido mucho más allá de una aventura de curiosa—. Es una mala costumbre que tengo.

—Yo también tengo una mala costumbre, *mademoiselle*...

Veo con horror que Lillie saca una segunda navaja de la manga del jersey, lame la hoja con la lengua y toma puntería.

—... odio fallar.

Capítulo 9

Paul yacía desnudo en el diván de seda adamascada de su estudio, en un estado más profundo que el sueño, más profundo que la borrachera, con el cuerpo cubierto de una pátina de sudor que brillaba como chispas minúsculas de fuego y el corazón latiéndole despacio. Soñaba con ella. Con la pelirroja entregándose completamente a los deseos de él y regodeándose en sus propios descubrimientos.

Paul había tenido muchas aventuras, pero nada como aquello. Nada. Lo agotaba y al mismo tiempo lo llenaba de poder. Se entregaba con abandono y al mismo tiempo tomaba también de él, como si fuera una diosa que lo sedujera con su cuerpo extraordinario y disfrutara también de la potencia sexual de él.

Cuando despertó, su cuerpo había hecho acopio de energía en la sesión de sexo con ella y ya tenía lo que necesitaba para terminar el retrato. Respiró hondo, estiró los músculos y un dolorcillo agradable en las rodillas le recordó los sonidos de lujuria que salían de la garganta de ella cuando la penetraba o frotaba el pene en su trasero.

Tenía que poseerla de nuevo.

Tocó su pene, que estaba erecto. Se volvió y extendió el brazo. No encontró nada excepto seda arrugada. Estiró más el brazo. Nada.

Ella no estaba.

Se despertó de golpe. No podía creer que no estuviera allí, que se hubiera evaporado como el humo de una cerilla acabada, convirtiendo su sueño en cenizas.

No. No. No. Se negaba a creer que se hubiera ido. No lo creería. Saltó del diván. Tenía miedo de la oscuridad que empezaba a descender de nuevo sobre él, empujando su visión artística a un mundo sin color, sin tono, sin luz. Sin ella. Jamás podría adaptarse a un mundo sin ella. Hacerle el amor, besarla, estar con ella, pintarla, eran su razón de ser.

Su alma.

Su espíritu.

Su inmortalidad.

Aunque su sueño se desvanecía rápidamente de su alma y sentía un dolor de cabeza furioso en la nuca, recorrió el estudio buscándola, buscando algo que probara que la joven pelirroja había estado allí.

Entonces lo vio. Su cuadro.

Pero sí, estaba allí, inacabado, apoyado en el caballete, con la pintura todavía húmeda y el flujo vaginal mezclado con los óleos. Su obra maestra. Fresca, hermosa. Encantadora.

¿Pero dónde estaba Autumn?

Mientras su razonamiento intelectual se esforzaba por coexistir con su locura artística, se dijo que la pelirroja no era una ilusión. Había estado en sus brazos, pero se había ido. Le había sido arrebatada por haber permitido que sus necesidades sexuales se impusieran a su visión artística. Ese miedo se metamorfoseó en rabia y la rabia en furia.

Paul descendió entonces a su infierno personal y gimió, primero despacio y luego con más fuerza. Había buscado a una mujer así durante años. En noches en las que la luz de la luna era su amante, él subía las escaleras hasta el tejado y allí, en el refugio donde hacía su magia, donde estallaba en su interior la furia producida por su pasión de crear, su alma creativa volaba en un éxtasis espiritual causado por la absenta, su maga verde. Y unos ojos verdes lo eludían todo el tiempo. Los ojos verdes de ella.

El maullido de un gato lo sacó de sus pensamientos. La puerta azul grande estaba abierta. Se le aceleró el pulso. Ella podía haber subido al tejado. Sí, sí.

Tomó en sus brazos al animal amarillento y se dio cuenta, demasiado tarde, de que las patas del animalito de la casera estaban húmedas de pintura roja. Bajó la vista y vio que el gato había jugado con un papel marrón manchado de pintura fresca. No recordaba haber dejado ningún papel manchado de pintura en el suelo y no le prestó atención. Lo arrugó y lo lanzó a un rincón.

Bajó al gato y, sin molestarse en ponerse los pantalones, salió al pasillo y subió los escalones de dos en dos con su cuerpo desnudo brillante de sudor.

—Se ha ido, *monsieur* Borquet —dijo una voz de mujer. Y se oyó un suspiro.

Paul se volvió, sabedor de que la mujer que había hablado era la portera. Tenía una edad indeterminada, cuando los primeros signos de la juventud pasada hacen que cuelguen los pechos, que ella ocultaba bajo un vestido de un azul apagado. Un gorro gris cubría su pelo, pero la vanidad la empujaba a pintarse los labios con carmín. Se lamió los labios y miró anhelante el cuerpo desnudo de él y su pene erecto. No podía apartar la vista.

—¿Adónde ha ido, *madame*? —preguntó él—. Tengo que saberlo.

La mujer pensó un momento.

—Se lo diré si me deja tocar su falo.

Sus palabras le turbaron.

—No nos avergüence a ambos, *madame*. Por favor, dígame lo que debo saber.

La mujer suspiró y, con una mirada que decía que no olvidaría fácilmente lo que había visto ese día, le dijo lo que quería saber.

Estoy segura de que Lillie no ha fallado el blanco la primera vez. He visto su sonrisa de confianza. Sus palabras tenían el objetivo de atormentarme con algo que penetra mucho más hondo que ninguna navaja.

El miedo.

No retrocedo. Una sombra gris cubre los ojos de la chica, que mira a los hombres que nos observan, aunque mantienen la distancia. Veo algunos habitantes de la zona que miran desde detrás de sus ventanas, pero es obvio que nadie quiere interferir con el juego de la chica. Un espectáculo para cualquiera que esté dispuesto a tomarse el tiempo de mirar.

Lillie acaricia la navaja con las yemas de los dedos.

—Cuando termine con usted, no volverá a llamar la atención de ningún hombre, y mucho menos Paul Borquet.

—No es mi rostro lo que encuentra tan deseable —replico.

Lillie echa atrás la cabeza y suelta una carcajada. Una risa profunda que agita sus pechos redondos.

—¿Eso es cierto? ¿Y quién es usted, *mademoiselle*? ¿Una chica de la calle nacida bajo una farola en la capa extendida de un gendarme?

—No soy yo la que hago la calle, *mademoiselle*; es usted.

La chica disfruta claramente de la atención de los hombres, que le silban con aprobación.

—No, usted es una ramera que atrae a los hombres a una emboscada con su sonrisa seductora y la promesa de carne prohibida.

—Apártese de mí, estoy harta de su juego —son palabras valientes, pero estoy muy asustada.

Lillie achica los ojos.

—Es joven, *mademoiselle*, pero pronto será vieja y tendrá que cubrirse las arrugas de alrededor de los ojos y boca con polvo de ladrillo y estar al acecho en los barracones para abrirse de piernas ante cualquier soldado que tenga un trozo de pan con el que saciar su hambre.

—Por lo menos el color de mi pelo es natural —

me burlo yo; y señalo su entrepierna—. Arriba y abajo.

—Es la última vez que me insulta, *mademoiselle* —sisea Lillie—. Es tan joven... tan hermosa... Lástima que tenga que cambiar eso.

—Aquí no cambia nada excepto su actitud —replico con una voz que casi no reconozco como mía.

Lillie me mira un momento con aire interrogante, pero le sostengo la mirada, negándome a retroceder. Al fin la rubia mira su navaja como para asegurarse de que sigue teniendo el control. No voy a fingir que no me preocupa verla subir y bajar la navaja por la palma de su mano, donde aparece una gota de sangre. Me encojo cuando Lillie lame la gota con la lengua, como si saboreara ya mi sangre en sus labios.

Un golpeteo fiero me palpita en las venas. ¿Qué narices pasa aquí? Hasta ahora no había pensado que podía morir en esta época. No me esperaba algo así en mi fantasía erótica. Respiro con regularidad, contando los latidos de mi corazón que resuenan en mis oídos. Respiro hondo, haciendo acopio de fuerzas.

Si no pierdes la cabeza, saldrás de esta.

¿Sí? Se me acaban las opciones. Tengo que hacer algo para defenderme. Mi broma del karate no dará resultado con esta lunática. Extraigo la navaja de la valla con la mano izquierda y la agito en el aire con desafío.

—Parece que ahora estamos empatadas, zorra.

Lillie retrocede, pero solo un instante. Recupera de nuevo el control y me mira con atención.

—Solo ha añadido interés al juego —sonríe.

Con la navaja apuntando a Lillie, me agacho y

muevo de un lado a otro, intentando alterar la concentración de mi oponente. Maldigo el estorbo de las faldas, pero Lillie tiene el mismo inconveniente. En lo que sin duda me lleva ventaja es a la hora de manejar la navaja. Y aquello parece una lucha a muerte. Quiero dar media vuelta y salir corriendo, pero me lo impide un deseo primitivo de quedarme y enfrentarme a esa chica. No retrocedo.

Lillie da un grito y se lanza sobre mí con la navaja cortando el aire con un movimiento plateado. Me quedo un instante transfigurada, viendo la escena a cámara lenta mientras el cuerpo de la chica forma un arabesco en el aire.

Luego el instinto se apodera de mí.

—¡No! —grito. Y esquivo su ataque con una rapidez que me sorprende.

Pero no soy lo bastante rápida.

Lillie me clava el hombro derecho en el cuerpo y me empuja al suelo.

—Usted no puede pelear con Lillie de Pontier —grita la prostituta francesa, que se sienta a horcajadas sobre mí y me arranca la navaja de la mano.

La oigo caer sobre los adoquines de la calle. Una oscuridad fría cubre mi rostro, bloqueando la luz prometida por el sol mientras la chica francesa me tiene clavada al suelo. Estoy tumbada impotente y Lillie me tira del pelo con fuerza. Contengo el aliento, esperando sentir el dolor agudo de una navaja atravesando mi pecho. No sucede.

Aprovecho la vacilación de ella para clavarle la rodilla en mitad de la espalda. Lillie grita de dolor y se echa hacia delante, soltando la navaja en el proceso. Yo la empujo al suelo.

—¡Puta asquerosa! —grita ella, arrodillándose.

Nos miramos. Gruño de dolor. Todos los músculos de mi cuerpo parecen una goma elástica rota. Veo la navaja. Está lo bastante cerca de mí, si tengo suerte. Me lanzo a por ella, pero Lillie se me adelanta. Rezo para que quede algo de bondad en ella, para que pare ese juego de locura, pero los celos que viven en su alma la consumen.

—Serás comida para los perros —me amenaza.

Y se lanza sobre mí con la navaja apuntando a mi corazón.

—No si yo puedo evitarlo —grito.

Tiendo las manos y le agarro la muñeca; sujeto la navaja con ambas manos, apartándola de mí. Trago saliva con fuerza. La punta de la navaja está a centímetros de mi pecho desnudo. Lillie grita y empuja con fuerza. Yo empujo también, aunque apenas consigo evitar que la navaja me corte. Nos debatimos salvajemente, y nuestros gritos excitan a los espectadores.

—Dale una lección a esa ramera.

—Vamos, córtale el corazón.

—Mátala... mátala —gritan una y otra vez.

Me invade la fatiga, pero sigo resistiendo, incluso cuando oigo rasgarse mi vestido en la espalda y bajo el brazo. El sudor me pega el pelo a la cabeza. No puedo aguantar mucho más. La chica francesa tiene una fuerza increíble. Veo la expresión de triunfo en sus ojos cuando consigue acercar más la hoja a mi pecho, pero me niego a darme por vencida. Encuentro fuerzas para seguir aguantando. No pienso rendirme.

De pronto, un silbido corta el aire y ahoga los gritos asesinos de la multitud.

Es la policía. Reconozco el uniforme azul del gendarme. Le quita la navaja a Lillie de la mano y me ayuda a incorporarme. Me relajo, una sensación de alivio inunda mi cuerpo. Me atrevo a cerrar los ojos y mis párpados caen pesadamente, como un telón al final de una obra mala. No voy a morir después de todo.

—Levántate, puta.

—Espere... —un par de manos grandes me agarran por las axilas, obligándome a levantarme—. No soy una prostituta...

Guardo silencio, me llevo una mano al vestido roto y me recojo las faldas con la otra. ¿Quién me va a creer? Visto como una prostituta y huelo como tal. ¿Cómo puedo demostrar mi inocencia?

El gendarme me agarra con firmeza y me retuerce el brazo a la espalda. Hago una mueca de dolor, pero guardo silencio. Tendré ocasión de explicarme, ¿no?

Mantengo la cabeza alta mientras el policía me empuja entre la multitud furiosa, que maldice a los hombres de azul por estropearles la diversión. Esquivo un tomate podrido que me arrojan, pero no puedo evitar que los hombres me agarren con sus manos grasientas y sus palabras sucias. Doy un codazo a más de uno, pero eso no les impide intentar tocarme los pechos o azotarme el trasero.

Veo que Lillie se debate entre dos policías. Me sorprende ver miedo en su cara. Y luego su mirada se posa en mí y el miedo se convierte en rabia.

—Esto no acaba aquí —me amenaza entre dientes, mientras los policías se la llevan al carro que espera—. Tú ya estás muerta.

La chica francesa me escupe viciosamente a la cara. Es un gesto humillante. Uno que no olvidaré.

Me limpio la saliva caliente de la mejilla. Me la limpio, pero sé que la amenaza sigue allí.

—Vamos, ramera, sube al carro.

Paul vio al sargento empujar a la pelirroja hacia el carro cerrado de la policía. Corrió hacia allí, abriéndose paso entre los hombres, mirando a derecha e izquierda, empujando a unos y otros y maldiciendo hasta que sintió la porra de un gendarme clavársele en la espalda.

—¡Atrás, *monsieur*!

—La pelirroja es mi hermana —insistió Paul.

El gendarme se echó a reír.

—Y la otra es mi madre. Márchese.

Paul siguió intentando abrirse paso volviéndose en la otra dirección, pero de pronto algo lo mantuvo inmóvil en su sitio. Mirando. Autumn debió de sentir la intensidad de su mirada, pues levantó la vista y sus ojos encontraron. Él contuvo el aliento. Los ojos verdes de la joven mostraban una oscuridad que pareció levantarse al verlo. Un sentimiento extraño lo embargó. Un sentimiento que no tenía nada que ver con el calor que aumentaba en su entrepierna ni la presión de su pene contra los pantalones ceñidos. ¿Entonces qué? Él no creía en el amor. En su mundo, los hombres solo se enamoraban cuando la mujer pertenecía a otro. Era mejor así. Sin ataduras. La pelirroja era diferente. Había poseído su cuerpo, pero quería algo más, algo que le estaba prohibido.

—Deprisa —ordenó al sargento, sin hacer caso de las protestas crecientes de los hombres congregados allí. Empujó a Autumn al interior del carro—. Cuanto antes llegues a San Lázaro, antes volverá a estar en la calle abriendo las piernas.

Paul vio que la pelirroja le suplicaba al sargento, pero no podía oír lo que decía con los gritos de los hombres que lo rodeaban. El policía se echó a reír, le acarició la mejilla con familiaridad y bajó luego la mano hasta el pecho desnudo. Paul casi perdió el control entonces. Al ver a otro hombre tocándola, apretó los puños, dispuesto a pegarle. Vaciló. Si interfería, podía ser peor para la chica, pero eso no disminuyó su furia contra una sociedad en la que las jóvenes estaban a merced de los guardianes de la ley.

El sargento cerró con fuerza la puerta del carruaje, saltó al pescante del carro, y con un saludo burlón en dirección a la multitud, azotó con el látigo los flancos de los caballos y el carro se puso en marcha con su carga de prostitutas del día.

Paul siguió en el centro de la calle, respirando el aire densamente perfumado de París, intentando sacarse de los pulmones el olor podrido de la ciudad. Furioso, se golpeó la mano con el puño. Sabía lo que le ocurriría a la chica y el corazón le latía con fuerza. No era ningún secreto que se dirigían a San Lázaro, una prisión famosa para vagabundos y chicas de la calle, algunas de solo trece años. Floristas, costureras, tenderas, cualquier chica que intentara ganarse unas monedas con el sudor de su cuerpo podía acabar allí.

Paul, para mantenerlas fuera de la cárcel, les

daba dinero y luego las despedía sin probar la dulzura de sus jóvenes cuerpos. Pero llegaba el día en el que el coñac barato y los besos apasionados de otros hombres las volvía descuidadas y antes o después acabarían en el carro de la policía. Una vez allí, quedaban registradas como prostitutas y perdían la libertad. Para aquellas chicas, San Lázaro era la última parada.

Sabía que debía salvar a Autumn de aquel destino antes de que la absorbiera como se absorbe un punto de color en el lienzo de un paisaje mucho más amplio. Era diferente a las demás. Su forma de hablar, sus modales. Hablaba francés con acento extranjero y era tan... ¿cómo era? Era joven, muy joven, pero inteligente, y parecía fuera de lugar en aquel mundo, como si la hubieran dejado de pronto en la ciudad sin saber dónde estaba. Huía de algo, de eso estaba seguro, pero no importaba. Haría lo que fuera por volver a tenerla en sus brazos.

Tenía que pensar. Había llegado tarde. No la habría encontrado de no ser porque había oído a un borracho viejo hablar de la hermosa prostituta pelirroja que peleaba con la rubia. Lillie. Le sorprendía que esta se hubiera metido en una pelea callejera con la pelirroja. Lillie era coqueta y afectada, pero valoraba y se enorgullecía de su cuerpo por encima de todo.

¿Por qué empezar una pelea y arriesgarse a estropear ese cuerpo?

A menos que tuviera tantos celos de la pelirroja que estuviera dispuesta a arriesgarlo todo por quitarla de en medio con tal de volver a la cama de él.

Mujeres. Jamás las comprendería.

—Lástima que el espectáculo haya terminado, ¿no? —dijo el hombre que había a su lado, con un gesto obsceno—. Me habría gustado ver a esas dos putas arrancándose mutuamente la ropa.

Paul apretó los dientes y tuvo que reprimirse para no golpear al hombre.

—Yo conozco a la pelirroja —dijo.

El hombre se echó a reír.

—Estoy seguro de que la mitad de los hombres de París conocen a esas chicas. Son muy buenas tragando la semilla de los hombres.

—Cierre la boca, *monsieur*, o se la cerraré yo.

—¿En serio? Si me pone la mano encima, *monsieur*, llamaré a los gendarmes.

Paul sabía que hablaba por hablar. En aquella parte de Montmartre, el prefecto decía a sus agentes del orden que ignoraran las peleas callejeras, excepto en lo relativo a recoger prostitutas. Además, Paul no tenía miedo. Era un boxeador profesional, aunque su pintura era lo primero, excepto cuando necesitaba dinero. Entonces competía por los cien francos que ofrecían los establecimientos de boxeo más pretenciosos cercanos al centro de París. Era conocido por sus ganchos de izquierda dirigidos al cuerpo y sus derechazos lanzados a la mandíbula. Por suerte, nunca se había herido las manos en una pelea.

—No me amenace, *monsieur* —dijo—. No tengo paciencia para...

Sin previo aviso, el hombre lo agarró por detrás y saltó sobre su espalda, pero Paul se lo sacudió fácilmente. El hombre atacó de nuevo, pero Paul lo esquivó, y cuando el otro quiso reaccionar, estaba tumbado en la acera con un corte encima del ojo que garantizaba que no volvería a por más.

Paul echó a andar, sin saber adónde iba. Le dolía la cabeza y, antes de que pudiera calmar del todo su rabia, perdió contacto con el momento, el presente, y cambió la escena, dejándolo sumido en un estado como de trance al que se retiraba cuando los viejos recuerdos dominaban su psique con el dolor de su juventud perdida.

Siempre era lo mismo. Estaba en la granja de estuco. Las contraventanas verdes estaban cerradas, dejando fuera el sol y la gloria de las flores. Solo lo rodeaba la negrura del mundo gris que llevaba dentro. Veía a un hombre enorme con grandes botas. Vestido con pantalones abotonados en los tobillos y una camisa blanca, se elevaba sobre él, tras haber arrojado su sombrero de paja al suelo con furia, y se disponía a golpearlo con la vara de bambú que sostenía en la mano. Su padrastro le gritaba, intentando imponerle su voluntad, pero él mismo al borde de la histeria.

—Extiende las manos, muchacho.

Paul se negaba. Permanecía en la cocina de la granja, con los ojos clavados al frente, sin querer ver los restos carbonizados de sus cuadros en la chimenea.

Su padrastro destruía sus dibujos, bocetos, todo lo que pintaba.

El hombre lo esperaba cuando volvía a casa del estanque y el humo de la chimenea se burlaba de él al acercarse. Sabía que su padrastro quería que olvidara que podía ver cosas de un modo que nadie más podía. Que podía presentar imágenes de armonía y belleza que procuraban placer, que permitían al ojo ver líneas y colores de un modo nuevo y estimulante. Quería huir a París, aunque le dolía dejar a su madre, una mujer callada y gentil. Nunca conoció a su padre, solo sabía que era inglés. Después de su nacimiento, su padre los llevó a Inglaterra, pero su familia tan esnob no los aceptó y los hicieron volver a Francia, obligando a su madre a entrar en un matrimonio sin amor para ofrecerle una casa a su hijo. Su madre jamás habría podido adivinar la extensión del peligro en el que se había metido, no habría podido concebir el horror que se manifestaría a medida que su hijo crecía como un joven de increíble talento. Un talento que incitaba tanto la furia como la envidia en la mente de su padrastro.

—No quieres hablar, ¿eh? —decía su padrastro—. Yo te sacaré a golpes esa tontería de ser artista de la cabeza.

Empezaban los golpes. En los hombros, la barbilla, la cabeza, hasta que la sangre bajaba por el cuello y manchaba su camisa blanca. Un golpe en el cuello le dejó una cicatriz que él aprendería después a ocultar bajo su pelo largo. Ni siquiera la muerte de su padrastro había suavizado luego los recuerdos. Aquel hombre había sido diabólico, insensible. Paul no lloraba entonces, ni lo haría nunca. Ni siquiera sabía dónde estaba enterrado su padrastro.

Pero su genio interior seguía viendo cuadros nuevos, direcciones nuevas que le atormentaban. Cuando murió su madre, se marchó a París. Jamás miró atrás. Olvidó el que había sido, dejó atrás el pasado y empezó a relacionarse con la condesa, quien lo metió en su mundo de las artes oscuras.

Un mundo que le había devuelto su juventud. Un mundo que abrazaba con vigor y renovada sexualidad.

Porque él lo quería todo. Su arte. Su juventud. Y a Autumn.

Pero no podía enamorarse de ella o lo perdería todo. La condesa le había advertido que podía enseñarle a alcanzar el clímax máximo de la pasión, pero no a amar.

Autumn. Con ella había ido más allá del deseo, hasta una pasión ardiente; pero la salvaje noche de amor que había estremecido de éxtasis el cuerpo de la muchacha le recordaba que no había llegado a su corazón. El anhelo por hacer que se enamorara de él penetraba profundamente en su alma.

Se aferró con fiereza a la idea de que podía salvarla de San Lázaro, tenía que hacerlo. Merodeó por los bulevares hasta que la luz del atardecer puso un brillo púrpura en su rostro. No podía pintar. No podía dormir. Esa noche haría sus planes, aunque sabía lo deprisa que podía perder una chica su dignidad y sucumbir a los males de San Lázaro. O perderse en orgías que celebraban el pasatiempo favorito de Safo, con mujeres lamiéndose y succionándose mutuamente, o morir a manos de mujeres despechadas que clavaban navajas a compañeras prisioneras. Pero él solo tenía una opción, y la estuvo contemplando durante horas, hasta que supo que era la única opción. A su debido tiempo, *madame* Chapet, la famosa *madame* de la *rue des Moulins*, haría una visita a la cárcel para liberar a Lillie de Pontier. Debía convencerla de que Autumn era un premio aún mayor por el éxito que podía tener en su burdel, su burdel con licencia, cerca del Palais Royal.

Era un riesgo pedir la ayuda de la madama, que le daba constantemente la lata para conseguir una invitación a una misa negra. Pero no había otro modo de salir de San Lázaro. ¿Cuánto tiempo duraría allí Autumn? ¿Un día? ¿Una semana? ¿Un mes? No mucho, pero le parecería una eternidad.

Capítulo 10

Madame Chapet volvía loco a Paul. Coqueteaba con él, le servía brandy, lo asfixiaba con su afectación. Y aquellos dos plumeros blanco y negro que pasaban por perros. Louis y Pompie. Animalitos asquerosos de hocicos negros y lenguas rosas que, si los rumores eran ciertos, lamían el coño de su dueña.

Tomó otra copa de brandy, maldiciéndose a sí mismo por no haber rellenado su petaca de absenta antes de ir a aquella casa. Había ido allí para salvar a la hermosa pelirroja, no para charlar con aquella mujer. La madama prometía muchas cosas a cualquier hombre que tuviera luises de oro en el bolsillo y un bulto en los pantalones.

Paul no tenía ninguna de ambas cosas, a pesar de la exposición de bellezas parcialmente desnudas que se exhibían en la habitación de recibimiento del burdel.

Él no pensaba en sexo. Como la mayoría de los

franceses que frecuentaban los burdeles, conocía los juegos de las chicas, como frotar las nalgas contra él, con las piernas enfundadas en medias de seda negras, sujetas con ligueros a los muslos. O agitar en el aire los pechos desnudos con anillos de oro a través de los pezones. Las chicas rozaban su polla dura atrapada dentro de los pantalones y deslizaban después la mano en ellos para tocar la forma y la fuerza de su erección.

Le decían que la vida era difícil y el amor era la respuesta. ¿O no?

Para Paul, el arte era más difícil. La vida seguía un ciclo natural desde la concepción hasta la muerte, pero el arte obsesionaba a una persona con su búsqueda interminable de perfección. Una búsqueda constante, que no se acababa nunca.

Hasta que no pudiera soportarlo más.

Y por causa de su arte, había cometido un pecado impensable. Había vendido su alma. Noches de magia negra bajo el conjuro de la condesa, con el pene duro de él entre las manos de ella, invocando al dios egipcio Min para que le concediera juventud, le devolviera los años que había perdido, sin poder dibujar ni pintar por efecto de las palizas de su padrastro. Y ahora tenía que pagar el precio. Tenía que renunciar a la chica que le había robado el corazón.

«Ella no es como estas chicas, para las que el amor es un negocio. Llevan en la cara los sueños perdidos y la desesperación. Sus ojos no tienen vida. Sus bocas son rojas y vulgares. Han desperdiciado su juventud. Pero Autumn no.

En sus ojos hay una vulnerabilidad que conmueve mi alma. Ojos cálidos y verdes que parecen fluir desde un secreto que ella guarda en su interior y quiere compartir conmigo pero no puede».

Casi se vuelve loco cuando, después de hacer preguntas en la gendarmería, le dijeron que Autumn quedaría retenida en la prisión de San Lázaro indefinidamente hasta que se decidieran los cargos contra ella. Sabía que era un truco del magistrado para mantener a las mujeres fuera de las calles y al gobierno local pagándole por un trabajo bien hecho.

Paul golpeó rítmicamente su zapato con el bastón e hizo lo posible para que sus ojos no se encontraran con los de la astuta *madame* Chapet, que no dejaba de insistir en que no se encontraba bien y solo podía dedicarle unos minutos de su precioso tiempo, en honor a los viejos tiempos.

—¿Por qué le interesa tanto sacar a esa chica de San Lázaro, *monsieur*? —preguntó.

—Quiero pintarla, madame.

—¿Pintarla? A mí no puede engañarme, *monsieur* está enamorado de ella.

—Non, *madame*.

No era cierto. La adoraba, pero no podía amarla.

—¿Y dice que esa chica es más hermosa que ninguna de las que yo empleo?

—*Oui, madame*, tiene un cuerpo que no parece terrenal. Es una diosa con una piel tan pura que va más allá de la perfección y un rostro que atrapa el alma de un hombre con sus grandes ojos verdes como remolinos —contestó Paul, mientras observaba a la dueña del burdel acariciar al perro blanco, y luego al negro. Los abrazó, enterró en su regazo y devoró con besos y caricias sugerentes. Paul sintió asco.

—Si esa chica es tan hermosa, *madame* Chapet —dijo una voz detrás de ellos con acento británico— ... tiene que permitirme que la rescate yo.

Paul se volvió e hizo una mueca al ver al caballero que bajaba las escaleras con dos chicas, una en cada brazo. Algo en él suscitó su curiosidad.

—Ah, lord Bingham, es usted muy amable —repuso *madame* Chapet, con coquetería.

—Es lo menos que puedo hacer en agradecimiento por una tarde tan fantástica —repuso el inglés, en un francés malo. Pellizcó a una de las chicas en el trasero y ella soltó una risita—. A esta jovencita le gusta introducir la lengua en el coño de la otra mientras está arrodillada con su encantador trasero en el aire para que yo la tome por detrás. Sí, muy agradable.

—Es un placer, lord Bingham. Su generosidad me posibilita traer a la chica aquí para complacerlo —*madame* Chapet introdujo sus dedos gordezuelos en un vaso de agua y los perros los lamieron con sus asquerosas lenguas.

Paul hizo una mueca. ¿Dónde había visto a aquel inglés? Para él eran todos bárbaros que recorrían las calles de París con chaquetas de ante, guías de tapas rojas bajo el brazo y destrozando el francés al hablar. Pero aquel le resultaba muy familiar.

—En ese caso, haga preparativos para traer aquí a la chica —repuso el inglés—. Estaré esperando.

Entonces lo recordó. Les Halles. El bastardo inglés.

—Esperará en vano, *monsieur* —Paul se levantó y se envolvió en su capa—. Esa chica es mía.

El inglés entrecerró los ojos.

—¿Suya, *monsieur*? A juzgar por su aspecto, dudo que pueda permitírsela.

—Y a juzgar por el suyo, *monsieur*, dudo que ella le permita tocarla.

—¡Qué insolencia! Si no estuviéramos en una mansión respetable, le... —al inglés se le iluminaron los ojos—. ¡Demonios, pero si es el loco de Les Halles!

—A su servicio, *monsieur* —Paul se inclinó, pero sin apartar los ojos del inglés—. Nos veremos donde quiera, cuando quiera.

—¿Por qué esperar, *monsieur*? Estoy preparado para cortarle ahora de oreja a oreja.

—Antes acabaré con usted...

—Vamos, señores —los interrumpió *madame* Chapet—. No puedo respirar con tanta charla de peleas.

Paul observó sorprendido que a la mujer le temblaban los labios y se ponía más blanca que los polvos de arroz que adornaban su rostro. No podía hablar. Él no se dejó engañar. La madama conocía su habilidad como boxeador y no quería correr el riesgo de perder una cuenta bancaria como la del lord inglés. La avaricia de la mujer no le sorprendía. Miró a su alrededor, el hermoso recibidor, las consolas de lujo y los sillones cubiertos de seda. Era una mujer de gustos caros.

—No deseo alterarla, *madame* Chapet —dijo lord Bingham—. Pero este hombre me ha insultado.

—*Monsieur* Borquet ya se iba, ¿no es así? —preguntó ella con una sonrisa fingida.

—¿Borquet? —preguntó el inglés—. ¿El artista?

—Sí, soy Paul Borquet —repuso él, al que no le gustaba nada el placer evidente del británico al descubrir su identidad—. ¿Eso le divierte?

—No cambia nada entre nosotros. Pero no tenía ni idea de que era tan... tan joven. Mi información debe de estar equivocada.

—¿Qué información? —preguntó Paul.

—He visto cuadros suyos en Londres —contestó lord Bingham, evasivo—. No sabía que estuviera loco como Van Gogh.

—Ya estoy harto de sus sandeces, *monsieur* —Paul preparó los puños, dispuesto a lanzarle un puñetazo a lord Bingham.

—¡Deténgase! —gritó *madame* Chapet, al borde del desmayo—. Y salga ahora mismo de mi establecimiento.

Paul recuperó el control, aunque seguía furioso.

—Me marcharé, *madame* Chapet, pero solo cuando me prometa que ayudará a *mademoiselle* Maguire.

Madame Chapet suspiró pesadamente.

—En cuanto me recupere, me ocuparé de ello. Y ahora márchese, antes de que cambie de idea.

Paul cerró con un portazo la casa de la *rue des Moulins* y bajó deprisa los escalones. *Madame* Chapet era inhumana, un monstruo con rizos. ¿Cómo podía haberle prometido al bastardo inglés una noche con la pelirroja?

En cuanto cruzó la puerta, empezó el trato. Oyó al inglés decir que había ido a París por asuntos de negocios familiares, pero también de placer, algo que *madame* Chapet estaba más que dispuesta a proporcionarle.

Frustrado y furioso, Paul cerró los ojos e intentó

comprender por qué aquel hombre le producía un efecto tan fuerte. Le palpitaban las arterias en las sienes y le dolían los músculos del cuello, hasta casi estrangularlo. Pero no encontró la respuesta.

Se encogió de hombros y procuró superar su furia. Rezó para que la niebla que subía del río se la tragara y lo liberara del dolor de cabeza que le estrujaba el cerebro y le impedía pensar.

Echó a andar por el bulevar, impaciente por llegar a las luces, a los ruidos de las calles familiares, con la esperanza de que los sonidos adormecieran su cerebro. Tenía que enviar a Autumn el mensaje de que *madame* Chapet la ayudaría.

—Soy inocente —insisto, con las muñecas atadas ante mí.

¿Esto está pasando de verdad?

—Un ciudadano detenido por los oficiales de justicia tiene que establecer su inocencia, *mademoiselle* —recita el magistrado con voz cansada, mientras lee los papeles que tiene ante sí. Su actitud dice claramente que no le sorprende mi declaración de inocencia.

—No soy una prostituta —insisto—. Tiene que creerme. Soy...

¿Qué voy a decir? ¿Qué puedo decir?

¿Qué soy una chica del siglo XXI con un deseo apasionado por un impresionista desaparecido?

—Según el Código de Instrucción Criminal de 1808 —continúa el magistrado, como si no me oyera—, es el deber de las autoridades proteger primero al estado, y el estado significa la gente.

Me mira. La sorpresa lo hace parpadear varias veces. Pero lo que quiera que haya en su mente pasa rápidamente. Se frota la barba y asiente al alguacil sentado cerca, que escribe el interrogatorio con una pluma de ave.

—Puede proceder al registro, sargento Guerlain —dice luego.

—Bien, *monsieur* magistrado.

El sargento sonríe y se lame el labio inferior con anticipación. Veo la saliva que cae de su boca cuando se acerca a mí. Odio a ese hombre, pues recuerdo cómo me acarició la mejilla, provocando deliberadamente a la multitud. Y a Paul.

¿Por qué se me ocurrió dejarlo? ¿Qué fue lo que me hizo pensar que podía sobrevivir en esta época? No soy una chica del siglo XIX, acostumbrada a los corsés y los zapatos abotonados. Soy adicta a descargar tonos de móvil, frecuento gasolineras en las que pueda comprobar mi e-mail mientras lleno el depósito y busco en Google todo lo que necesito, desde tratos de negocios hasta los días de rebajas en los grandes almacenes. Mi sitio no está aquí. Estoy muy asustada.

¿Quién me va a salvar?

Soy una idiota si creo que alguien que no sea yo misma me sacará de este lío. Veo que el sargento da una vuelta a mi alrededor para verme mejor. Me retraigo. La mirada de sus ojos expresa claramente cuánto le gusta su trabajo.

Mientras intento prepararme para lo que se avecina, la habitación empieza a dar vueltas y la casa del sargento se agranda ante mí como un payaso en un espejo de feria. Párpados pesados cortan su mirada dura en medias lunas. Ojos de muerto que queman mi alma. El efecto es estremecedor.

Me juro que no permitiré que me toque y me aparto.

—Soy ciudadana norteamericana, *monsieur* —golpeo la mesa de madera con los puños esposados—. Exijo hablar con alguien de la embajada de Estados Unidos.

El magistrado niega con la cabeza.

—Su embajada no puede ayudarla, *mademoiselle*. Las reglas están claras. Ha sido detenida por ejercer la prostitución en una calle en la que no está registrada y participar en un altercado con una conocida prostituta. Como no ha podido demostrar su inocencia...

—Pero usted no me ha dado ninguna oportunidad, *monsieur*. Quiero un abogado.

—¿Por qué no puede aceptar su destino? —la impaciencia pone un punto de frialdad en su voz—. He intentado ser tolerante con usted, tomar en consideración el hecho de que el cerebro más pequeño de las mujeres las hace más irracionales y emotivas.

¿Qué es lo que ha dicho?

—El tamaño del cerebro no viene determinado por el sexo, *monsieur*.

—¡Controle su lengua, *mademoiselle*! —grita el juez—. O haré que el sargento la amordace.

Cierro la boca. Lo que no impide que el sargento pase su dedo sucio por mis labios, intentando abrirlos. Trato de pensar en lo que voy hacer. ¿Cuándo terminará esta pesadilla? Humillada y degradada, no puedo creer que las mujeres sean tratadas como criminales sin una oportunidad de defenderse con un abogado presente. Estoy atrapada en un sistema que mira para otro lado ante la profesión más vieja del mundo, siempre que obedezcas las reglas. Pero yo he violado esas reglas y la ley dice que debo pagar el precio. Sin embargo, no renunciaré a intentar probar mi inocencia.

—Usted no tiene ninguna prueba que apoye sus acusaciones, *monsieur*.

—Hay testigos, *mademoiselle*.

—¿Testigos? ¿Dónde están?

—A las chicas las detienen con dinero guardado entre los senos y las piernas abiertas lo bastante para recibir la simiente de un regimiento entero, y siguen proclamando su inocencia. Estoy harto de su palabrería —el magistrado hace una seña al sargento—. Proceda.

El sargento salta hacia delante, desgarra el hombro de mi vestido y me empuja contra la barandilla. Al golpear la madera dura, pierdo el equilibrio. Intento recuperarlo, pero él es más rápido, más experto en ese juego. Suelto un grito cuando el sargento desgarra mi vestido hasta la cintura y mis pechos salen al exterior. Siento sus ojos hambrientos en mi torso desnudo. El miedo sube por mi columna como el filo de una hoja plateada cuando los dedos fríos del hombre apartan la tela de mi torso y acarician mis pechos. Los pezones se endurecen enseguida bajo su contacto, cosa que me da náuseas. ¿Cómo puede traicionarme así mi cuerpo? Parece sorprendido por mi falta de corsé, pero eso no lo detiene.

Busca emociones, no un arma.

La furia reemplaza a mi miedo. ¿Cuánto tiempo

más puedo reprimirme sin darle una patada donde se lo merece?

—Usted no es como las otras —dice el sargento. Me pellizca el pezón entre el índice y el pulgar—. Ellas tienen la piel manchada y enfermedades. Su piel es suave, sin mácula.

Me acaricia el hombro desnudo. Satisfecho de que no escondo nada en la parte superior, baja la mano a mis piernas. El corazón me late con rapidez. Me apoyo en la barandilla cuando el policía toca mi muslo desnudo. Tengo que detenerlo.

—Sus manos sucias me ponen enferma —le doy una patada en la espinilla. No es donde quiero dársela, pero no está mal.

El sargento me golpea con fuerza en el rostro.

—¡Puta asquerosa!

Siento un dolor agudo en la barbilla.

—Cuando termine con usted, *mademoiselle*, no podrá ponerse de pie —ríe él, clavando las uñas en mis pechos desnudos—. Caminará muy despacio durante mucho tiempo.

Sube y baja las manos por mi cuerpo y yo cierro las piernas con tanta fuerza que me duelen los muslos. Cuando él intenta separarlas, me doy cuenta de que estoy apretando los dientes. Intento relajar la mandíbula. No puedo. Nunca olvidaré esto.

—Exijo que ordene parar a este hombre —le digo al magistrado—. Esto es un registro ilegal.

—¿Qué? —pregunta el magistrado, claramente molesto.

Tengo que inventar algo. Lo que sea.

—Según él tratado de Versalles —digo con total confianza, como si supiera de lo que hablo—, es ilegal registrar a una mujer sin que haya otra presente.

Veo que el magistrado alza las cejas y levanto la barbilla con desafío, aunque esté temblando por dentro. Faltan treinta años para que se escriba el famoso tratado de paz, que no tiene nada que ver con el sistema criminal francés. ¿Se tragará mi engaño?

El magistrado parece agitado, pero pensativo.

—¿Qué es ese tratado de Versalles? ¿Otra reforma social? Esos malditos reformistas siempre se están entrometiendo en el trabajo de la policía, empeñados en proteger a las mujeres presas. Primero tuvimos que dejar de marcar a las presas y después insistieron en que pusiéramos carceleras en las prisiones. ¿Y ahora me dice que prohíben que las registremos sin que haya presente una mujer? Lo siguiente será que nos digan que las mujeres son iguales ante la ley. ¿Dónde terminará esta locura? —toma un trago de vino del vaso que hay a su lado—. ¿Cómo puedo conocer yo esas reformas? Solo soy un pobre funcionario que desea conservar su puesto —hace una señal sargento—. Ya es suficiente.

—Pero, *monsieur* magistrado, no he terminado...

—Es suficiente, sargento.

Acerco las muñecas esposadas a mi pecho. Están dormidas.

—¿Soy libre de irme?

El magistrado niega con la cabeza. Su respiración se vuelve agitada.

—Con tratado o sin él, *mademoiselle*, no puedo dejar que se vaya. Es evidente que es usted una mujer de la calle y es mi deber como magistrado sacarlas a ustedes de la calle.

—Pero le digo la verdad. Yo no soy prostituta.

—*Mademoiselle*, muchas mujeres inocentes han sido enviadas a San Lázaro con menos pruebas, sobre todo desde que el prefecto de policía sacó una nota en la que decía que la policía y los gendarmes eran demasiado blandos con las prostitutas no registradas —se quita las gafas de leer y se limpia las manos con el pañuelo—. No tengo elección. Será registrada como prostituta y enviada al hospital de la prisión, donde la examinará un doctor y la retendrán hasta que se decida su caso.

Observo con horror que firma los papeles que le pasa el alguacil sin leerlos.

—No se mueva, *mademoiselle*.

Estoy rígida delante de la cámara instalada en el trípode mientras el fotógrafo coloca otra placa y ajusta la lente.

Hace horas que he perdido la noción del tiempo. ¿O han pasado días? No lo sé. Desde que llegué a la gendarmería, me han pasado de una habitación a otra, solo me han dado agua y ese horrible sargento no deja de gritar órdenes. Me pregunto qué habrá sido de Lillie. Por suerte, nos separaron y nos pusieron en dos grupos distintos a llegar.

Miro las lámparas de gas de las paredes grises desnudas. La luz apenas parpadea, pero por una ventana cercana entra un resplandor amarillo suave. Debe de estar amaneciendo. Me gustaría poder sentarme.

¿Cuánto tiempo se tarda en hacer una fotografía?

Miro al fotógrafo, escondido bajo la tela colgante de su cámara. Solo se ven sus piernas delgadas. Contengo el aliento para reprimir una sonrisa. ¿Me atreveré a recordar que toda esta aventura empezó porque quería que me hicieran un retrato?

—No se ponga tensa, *mademoiselle* —dice él, exasperado—. Es el modo más rápido de destrozar la foto.

Emerge debajo de las colgaduras y me observa con interés. Mueve los brazos y la cabeza de un lado a otro; da la impresión de que intente captar mi imagen en su mente.

—Si tuviera más tiempo, *mademoiselle*, podría hacer imágenes maravillosas suyas para las postales. «Las bellezas de París», las llaman —me sonríe y hace la foto. Su sonrisa hace que me pregunte si mi cara acabará en una postal francesa en el mercado negro.

—Vamos, mujer de la vida.

Me doy la vuelta. Es el sargento.

Me asalta un miedo repentino. Me clava su porra en el trasero y me empuja a lo largo del pasillo. Fuera hay varias mujeres más que se dirigen a un carro policial.

—El carruaje de Su Excelencia espera —dice el sargento con sarcasmo.

Yo guardo silencio. Me tiemblan las piernas cuando subo los tres escalones del carro. Sé que el sargento espera que cometa un error para agarrarme y bajarme de nuevo el vestido que he conseguido sujetar pasando un cordón por los ojales y atándolo lo mejor que he podido. Me detengo en el último escalón, con un mal presentimiento. Estoy asustada.

Asustada de que esto sea un viaje solo de ida.

—Adelante —el sargento me empuja al interior del carro. Extiendo las manos para no caer al suelo y me siento en el rincón más alejado. Nadie me mira. Nadie habla. Todas las mujeres están a solas con sus pensamientos.

Apoyo la cabeza en las tablas e intento pensar, pero me resulta imposible. Una mujer empieza a llorar, otra tose. El olor a humo de cigarrillo invade el carro. Cierro los ojos pero no puedo disipar la oscuridad que llena mi alma. Tengo la sensación de que la peor parte de este melodrama siniestro está todavía por llegar. El sargento mete la cabeza en el carro y mira a su alrededor. Cuenta a las mujeres entre dientes.

Cuando está satisfecho de que no falta ninguna, me mira.

—Buen viaje, mademoiselle. Nos veremos pronto.

Cierra la puerta del carro, dejándonos en completa oscuridad. Le oigo dar la orden de partir al conductor y el carro se pone en marcha de golpe. Resbalo en el banco, pero antes de que caiga al suelo, unas manos me atrapan por la cintura. Son manos de mujer. Las manos bajan por mis caderas y oigo gemidos de placer. Un momento después, otra mujer se acerca y toma mis pechos en sus manos. Un miedo nuevo ataca mis sentidos. Puedo oír mi propia respiración profunda en la oscuridad. Rápida. Aparto las manos que cubren mis pechos. Los dedos están fríos.

—¡No me toque! —grito. Y me sacudo a la otra mujer con las caderas.

—Solo nos estamos conociendo —susurra una voz ronca en la oscuridad.

—Tenga cuidado, *mademoiselle* —advierte otra—. Puede sufrir mucho, si no conoce las normas.

El tono de las voces de las mujeres es de coquetería. Me pongo rígida. Un nuevo peligro acecha en la prisión.

Me siento en el rincón, con las ruedas del carro golpeando en los adoquines debajo de mí. Me abrazo las rodillas y entierro la cabeza en ellas. Escuchando. Sintiendo. La oscuridad que me rodea es cálida y misteriosa. Como una matriz que me protege durante un rato. Pero solo temporalmente.

Me acurruco, formando una pelota, me tapo los ojos con las manos y procuro prepararme para la locura de ese lugar llamado San Lázaro.

Cuando veo a las mujeres penetrar una por una detrás de las puertas pesadas de la prisión de San Lázaro, solo puedo pensar en escapar. Tengo la vista fija en el pasillo largo y oscuro que lleva el patio exterior de la cárcel y rezo para encontrar el valor de escapar.

¿Adónde iré? ¿Paul me estará esperando? ¿O será como los demás hombres de mi vida y me habrá dejado por una rubia?

No olvides que eres joven, hermosa y tienes un gran cuerpo. Estará esperando.

Muevo la cabeza. ¿Por qué no me basta con eso? ¿Me amaría si no fuera joven? No puedo correr ese riesgo. Podría perderlo. No puedo enamorarme de él.

¡Maldito seas, Min!

Toso. El aire está rancio y pesado con el olor de las prisioneras. Me sofoca. ¿Por qué tardan tanto? No podré soportar esta horrible espera mucho más tiempo.

—Levántate, puta —ordena una carcelera de cabello feo color paja—. El buen padre está esperando para oír tu confesión.

La mujer hace una mueca lasciva, se lame los labios finos y baja los ojos por mi vestido roto. Empieza a frotar su cuerpo contra mí.

—¿Confesión? —pregunto, apartándome de ella—. ¿En la cárcel?

—O sea que es tu primera vez en San Lázaro, ¿no? —pregunta la carcelera mientras abre la pesada puerta.

—¿Qué clase de cárcel es esta?

—El convento original fue construido por San Vicente de Paul hace trescientos años. Ahora es un correccional para presas condenadas... y sospechosas de delitos —ríe con malicia—. Como tú.

No contesto, pero, por el tono de su voz, sé que no es deseable encontrarse en esta posición.

—La cárcel era un antro de ratas hasta que las hermanas de la caridad se hicieron cargo de ella —continúa la mujer, tras hacerme señas de que la siga—. Pero no te hagas muchas ilusiones. La única caridad que encontrarás aquí es la que compres.

—No tengo dinero.

—No lo vas a necesitar, guapa.

Me pone la mano en el hombro, tira del tafetán hasta que se rompe y baja la mano por mi brazo.

—Tu ropa no te va a hacer ganar mucho —pasa

la mano a mis pechos, que recorre con las uñas—, pero te irá bien.

Me aparto de ella.

—Se lo advierto. No vuelva a tocarme.

¿Se ha quebrado mi voz? Por supuesto que sí. Esto no es una excursión de la escuela católica. Esta mujer debe de pesar más de cien kilos. Si salta encima de mí, me aplastará.

—Aquí las órdenes las doy yo —contesta ella, enfadada—. Y ahora vete.

Me empuja escaleras arriba con el extremo de su porra y yo me estremezco.

Es una sensación fría y perturbadora que no olvidaré.

Capítulo 11

—Acércate más, hija mía —me dice el sacerdote con tono consolador—. No te haré daño.

Me acerco, atraída por la voz fuerte que sale detrás de la pantalla del confesionario, en un rincón de la estancia. La zona está pobremente iluminada, con una vela solitaria que lanza un halo alrededor de una figura oscura. Entrecierro los ojos. El rostro del sacerdote, sentado detrás de la pantalla de madera, queda oculto. Su sotana negra cae alrededor de sus pies como una nube oscura. Intento verle la cara, pero tiene la cabeza inclinada. Su pelo oscuro cae alrededor del cuello alto blanco y sus hombros son sorprendentemente amplios y musculosos. El efecto me hipnotiza. Cuanto más me acerco, más me cuesta respirar. Agarro el cordón que sujeta mi vestido y lo retuerzo entre los dedos. La evidente virilidad del hombre de negro me sobresalta, suscita mi curiosidad y me hace anhelar el abrazo sexual de mi amante artista.

¿Volveré a ver a Paul? Miro hacia arriba, por si mi plegaria silenciosa puede encontrar un camino más rápido hacia el cielo.

Oigo un murmullo procedente de los labios del sacerdote. Reza el rosario y mueve los dedos de una cuenta negra a la siguiente. ¿Me ayudará si le digo la verdad? Está obligado a cumplir su código de guardar el secreto, ¿no? Tengo que intentarlo, aunque el orgullo y una educación convencional me impiden contarle mis aventuras amorosas con el atractivo impresionista.

—Déjenos, carcelera —ordena el sacerdote sin levantar la cabeza—. La chica dirá su confesión solo a Dios.

La carcelera del pelo color paja lanza una mirada curiosa al sacerdote. Vacila un instante.

—Muy bien, padre —sale y cierra la puerta tras de sí.

Miro a mi alrededor para asegurarme de que estamos solos. El suelo está desnudo, la madera es vieja y crujiente. Un gran crucifijo cuelga en la pared. Es de madera, marrón y brillante. No hay más muebles que la pantalla de madera a cuadros, un banco bajo para que yo apoye las rodillas y una silla de respaldo alto donde se sienta el sacerdote.

Alzo la vista al techo e intento hacer acopio de valor para hablar, contarle mi historia. La única luz natural se filtra a través de una ventana pequeña situada en la pared exterior del edificio. Un mosaico de colores tiñe la luz del sol de tonos rosa y azul y da una serenidad tranquila a la atmósfera. Podría ser el salón de un internado. Entonces oigo que se cierra el cerrojo de la puerta y vuelvo a la realidad. Estoy en la cárcel. Y no hay salida.

—Dios te bendiga, hija mía. Ahora dime qué has hecho para desagradar a Dios y acabar en San Lázaro —el sacerdote hurga con las manos en los bolsillos de la sotana y mantiene la cabeza baja. Parece nervioso.

—Ha habido un terrible error, padre. Yo no soy una prostituta. No sé si me cree, pero soy de...

—A Dios no le importa de dónde seas —levanta la voz el sacerdote.

Hace una cosa extraña. Junta las manos en una plegaria, se cubre el rostro con ellas, se acerca a la puerta del cerrojo, apoya en ella el oído y escucha. Un tic se mueve en mi ojo. Hay algo familiar en esos hombros amplios y en esa forma de andar decidida que provoca un anhelo en mi interior.

¿Y no huelo a absenta?

—Paul, ¿eres tú? —susurro. Y sin que pueda impedirlo, una sensación placentera baja hasta mi pubis, haciéndome vulnerable a mi necesidad de él; y eso me sorprende más de lo que quiero admitir.

—Pues sí, mi amor —él levanta su hermoso rostro y me sonríe; después se pone serio—. No hay mucho tiempo. Tienes que escuchar atentamente y hacer lo que te diga o solo saldrás de San Lázaro en tu viaje final.

—¿Cómo has entrado aquí sin que te vean?

—Comprando a una de los carceleras con dinero y con una historia sobre una hermana enferma en San Lázaro que necesita dinero. Y aquí estoy.

—¿Vestido de sacerdote?

Él sonríe.

—He tomado prestada una sotana en la capilla y alejado al sacerdote de su puesto con una historia falsa sobre una prisionera que pide la extremaunción.

Siento una necesidad repentina de tocarlo, de asegurarme de que es real y le pongo la mano en el brazo. Los dedos me queman, mis músculos púbicos se contraen.

—¿Puedes sacarme de aquí?

Paul niega con la cabeza.

—No, querida. No te han juzgado todavía; solo una orden de libertad firmada por el magistrado puede sacarte de San Lázaro.

—¿Una orden de libertad? ¿Y puedes conseguirme una?

—No, pero sé quién puede hacerlo y ya ha accedido a ayudarte.

—¿Cómo se llama?

—*Madame* Chapet.

—¿Quién es?

—*Madame* es lo que llamaríamos una *architricline*.

—¿Una qué? —frunzo el ceño. No conozco el significado de esa palabra.

Paul no contesta, sino que comprueba de nuevo la puerta para asegurarse de que no nos escuchan. Parece distraído, hay una incertidumbre en él que me alarma, pues implica que tengo más problemas de los que pensaba. Y tengo hambre.

—¿Sabes a qué hora se come aquí? —pregunto, pues no puedo ignorar más tiempo las necesidades de mi estómago.

—Tú todavía no tienes derecho a raciones completas de la cárcel, querida. Solo pan y agua, pero te he traído comida —saca pan y queso del interior de su manga larga y amplia. Como rápidamente, sin saborear la comida.

—¿Y mi ropa?

Tiro del cordón que ata mi vestido, obligando a mi escote a sobresalir por encima del tafetán. Es un truco viejo, pero atrae su atención. Veo el deseo de sus ojos y su respiración se acelera. Yo lo miro a él con la misma intensidad con la que él mira mis pechos.

—Me gustas más desnuda.

—No me sorprende. Por lo que he visto en tu estudio, tienes la costumbre de desnudar a tus modelos.

—¿Celosa?

—Sí. Estoy celosa de todas las mujeres a las que has hecho el amor, porque, para ser tan joven, pareces muy experimentado.

¿Por qué digo eso? Es un pensamiento que estaba en las lindes de mi mente, algo que no he puesto antes en palabras pero que está ahí y ahora lo he dicho. ¿Por qué? Porque siento la necesidad de hablar, decir algo, lo que sea, para olvidar que estoy dentro de unos muros de cemento en un mundo sin él.

Paul me toma en sus brazos con brusquedad y me abraza con tal fuerza que mis pechos se aplastan contra la lana burda de la sotana.

—Soy un hombre de muchas artes, mi querida Autumn, y algún día te lo contaré. Pero no ahora. Eres muy deseable, pero tengo que dejarte ir o no podría evitar arrancarte la ropa y poseerte aquí mismo en el frío suelo, penetrándote con mi pene...

—Por favor, Paul, abrázame.

Apoyo la cabeza en su hombro, anhelando sus caricias, y él desliza los dedos en mi pelo. Su contacto es como un conjuro para mí, que me atrae al interior de su mundo. Él comprende mis deseos sexuales más íntimos, incluso cuando yo no reconozco que existen.

—Tengo que advertirte, Autumn, que San Lázaro es un lugar peligroso —él tiembla como si todos los músculos de su cuerpo estuvieran tensos en su esfuerzo por contener su pasión.

—¿Peligroso?

—Sí. Procura tener un ojo abierto en todo momento. Las mujeres aquí son ladronas, prostitutas y asesinas. Tienen su propia sociedad dentro de estas paredes.

—¿Y qué tiene eso que ver conmigo?

—Me han contado lo que pasó entre Lillie y tú. No olvidará cómo la has insultado. Aunque se mueve en el mundo de las prostitutas de alto nivel, es una chica de la calle y recuperará su orgullo del único modo que sabe hacerlo, con violencia.

Me da vueltas la cabeza. ¿Es que no hay ningún lugar seguro en París? ¿Ni siquiera la cárcel?

Alguien abre el cerrojo del otro lado y se abre la puerta. Miro al artista, esperando una señal suya. Paul me indica que regrese al banco y me arrodille. Asume su posición detrás de la pantalla, sin dar señales de que sea otra cosa que un sacerdote devoto. Entra una de las carceleras.

—¿La prisionera ha terminado ya su confesión?

Me pongo tensa. Es otra carcelera. Paul saca el brazo de detrás de la pantalla y pone la mano en mi puño para calmarme. Esa debe de ser la carcelera a la que sobornó antes.

—Llévesela. Deprisa —ordena—. No tengo más tiempo para esta chica insolente.

La carcelera le sigue la corriente y me saca a empujones de la sala.

—Vamos, *mademoiselle*.

Mantengo los ojos al frente, pero juro que oigo un gemido a mis espaldas. Paul. Da la impresión de que un gran dolor embargue su alma. El sonido disminuye el valor que sentía yo solo unos momentos antes. Intentó tragar saliva, pero tengo la garganta cerrada. Con una sensación de que se acaba el tiempo, camino apresuradamente hacia mi destino, sabiendo que lo que sea que encuentre ahora cambiará mi vida para siempre.

Lo que yo creía que sería una existencia a duras penas tolerable pronto adopta la forma de una realidad insoportable. Empieza todas las mañanas cuando la campana del convento llama a las presas a la capilla del patio. Hacemos cola en parejas con nuestros uniformes de rayas azules y negras y cantamos un himno a Dios que apenas resulta audible.

—Por favor, Dios —murmuro, juntando las manos para rezar—, dame fuerzas para sobrevivir a este lugar espantoso.

Después de las oraciones, cruzo detrás de las demás presas el patio cuadrado y entramos en el dormitorio para las abluciones de la mañana. Parece ser que la naturaleza tiene que esperar hasta después de pedir perdón por nuestros pecados.

A continuación nos retiramos en masa a la habitación de los orinales. Los grandes tazones de porcelana blanca, con flores azules pequeñas pintadas en el borde, están alineados al extremo de dormitorio. No hay intimidad. Hacemos nuestras necesidades mientras comentamos los últimos cotilleos de la cárcel: quién envía notas de amor, quién está embarazada y quién ha recibido visitantes especiales el domingo.

Después de vaciar el orinal en un agujero abierto en el suelo de fuera, me lavo la cara en la palangana descascarillada grande que compartimos todas las mujeres, con agua jabonosa pero sucia. Tarareo una melodía e intento ahogar el ruido de fondo. No es fácil cuando veinte mujeres comparten un dormitorio. Los camastros están alineados a ambos lados de la habitación, separados apenas unos centímetros, y colgamos la ropa en las vigas bajas del techo estilo catedral. La única iluminación procede de una luz de gas colocada en la pared.

Por la noche espero a que apaguen esa luz y la oscuridad descienda sobre la habitación. Durante toda la noche oigo un ruido constante de suspiros y ronquidos, así como sonidos extraños que prefiero ignorar hasta que...

... una noche siento que tiran de la camisa ancha que cubre mi cuerpo y una mano sube por mi pierna. Me estremezco. En mi estado de duermevela, creo que es Paul. Mis pezones se endurecen con una expectación esperanzada de lo que puede ocurrir a continuación. Mi pubis se llena de jugos y mi clítoris empieza palpitar. Una chispa de tensión cuelga sobre mí, esperando explotar. Me agarro a la sábana, anticipando su caricia. No me decepciona. Sube el dedo por mi muslo con un gesto lento que me ataca los nervios y me hace apretar los dientes para no gritar, pero no puedo evitar hablar.

—Sí, sí —susurro a mi amante de fantasía, y mi afirmación le da permiso para acercarse más a mi pubis y rozar los labios con su dedo. Duda, rozando apenas mi montículo, esperando que lo deje entrar.

—Por favor... no te pares.

Y gimo cuando desliza un dedo dentro de mí, seguido de otro. Sus dedos acarician mi clítoris cada vez más deprisa, sin frenar, acercándome al orgasmo...

Suspiro, estoy a punto de perder el control, pero anticipo el momento de la penetración, en la que su pene grueso entrará en mi cuerpo. Espero que lo haga, pero no sucede. ¿Por qué me niega esa liberación? ¿A qué juega? Estoy desesperada por llegar al orgasmo, temblando a pesar del aire cálido rancio, anhelando tocarme a mí misma. Quiero morir de placer abrazando la actitud francesa de disfrutar del sexo sin culpa. Frustrada, bajo las uñas por la camisola de algodón. No puedo esperar más. Me dejo ir.

Mis paredes de azúcar se contraen una y otra vez en un placer intenso. Cierro los muslos con fuerza y disfruto del orgasmo, aunque mi vagina está vacía excepto por la presencia de los dedos moviéndose dentro con un ritmo rápido. Entregada a las sensaciones que me abruman, no quiero que pare, pero lo hace. Sonrojada como en las postrimerías del orgasmo, vuelvo la cabeza y busco abrazarlo y besar sus labios, cuando siento un dedo alrededor de mi ano que entra y se mueve adelante y atrás de un modo íntimo. Me pongo tensa. Paul me acarició el ano, pero no de ese modo. Su caricia prometía un placer erótico intenso, pero no me penetraba.

Mi respiración se calma e intento adivinar lo que me está pasando. El estado como de sueño que había experimentado se disipa al darme cuenta de que es una criatura de carne y hueso la que me abraza. Suelto un respingo estrangulado al oír que él... no, ella, gime de placer. El maullido de la voz femenina me despierta de golpe. Mi primer instinto intenso es soltarle una buena patada y lanzarla al suelo. Pero otra parte de mí siente curiosidad. Es casi como si pudiera sentir las oleadas de placer que atraviesan a la mujer, que se vuelve más atrevida y se aplasta contra mí. Su cuerpo jadeante está caliente y sudoroso contra el mío y sus pezones duros se frotan en mi espalda, evocando sensaciones en mí que yo no esperaba que resultaran eróticas. Sus movimientos sensuales disparan en mí imágenes dulces.

Las imágenes me devuelven a una época en la que era más joven, cuando la visión de piel desnuda en el gimnasio de las chicas suscitaba una curiosidad teñida de deseo que hacía que nos preguntáramos cómo sería hacer el amor con una chica en particular. Ninguna se atrevía a confesar que tenía esos pensamientos. Éramos jóvenes, nuestros cuerpos firmes no conocían la vergüenza, no escondían bolsillos de celulitis, ni había estrías en nuestros vientres que nos proclamaran que nos habíamos sometido a dietas estrictas de control de peso. Y ahora esto. ¿Qué deseo enfebrecido ha despertado en mi cuerpo?

Disfruta del viaje, muchacha. Esto es lo mejor que vas a encontrar aquí.

Eso suscita otra pregunta. ¿Y si no salgo nunca de San Lázaro? Tendría que dejar de fingir la rabia con la que he respondido antes a los torpes esfuerzos de la chica por estimularme introduciéndome el dedo en el ano. Esto puede ser divertido. Además, ¿quien más va a saber que he vivido una fantasía con una chica parisina una noche solitaria en el dormitorio de una prisión? El sexo es sexo, como digo yo siempre cuando combato el impulso puritano de censurar mi parte bohemia. Durante años he aprendido a reprimir impulsos, por miedo a que me lleven a una sima sin fondo de la que no pueda salir.

Esta noche no. ¿La presencia de la chica en mi cama no es la oportunidad de experimentar con modos nuevos de encontrar placer?

Como si necesitara confirmar que mi cuerpo resulta atractivo tanto para mi propio sexo como para el género masculino, me subo la camisola y le permito que me acaricie la piel desnuda. Un picor en la entrepierna me vuelve atrevida, me motiva a viajar a donde nunca he ido. Un lugar mágico donde una sacerdotisa felina me arrastra a su guarida con su fragante aroma, para ofrecerme una fruta prohibida, como Eva antes de enrollarse con el guapo de la hoja de parra.

Procedo con lentitud, como si no quisiera despertar a mi parte puritana para que no me agüe la fiesta. Mi recompensa es la sensación del aliento cálido de la chica en mi vientre y la humedad sedosa de una lengua impaciente que traza círculos perfectos en la parte interna de mis muslos. Se acerca, se acerca mucho a mi clítoris, pero no llega a entrar. ¿A qué narices espera? Tiemblo como si estuviera en el límite entre una existencia y otra, un lugar en el que el placer es tuyo con solo que te atrevas a tomarlo.

Sin embargo, dudo. La idea de la suavidad de otra mujer mezclándose con la mía me perturba. Pero siempre me he preguntado si la caricia de otra mujer podría resultar tan estimulante, aunque no tan dura, como la de la polla de un hombre.

¿Y por qué no descubrirlo con esta chica?

Si ella fuera un hombre, yo habría levantado mis caderas y lo habría invitado a lamer mi humedad, pero así me estoy frenando, y ella también. Eso me sorprende. ¿Quién es esta mujercita de lengua impaciente y buenos modales? ¿Quiero saberlo? ¿No estropeará eso la fantasía?

—Es muy hermosa —me susurra una voz suave al oído—. Muy hermosa.

Su cuerpo se pega más al mío y, cuando levanta las axilas, una ráfaga de su olor personal ataca mi olfato. Debería estar acostumbrada ya a ese olor fuerte, pero no es así. Vuelvo la cara, pero no aparto el cuerpo. Eso anima a la chica a apretar sus pechos contra los míos y frotar mi pubis con el suyo.

—Encajamos de modo perfecto, ¿no es así?

—Perfecto —asiento yo.

Ella se echa a reír y en ese momento me siento poderosa, en control de la situación y nada avergonzada. Abro más los ojos, en un esfuerzo por verla en la oscuridad, pero no lo consigo. Le lamo la garganta. Puedo saborear su sudor, salado pero no desagradable, lo cual me sorprende. Me atrevo a acariciarle los pechos, con sus pezones pequeños rozando los míos. Es pequeña y delicada. La abrazo y la estrecho contra mí. Ella gime, anticipando no sé qué. Todo eso es nuevo para mí, como si me acercaran un espejo y lo viera todo desde un ángulo diferente. Me siento rara tocándola. Entre los muslos, los pechos... ¿por qué no las nalgas? Pellizco su carne suave con los dedos y suelta una risita. Deslizo la lengua entre sus pechos. Mi cuerpo entero está vivo con una sexualidad emergente, disfrutando de la espontaneidad de mi aventura y de mi espíritu atrevido.

Bajo la mano entre las piernas de ella y me sorprende acariciar un triángulo de pelo mucho más tupido que el mío. Gotas de su flujo humedecen mis dedos cuando le separo los labios y la penetro. Me muerdo el labio inferior para reprimir un gemido. En cuestión de minutos estoy perdida en su encanto oscuro, maravillándome del nudo tenso que se forma en mi estómago cuando le froto el clítoris y de la espiral que me acerca de nuevo al orgasmo, solo con compartir su placer. Nuestros cuerpos se mecen adelante y atrás en mi camastro, en sintonía, en un ritmo frenético que no podemos parar. Mi excitación intensa necesita liberarse. Otra vez. No sé si es porque me excita la chica o porque estoy tocando los botones apropiados. Sé que, cuando llega el momento, no me siento decepcionada. Empiezo a moverme y estremecerme, la sangre me sube a la cara, se me adormecen los dedos, pero no puedo dejar de frotar su clítoris adelante y atrás. Y otra mano encuentra el mío y gimo con suavidad. Intercambio las manos, y luego otra vez, con mis dedos moviéndose con frenesí entre su coño y el mío; ella me presiona el clítoris y yo acaricio el de ella. Mi cerebro se llena de sensaciones placenteras, que me inclinan a rendir mi recién encontrada libertad y explorar mi sexualidad. Sin embargo, falta algo. ¿Qué es?

La liberación física está ahí, así como también el agradable descanso de después. Percibo que ella siente lo mismo. Me acaricia la mejilla con lentitud. Con ternura. Con cariño. Y luego me da un beso suave en los labios y se marcha. Desaparece en el vacío negro que ha escondido nuestro placer además de invitarlo.

Yo estoy agotada. Sin pensar en lo que hago, acerco los dedos a mi nariz. Un olor fuerte ataca mi olfato, e inhalo con gusto nuestro aroma mezclado. Pero no es el olor de un hombre masculino y fuerte. No es el olor de Paul. No podré negar que he disfrutado del deseo que la chica francesa ha evocado en mí, de sus pezones erectos, su pubis suave, húmedo y apretado. Pero no ha sido como un falo duro que penetra algo más que mi cuerpo. Mi alma. Y eso es lo que falta. Me pongo de lado y me quedo dormida, con mi necesidad por el artista insatisfecha.

A la mañana siguiente, me sorprende encontrar trozos de carne seca y naranja debajo de mi almohada. Y un día después, dentro de una nota escondida entre las toallas de la sala de lavado, encuentro una moneda, que basta para conseguirme una manta para mi camastro. Paul. El artista cuida de mí, ¿pero cuánto tiempo? ¿Dónde está esa *madame* Chapet? ¿Cuándo aparecerá?

Esa mañana, en el patio, noto que me vigilan. Levantó despacio la cabeza y me encuentro con un rostro familiar. Lillie. Su rostro está desprovisto de polvos y colores y lleva el pelo largo y rubio recogido en un moño alto encima de la cabeza, pero reconozco la forma felina de sus ojos y los pequeños dientes blancos que enseña cuando sisea. Trago saliva con fuerza, luchando por no mostrar ningún miedo. No he olvidado la advertencia de Paul.

Cuando levanto la vista, los labios de Lillie se mueven en silencio, pronunciando sin palabras:

—Me las pagarás.

No le hago caso y me coloco en la cola de presas que empieza a moverse a través del patio hacia el dormitorio. Lillie sale de la formación y siento que se me erizan los pelos de la nuca cuando pasa a mi lado y me susurra al oído:

—Hoy vas a morir.

Estoy en el umbral de la sala de lavado de la cárcel, rodeada por el olor a agua sucia. Respiro hondo, con la amenaza de Lillie todavía en mis oídos. No me buscará aquí, ¿verdad? Si lo hace, me encontrará rápidamente. Todos los momentos del día están claros en San Lázaro. Coser uniformes, bordar sábanas, limpiar las paredes y suelos del convento, cocinar en la cocina de la cárcel, hacer flores artificiales. Tenemos que pensar y hacer exactamente lo que nos dicen.

Ahora trabajo en la colada, doblando toallas y colocándolas en montones. El vapor caliente devora el aire en esta habitación cerrada y casi me impide respirar. ¿Cómo lo soportan las demás? Las mujeres doblan sábanas y toallas, lavan la ropa sucia en bañeras enormes y el vapor hace que su rostro brille de sudor y les dé un aspecto como de muñecas de porcelana.

El vapor es esta mañana tan espeso que una presa se ha desmayado. Nunca olvidaré la cara de la mujer. Pálida, grisácea, como las sábanas que hierven en las bañeras gigantes. He visto cómo se la llevaban dos carceleras tomándola de los brazos y he cerrado los ojos y rezado por ella. Todos sabemos que la pobre mujer no escapará a una paliza de las carceleras. A estas les gusta pegar; lo hacen en cualquier momento y lugar, y a menudo por la mera razón de llevar la gorra de presa inclinada a un lado con supuesta coquetería.

—Volved al trabajo —ordena una carcelera que pasea por la habitación con la mano en la porra.

Recojo un montón de toallas limpias, ya dobladas, y me esfuerzo por parecer atareada. Me pongo de puntillas y coloco las toallas en el estante cuando un trozo de papel que sobresale en una de ellas atrae mi atención. ¿Una nota de Paul? Miro por encima del hombro. La carcelera está ocupada secándose el sudor de la cara; las demás están también ocupadas sacando las sábanas y las toallas empapadas de la enorme bañera o doblando otras ya secas. Abro la nota.

Reprimo un grito y me llevo una mano a la boca. Es un dibujo malo de una mujer con una navaja clavada en el corazón.

—Lillie —susurro. Arrugo el papel en la mano y me lo meto en la ropa. ¿Cómo ha ido a parar a las toallas?

Sigo mirando por encima del hombro, doblando las toallas una y otra vez. No sé lo que hago. Tengo que seguir moviéndome. Cualquier cosa que consiga bloquear el mensaje mortífero del dibujo. No tengo dudas de que Lillie puede atacarme en cualquier momento y en cualquier lugar.

—Me pregunto por qué se ha desmayado Lucie

esta mañana —dice la mujer que está más cerca de mí. Su voz me saca de mi ensueño, pero el miedo no me abandona.

—Puede que esté encinta —responde la segunda mujer.

Se producen murmullos felices entre las prisioneras. Una mujer con un bebé es objeto de interés intenso y cariñoso entre las presas, que están obligadas a dejar a sus hijos en las calles para que se defiendan solos.

—No, Lucie ha oído el rumor— susurra una prisionera, que sostiene una sábana delante de su cara para que no se le oiga mucho.

—¿Qué rumor? —pregunta otra.

—Él viene hoy.

Me acerco, curiosa por cualquier hombre lo bastante tonto para acercarse por allí.

—¿Te refieres al doctor Gastonier? —pregunta una mujer con el pelo teñido de rubio y un vientre gordo.

La mujer de la sábana asiente.

—Sí, viene todos los meses a San Lázaro a examinar a las presas que esperan juicio.

Algunas mujeres sueltan un gemido.

—¿Examinarlas para qué? —pregunto yo.

¿Enfermedades de transmisión sexual? No me sorprendería, teniendo en cuenta la falta de protección que hay allí. Las otras me miran con sorpresa. Las más jóvenes sueltan una risita.

—Ya lo descubrirás —contesta una—. El mes pasado, una chica se suicidó antes que permitir que el doctor le pusiera la mano encima.

—Ese viejo bastardo estuvo a punto de sacarme

las entrañas con esas pinzas suyas afiladas. Ve tan poco que prácticamente me metió la cara entera en el trasero...

—¡Silencio! —ordena la carcelera.

Las mujeres guardan silencio y en ese momento se abre la puerta y escapan nubes de vapor flotante al pasillo.

—Aquí llega otra prisionera —anuncia otra carcelera antes de volver a cerrar la puerta.

La rubia que acaba de entrar mira a las presas hasta que sus ojos se posan en mí.

Lillie.

Agarro las toallas con fuerza. Veo que Lillie mira a la carcelera y sisea después enseñando sus pequeños dientes blancos. Su presencia allí no es una coincidencia. Rozo con mano temblorosa la nota escondida en mi vestido. El corazón me late con fuerza y mi pulso se ha descontrolado.

Lillie viene a por mí.

¿Qué narices voy a hacer ahora?

Capítulo 12

No es que yo quiera quedarme a luchar con Lillie; simplemente no tengo elección. A pesar de lo denso del vapor, siento sus ojos posarse en mí a la menor oportunidad, sin dejar nunca su vigilancia. Quiere ponerme nerviosa y pillarme desprevenida.

Tú querías ser joven y hermosa. Apechuga con ello.

Miro a las demás presas, que lavan, doblan y cuelgan la ropa sin saber lo que sucede. Se extiende rápidamente el rumor que confirma que el doctor llegará hoy. Más de una mujer tiene una historia que contar sobre cómo el doctor le sujetó las caderas en el borde de la mesa fría de reconocimiento, la obligó a abrirse de piernas mientras le manoseaba los pechos y después le introdujo las pinzas.

Hasta las carceleras parecen nerviosas. Están obligadas a lidiar con las presas que, más a menudo que no, dan positivo en enfermedades venéreas.

—¿Y luego qué? —preguntó.

Luego nada. No hay medicinas que las ayuden; solo una larga estancia en San Lázaro para «curarlas». A menudo, eso significa la muerte.

¿Qué le sucede a mi fantasía erótica? Que da paso rápidamente a una novela gráfica sin final feliz.

—*Mademoiselle* Pierusse —la carcelera lee nombres de una lista—. *Mademoiselle* Rolande, *mademoiselle* de Fleur...

Un gemido doloroso resuena en la sala. Nadie ha anunciado que ha llegado el doctor. La carcelera pronuncia más nombres y ellas se agrupan en la puerta. Algunas se humedecen los labios y juegan con su pelo. La mayoría muestra una expresión infeliz. Algunas están resignadas a pasar el reconocimiento y otras se muestran desafiantes. A una chica joven tienen que arrastrarla entre dos carceleras. Ella se debate gritando.

Doblo y desdoblo la misma toalla varias veces, agradecida de que no hayan dicho mi nombre. Me tiemblan los dedos y no puedo evitar morderme el labio inferior. Pienso en Lillie. ¿Qué hace aquí? Tan absorta estoy en mi tarea que no me doy cuenta de que se han ido todas las carceleras, dejando solas a las presas.

—Te voy a matar, puta —dice, y siento su aliento caliente en mi oído—. Ahora.

Me vuelvo y veo algo metálico entre los dedos de Lillie, que me apunta con el puño levantado entre nubes flotantes de niebla. Nadie tiene que decirme que el fragmento de cobre que sostiene puede desgarrarme la cara con una pasada.

Me agacho en el vapor. En cuestión de segundos,

veo las botas negras de Lillie avanzar en mi dirección. Extiendo el brazo, la agarro por los tobillos y la tiro al suelo de golpe.

—Te arrepentirás de esto —grita, buscando aire. Me mira con un odio tan espeso que penetra la nube de vapor que oculta mi rostro.

Me incorporo y agarro una toalla mojada. La hago una bola y la lanzo a la cara de mi atacante. Lillie la agarra y la tira al suelo. El pecho le tiembla por efecto de la risa.

—Tus estúpidos trucos no me detendrán, ramera.

—Tengo más —contesto, buscando ganar tiempo. ¿Cuándo volverán las carceleras? Seguramente cuando yo ya esté inconsciente en el suelo. Entonces será demasiado tarde.

—Te arrepentirás del día en que me robaste a Paul Borquet —Lillie se mueve en círculo a mi alrededor con pasos precisos, como un baile ensayado.

—Nunca fue tuyo, Lillie. Y ahora vete de aquí y déjame en paz.

—Me iré cuando termine contigo, puta barata.

La prostituta rubia forma un arco con la espalda y se dispone a atacarme cuando alguien le lanza una sábana mojada por la cabeza.

—*Merde* —llega su grito apagado—. ¿Quién ha hecho eso?

No sé si reír o llorar al ver a Lillie peleándose con la sábana mojada, con su cuerpo adoptando forma de fantasma. Me apoyo en la pared para recuperar el equilibrio y doy las gracias a una presa llamada Yvette. Ella me guiña un ojo y yo le devuelvo el gesto, pero el espectáculo no ha terminado todavía.

—Vamos, chicas, esta es nuestra oportunidad de escapar a las manos sucias del doctor —dice Yvette, lanzándole otra toalla mojada a la cabeza.

—O tendremos que tumbarnos de espaldas para que nos meta lo que quiera en el coño sin que nos dé una moneda a cambio —grita otra.

Las mujeres empiezan a llamar a las carceleras, gritando y arrojándose toallas empapadas unas a otras. ¿Están locas? ¿O es que el castigo del cepo en el patio es más deseable que someterse al reconocimiento del médico?

Yo no pienso averiguarlo. Me largo de aquí.

Pruebo la puerta. Se abre fácilmente. La carcelera ha debido de dejarla abierta para que Lillie pudiera escapar. Salgo por la puerta y miro arriba y abajo del pasillo. Está vacío. Puedo escapar, ¿pero adónde voy a ir? La cárcel está rodeada de muros altos y hay guardas en todas las puertas. Un ruido rasposo llega a mis oídos. ¿Ratas? ¿O ratas de dos patas?

—*Mademoiselle*, veo que sigue con vida —dice una voz gruñona a mis espaldas—. Lillie debe de estar perdiendo facultades.

Muevo la cabeza. La carcelera del pelo color paja está a mi lado y golpea con el látigo el suelo de madera. Con fuerza.

—No le tengo miedo.

No es cierto, estoy muerta de miedo, pero que me condenen si pienso morir en esta cárcel.

—Pienso asegurarme de que no salga viva de aquí —me amenaza la carcelera. Corta el aire con su látigo, peligrosamente cerca de las demás mujeres que salen ya del pasillo, curiosas por ver lo que ocurre, pero tiene sus ojos clavados en mí.

Yvette me agarra con una fiereza que alimenta mi valor.

—No se atreverá a tocarte —susurra—. Solo la madre superiora puede ordenar castigos.

—¿Estás segura de que ella lo sabe? —tengo que hacer algo. ¿Pero qué? Me he quedado sin milagros.

Me agacho, mientras el látigo de la carcelera corta el aire de nuevo, casi rozándome. Una vez, dos, hasta tres veces golpea el látigo el suelo de madera con fuerza.

Me muerdo el labio inferior y me obligo a no moverme. Intento proteger a las otras presas del torrente de furia que amenaza con destrozarnos. Una ola de rabia reemplaza a mi miedo. Me enderezo y observo a la carcelera golpear una y otra vez el suelo de madera con el látigo. Lanzo un grito y levanto los brazos para protegerme, presa de un pánico que no puedo describir.

Lo que está claro desde el principio es que la mujer del pelo de paja no mostrará ninguna misericordia hacia mí. Parpadeo y miro a mi alrededor, buscando un arma. No veo nada, pero me lanzo hacia adelante cuando alguien distrae a la carcelera con un grito. Ella pierde seguridad, pero levanta el látigo para golpearme. Me coloco detrás de ella, le levanto las faldas y le doy una patada en las nalgas. Otra mujer hace lo mismo. Después otra.

Un gruñido de sorpresa paraliza el látigo en la mano de la carcelera, que cae hacia delante y lo suelta. Yo lo agarro y alguien vuelve a gritar. Oigo el rumor de un hábito negro, el sonido hueco de cuentas de rosario de madera que chocan entre sí y la voz de una mujer mayor que pronuncia una orden.

La madre superiora.

Vuelvo la vista atrás. La carcelera está sin aliento. Tiene los ojos dilatados y en ellos veo un odio inmenso. Quiero correr, pero mis piernas no se mueven. No siento nada excepto el calor de la batalla que me calienta la sangre. Quiero quedarme y luchar con la carcelera del pelo de paja, patearla, arrojarla el suelo, demostrarle que no soy ninguna cobarde.

En vez de eso, me castigan al cepo en el patio.

Siento las piernas como de plomo y la cabeza ligera. Es por la posición incómoda de arrodillarme con la cabeza y las manos aprisionadas en agujeros de madera. No solo la humillación, sino la maldita inconveniencia de mi situación. He pasado la noche allí, ayudada por el terror y el instinto de supervivencia, preguntándome qué habrá sido de Lillie, por qué no ha aparecido cuando más vulnerable soy, sabiendo que tiene esa ventaja. He ganado un aplazamiento, ¿pero por cuánto tiempo? ¿Un día? ¿Dos?

Por lo menos el calor no cae a plomo sobre mí. El patio de piedra gris está en la sombra. En vez de calor, una brisa fría atraviesa el patio y me pega las faldas a la parte de atrás de los muslos.

Mi ropa está seca, a diferencia de la de otras presas. Se nos permite aliviarnos en una sala de orinales cada dos o tres horas, dependiendo del capricho de la carcelera, pero muchas no pueden aguantar tanto. El patio huele a orina, lo cual no hace nada por aliviar una situación ya de por sí desagradable.

Miro a las mujeres aprisionadas conmigo. Ojos pálidos. Bocas exhaustas. El brillo del amanecer teñido de azul colorea sus caras de un gris mortuorio, como si fueran estatuas de piedra. Pasamos el tiempo conversando, y nos consideramos afortunadas de haber sido elegidas por la madre superiora para este castigo en vez de sucumbir al reconocimiento del doctor. Pero nuestro humor es sombrío. Algunas intentan dormir y otras lloran.

Agotada por una noche sin dormir, muevo la cabeza, cierro los ojos con fuerza, intentando espantar el sueño como si fuera un mosquito pesado que rondara por mi nariz. Es inútil. La fatiga me inunda como una ola, adormeciendo mis sentidos y creando un vacío donde estaba mi cerebro.

Sacudo la cabeza y parpadeo varias veces. Empieza a amanecer y yo sigo todavía en San Lázaro.

Sigo indefensa contra la prostituta llamada Lillie.

Y eso me da mucho miedo.

Cierro los ojos. Estoy cansada de vigilar, de esperar. Cualquier movimiento puede significar que viene la carcelera, dispuesta a atormentarme con más amenazas, a prometerme que me cortará el pelo y me convertirá en su amante. Me hará servirle las comidas y acudir a su cama siempre que ella lo desee, para introducirme sus dedos hasta que me haga gritar de placer. Dedos cortos y regordetes con uñas rotas que se clavarán en mí y usarán luego mis jugos para hacer que sus pechos caídos brillen con él resplandor falso de la juventud.

Me estremezco y recuerdo mi encuentro nocturno con las manos femeninas que suscitaron mi deseo. Su coño fragante me tentó y no me arrepiento. Percibía que la joven ansiaba compañía e intimidad tanto como sexo. No la culpo. Todas estamos solas. Pienso en Paul. ¿Volveré a hacer el amor con él, o mi clítoris volverá a traicionarme cuando la necesidad de liberación esté tan cerca que no pueda evitar perder el control y hacer el amor con cualquiera que me acaricie?

¿Y qué si soy joven y hermosa? Eso solo me ha traído problemas.

Sin embargo, no quiero dejar esta época. No hasta que resuelva el misterio de Paul Borquet. Además, el sexo con él es fantástico. Aunque no pueda enamorarme de él, siempre me quedará París.

Contemplo el amanecer y rezo para que el nuevo día traiga algo mejor que el anterior, pero no estoy dispuesta a apostar mucho. Me estremezco cuando una brisa pícara me sube la falda. Me gustaría sujetarla en torno a los tobillos para frenar el viento, pero soy más alta que las otras y encuentro difícil mover algo que no sean las caderas. Eso me divierte. No hace tanto tiempo que movía las caderas en una oleada tras otra de pasión, encantada con las caricias de mi guapo artista.

—Mirad —dice una prisionera—. Se está abriendo la puerta.

—¿Quién es? —pregunta otra.

—Nadie que tú conozcas.

Las otras se echan a reír, pero yo levanto la cabeza con curiosidad. Veo un carruaje que cruza la puerta. Se detiene y de él sale una mujer con un sombrero enorme decorado con plumas negras de avestruz. Riñe al cochero porque conduce mal, examina su rostro empolvado en el espejo pequeño que lleva alrededor del cuello en una cadena de oro e ignora a la carcelera que quiere ver su pase.

Su aspecto recargado pero lujoso anuncia su posición en la vida. Me la imagino tumbada de espaldas contando su tarifa sin perder ni un suspiro de su orgasmo fingido. Debió de ser guapa en otro tiempo, pero después de años usando maquillaje espeso blanco, su rostro se ha convertido en una máscara dura. Su figura rotunda va infundada en un vestido de tafetán amarillo y rosa. Su mejor rasgo son sus pechos enormes, aunque cuelgan como globos llenos de agua.

Todos sus movimientos son afectados, desde el modo en que se coloca delante del carruaje, posando, para luego echar a andar por el patio con una ligereza que yo no habría imaginado. Dice al cochero que la espere, saca un abanico de encaje negro y amarillo de su vestido y se abanica mientras observa a las mujeres colocadas en el cepo con ojo experto.

—¿Quién es? —murmuro a la mujer que hay a mi lado.

—*Madame* Chapet —susurra ella.

Conque esa es la famosa *madame* Chapet. ¡Que Dios me ayude!

—¿Qué hace aquí? —pregunto.

—¿Quién sabe? A menos que venga con una orden de libertad para alguna de sus chicas.

—Esa no movería un dedo por nadie, si no es porque puede sacar beneficio —interviene Yvette.

—¿Por qué dices eso? —pregunto.

—Fue durante muchos años comerciante de ropa y prestamista de dinero de las mujeres de San Lázaro. Conoce a todas las personas relacionadas con la cárcel, incluido el magistrado.

—¿El magistrado? —pregunto interesada.

—Sí. Él le concedió la licencia para el burdel.

—¿Burdel? —no puedo creerlo. Paul me envía a un burdel. ¿Pero por qué me sorprende eso? ¿Qué puede esperarse de un hombre que ama tanto el sexo?

Todavía no has salido de aquí. No lo estropees.

Levanto la cabeza, intentando ver lo que ocurre. *Madame* Chapet se acerca a nosotras. Nos observa con atención.

—¿Castigadas? —murmura.

—Somos su comité oficial de bienvenida, *madame* —dice una de las mujeres, que retuerce el cuerpo para apartarse las faldas de una patada. Otras hacen lo mismo, riendo para llamar la atención de la mujer. Me sorprende la exhibición de carne que llevan a cabo las mujeres. Muestran los tobillos y se ven trozos de muslo desnudos asomando por encima de los ligueros negros. Una chica consigue subirse tanto la falda que muestra el pubis desnudo. *Madame* Chapet ríe y se sostiene luego la nariz en un gesto de burla antes de acercarse a mí.

—¿Y quién es usted, *mademoiselle*? —me mira con ojos tan ferozmente azules que no puedo apartar la vista.

No hay calor en esos ojos, aunque su boca roja se abra en una sonrisa. Avaricia, tal vez; y envidia. Su mirada me pone incómoda. Imagino su boca entre mis muslos y la lengua entrando y saliendo de mi coño como el aguijón de una abeja. No es una idea agradable. El sudor empapa mi rostro. Le devuelvo la mirada con la misma intensidad y me recompensa con un movimiento coqueto de pestañas.

—Autumn Maguire —respondo.

—¿Irlandesa?

—Norteamericana de origen irlandés.

Veo cierta vacilación en su rostro, que desaparece enseguida. Sea lo que sea lo que piense de los irlandeses, no va a permitir que interfiera con los negocios.

—*Monsieur* Borquet me ha hablado de usted, de sus pechos altos, puntiagudos y firmes...

Agarra mis pechos y frota los pezones con sus pulgares gordos.

—... y su piel sin mácula resplandeciente con un aura dorada...

Ahora me acaricia la mejilla y me obliga a abrir la boca con el dedo. Casi vomito. ¡Quién sabe dónde habrá estado ese dedo! ¿Qué le pasa a esta mujer?

—... y su pelo caoba que desafía en color a las llamas del fuego.

Pasa los dedos por mi pelo. ¿O busca piojos en la cabeza? Si se le ocurre llevar el juego más lejos, le daré una patada en el trasero...

—Él tiene razón. A su lado, las demás chicas no son nada.

Madame Chapet está tan nerviosa que no alcanza el abanico. En vez de eso, se abanica agitando las plumas de avestruz de su sombrero delante de la cara. Intenta controlarse.

—Usted será perfecta para...

—No soy una prostituta, *madame* —replico, sabedora de que la mujer puede ayudarme, pero incómoda porque crea que estoy a punto de entrar en la profesión más antigua del mundo.

Y la culpa la tiene Paul Borquet.

Es como todos los hombres. Hacen el amor y luego dan media vuelta y se quedan dormidos hasta que su pene se endurece otra vez. Pues yo no pienso permitir que se salga con la suya.

Suena la campana. Va a empezar la oración de la mañana. Monjas, carceleras y presas entran en fila india en el patio, murmurando y señalando el carruaje de *madame* Chapet. Ella no les hace caso y me observa un momento más. Mira después a las monjas y presas. Noto que está enfadada por algo. Su respiración se vuelve jadeante de nuevo. Imagino que estar rodeada por tantos coños nuevos es demasiado para ella. Sigo diciendo que no pienso ser prostituta, pero tengo la terrible sensación de que no me escucha.

—Basta, *mademoiselle*, tengo aquí su liberación —golpea su pecho amplio con el abanico y una leve lluvia de polvos blancos se extiende por el aire—. Antes de que se ponga el sol, estará a salvo en la casa de la *rue des Moulins*.

—¿Y yo qué, *madame*?

Lanzo un gemido. Lillie está detrás de la madama del burdel, con los brazos en jarras.

—Ah, Lillie de Pontier, así que estaba aquí escondida —*madame* Chapet la mira achicando los ojos y habla con voz cargada de sarcasmo—. Hemos echado de menos sus encantos en la *rue des Moulins*.

—Usted dijo que yo era su mejor chica —protesta Lillie—, que nadie sabía acunar mejor las pelotas de un hombre con los dedos ni dar tanto placer a su falo con la lengua.

Madame Chapet sigue con la vista clavada en ella.

—Ya no. Le voy a enseñar una lección.
—*Madame*?
—Estoy escandalizada, ¿me oye? Escandalizada de que se dejara encerrar aquí como una prostituta vulgar. He perdido muchos luises de oro por su culpa. No solo se quejaron los caballeros de su ausencia, sino que *monsieur* Gromain me montó una escena cuando no se presentó en su estudio a posar para los artistas.

—Todo fue culpa suya, *madame* —declara Lillie, señalándome—. Me atacó en la calle.

—Ella intentó matarme con una navaja, *madame*.

—Lástima que fallara —dice Lillie.

—¡Silencio las dos! Yo decidiré su destino —interviene la madama. Saca un papel doblado de su pecho.

—¡Atención! —advierte una de las prisioneras—. Es la madre superiora.

Veo a la abadesa venir hacia nosotras, con los velos flotando a su alrededor como una tempestad religiosa.

—Deje que hable yo, *mademoiselle* —me dice *madame* Chapet—. No diga nada.

—¿Y yo, *madame*? —insiste Lillie.

—Si dice una palabra, le prometo que no saldrá nunca de aquí.

Dejo caer la cabeza y rezo para que la mujer

pueda conseguir mi libertad. Me imagino vendiendo mi alma a esta diablesa con plumas negras, prometiéndole lo que sea con tal de salir de San Lázaro. ¿También levantar las caderas para que pueda lamer mi flujo vaginal con esos labios rojos suyos? Una revelación horrible me atormenta. Me doy cuenta de que *madame* Chapet tiene los mismos pensamientos.

—Buenos días, *madame* —la madre superiora inclina la cabeza y mete las manos en las mangas amplias negras de su hábito. Pero le tiembla el cuerpo. Está nerviosa y ha perdido la paz interior que la caracteriza. La están poniendo a prueba y no le gusta—. ¿A qué debemos el placer de su compañía en San Lázaro?

—He venido a llevarme a mi sobrina —dice la interpelada, que se abanica con la orden de libertad y está peligrosamente cerca de darle a la monja con ella en la nariz.

—¿Su sobrina?

—*Mademoiselle* Autumn Maguire.

La abadesa no se deja engañar.

—Esta chica no irá a ninguna parte hasta que se decida su caso, *madame*.

—Le aseguro, madre superiora, que su puesta en libertad está firmada por el magistrado —presume *madame* Chapet alzando la voz. Le tiembla la doble barbilla y las perlas blancas de su collar resplandecen al sol.

El rostro de la madre superiora se endurece.

—Déjeme ver esa orden.

Madame Chapet le tiende el papel.

Yo fijo los ojos en la monja. Tengo miedo.

—Bien, *madame* Chapet —dice la madre superiora, recuperada su calma interior. El asunto ya no está en sus manos—. Su sobrina puede irse de San Lázaro con usted. Por esta vez —junta las manos en un gesto de plegaria—. ¡Y que Dios se apiade de las almas de las dos!

La carcelera del pelo de paja me saca del cepo de mala gana. Roza mis pechos con la mano y me pellizca como una serpiente que clavara sus colmillos en mi carne, pero la empujo con el hombro. Gruñe, pero no dice nada. Estiro los brazos por encima de la cabeza, pero la parte superior de mi cuerpo está insensible, tengo los hombros rígidos y un calambre en el cuello. No importa. La sensación de libertad es increíblemente intensa, como si esa emoción fuera mi única razón de vivir en ese momento.

Intento andar, pero a los tres pasos caigo de rodillas sobre el suelo de piedra. Me esfuerzo por levantarme y finalmente lo consigo. Sé que más allá de la puerta pesada de la prisión la ciudad de París espera que descubra sus secretos, atraerme a sus mitos y misterios, adonde nadie de mi época ha estado nunca antes.

Y Paul Borquet también me espera.

¿O no?

Madame Chapet tira del collar de perlas de tres vueltas que adorna sus dobles barbillas, toma con dos dedos el último bombón que queda en la caja forrada de terciopelo rosa y se lo echa a las bolas de pelo llamadas Louis y Pompie que saltan por el carruaje. Los dos animales se pelean inmediatamente por el dulce.

—Vamos, vamos, nada de peleas. Mamá os dará más bombones luego.

Miro por la ventanilla, disgustada por los dos perritos, que no dejan de mordisquearme los tobillos.

—¿Adónde me lleva, *madame*?

—A la casa de la *rue des Moulins*... ¡Louis, Pompie, dejad de pelear! —los dos perros no dan señales de haberla oído y siguen gruñéndose mutuamente.

—Ya le he dicho que no soy una prostituta —sonrío—. No sé qué le habrá dicho *monsieur* Borquet, pero...

—*Monsieur* Borquet es un joven encaprichado de usted y un artista muerto de hambre. Será más feliz sin él.

Procuro contenerme para no perder los estribos y pregunto con calma:

—¿Qué es lo que quiere decir?

—Debe olvidarse de él. Tengo planes para usted. Grandes planes. Conozco a varios caballeros, entre ellos lord Bingham, el duque de Malmont, que pagarán mucho dinero por disfrutar con una joven tan hermosa como usted.

Joven y hermosa. ¡Maldita sea! Es más una maldición que otra cosa. Una excusa para que esta vieja zorra venda mi coño. Sonrío. ¿Qué diría la madama si supiera la verdad sobre mí?

—No permitiré que me toque el duque —declaro con un estremecimiento.

—Lo hará. Si no quiere que *monsieur* Borquet no pueda mostrar nunca más sus cuadros en ningún salón de París.

—Usted no puede hacer eso.

Chantaje. ¡Qué guarra!

—Puedo y lo haré — *madame* Chapet enciende un cigarrillo—. Ya estoy harta de su insolencia, *mademoiselle*. Ustedes las chicas no me dan más que problemas, en especial las modelos de artistas. *Monsieur* Gromain está muy enfadado y desesperado por una modelo. En la última semana ha corrido la voz de que mi burdel ya no tiene las mejores chicas de París. La culpa es de Lillie, por haberse dejado encerrar en esa prisión. He perdido mucho dinero por eso.

Me asalta una idea.

—Lo haré, *madame*.

—¿El qué?

—Posar para los artistas.

—¿Usted? Es hermosa y tiene una buena figura, pero no tiene experiencia...

—Sí la tengo —y es verdad. Posé para el viejo artista de Marais, ¿no? Un plan empieza a formarse en mi cerebro.

Utiliza tu belleza para salir de este lío.

—¿Dónde ha posado, *mademoiselle*? —no me cree—. Esos artistas son muy especiales y quieren a alguien con experiencia.

—Yo les daré algo freso, algo nuevo, algo que no encontrarán en ninguna otra parte de París. No podrán rechazarlo.

Madame Chapet achica los ojos.

—¿El qué?

—Y si no me convierto en una de sus chicas...

Madame Chapet niega con la cabeza.

—... al menos por el momento, puede decirle a *monsieur* Gromain que acabo de llegar a París y ningún hombre me ha hecho el amor.

—¿Es cierto?
—Claro que sí. Pregunte a sus caballeros, a quien quiera. Nadie me conoce. Nadie.
—Excepto *monsieur* Borquet. ¿Hablará?
Respiro hondo.
—Si me deja hablar con él a solas, no.
—No. Yo estaré presente para asegurarme de que no la toca. A partir de este momento, *mademoiselle*, no puede permitir que ningún hombre la toque, debe ser pura como una virgen, no una chica que ha visto al lobo, ¿de acuerdo?

La idea de que Paul no me toque me resulta casi insoportable y eso me hace darme cuenta de lo fuerte que se ha hecho el vínculo que nos une en el poco tiempo que he pasado con él.

—... y yo invitaré a lord Bingham al estudio de *monsieur* Gromain para que la vea. Bien, *mademoiselle*, supongo que sabe que, cuando pose para esos artistas, debe posar desnuda.

¿Posar desnuda?

Es demasiado. Me cubro la boca con la mano, pero por mucho que me esfuerzo, no puedo evitar soltar una carcajada.

Ya empezamos.

No volveré a quejarme de tener que nadar en las aguas cenagosas del mundo empresarial. Lidiar con tácticas sucias no puede compararse con pasar tiempo en el potro. Yo no sufrí un pánico así ni siquiera cuando la cremallera del pantalón de David me miraba a la cara y yo temía el sonido del metal contra el metal, como decía él.

Ahora me dirijo a un burdel francés para intentar conseguir el trato más importante de mi vida: impedir que me follen de todos los modos posibles: en un diván, de pie, por detrás inclinada sobre la barandilla o de cualquier otro modo que lo hagan los franceses.

Pero ni siquiera Nicole Kidman pudo escapar a ese caballero diabólico de pene pequeño y habla ceceante. Oh, sí, él también está en mi historia. El bastardo. Pero no teman, Paul lo tiene en su punto de mira.

¡Oh, qué delicia! Dos hombres que me desean, los dos atrapados en uno de los peores sentimientos.

Jealousie
(Celos)

*Ningún amor verdadero puede
existir sin su pavoroso
castigo... los celos.*

Lord Lytton,
estadista y poeta inglés
(1831-1891)

Capítulo 13

Desde el momento en que vuelvo a ver a Paul, lo deseo.

Entra en el salón de recibir de la casa de la *rue des Moulins*, arremolinando la capa a su alrededor como si fuera una nube furiosa. Unas cuantas chicas yacen en divanes o sillones tapizados de seda y *madame* Chapet está tumbada en una *meridienne* con filetes de carne de ternera cruda apoyados en las mejillas.

Me mira, paseando adelante y atrás por la gruesa alfombra blanca. No puede estarse quieto, como la gota de polvo que nunca se posa en los muebles. Adelante y atrás. Adelante y atrás.

Yo lo miro y froto los dedos en mi camisón de seda transparente del color de pétalos de rosa aplastados. Debajo estoy desnuda, mostrando mis medias oscuras hasta el muslo, la nueva moda entre las chicas. Zapatillas rosas sin talón completan mi atuendo. *Madame* Chapet se niega a dejarme llevar otra cosa. Es un truco para que no pueda salir de la casa.

Ahora me olvido de eso. Paul está aquí. Me alivia ver su hermoso rostro, su pelo largo pegado a la frente por el sudor, y sus ojos que expresan que me ha echado de menos.

—Por favor, *madame* —dice él— Tengo que hablar a solas con *mademoiselle* Maguire.

—Ya conoce las reglas, *monsieur* —contesta *madame* Chapet—. Si no paga, tiene que limitarse a las habitaciones públicas.

—Si no fuera por mí, *mademoiselle* Maguire no estaría aquí.

—Repito, *monsieur*, que ya conoce las normas. No hay excepciones.

—Tengo dinero...

—No es suficiente, *monsieur*.

—¿Lord Bingham sí tiene suficiente, *madame*?

¿Lord Bingham? *Madame* Chapet me ha hablado de él, pero todavía no lo conozco. La madama me tiene recluida para aumentar la sensación de mi aparición en L'Atelier Gromain.

—*Márchese, monsieur* Borquet. Me hace perder el tiempo.

—¿Debo recordarle, *madame*, que muchos de sus clientes son artistas amigos míos? Una palabra mía y le aseguro que buscarán su placer en otra parte.

Madame Chapet piensa un momento.

—Cinco minutos. Ni uno más.

Terminado su tratamiento de belleza, arroja las tiras de carne a un bol de cristal colocado en una mesita a su lado. Mueve la mano en el aire y Delphine, su doncella y costurera personal, retira la ternera. La madama llama a los terriers, Louis y Pompie, a su regazo y empieza a acariciarlos, pero sus ojos no se apartan de mí.

Yo miro anhelante al artista que se acerca. Él está tan descontento como yo con la situación. Estoy nerviosa. Excitada. Pero no puedo besar sus labios ni disfrutar de las exploraciones de su lengua. Hablamos como si fuéramos actores de una obra que se representara para una sola persona.

—Quiero abrazarte y besarte —dice Paul, subiendo y bajando los dedos por su bastón.

—No puedes acercarte más —coloco una bandeja de higos italianos y dulces entre los dos.

—No puedo seguir apartado de ti —toma un higo oscuro y lo abre, mostrando capas de rosa pálido y carmesí. El fruto está plagado de semillas. Y jugoso como mi coño. Una delicadeza que hay que saborear para disfrutarla. Enarca las cejas y adopta una expresión triunfal que me intriga, como si saboreara otra cosa. Yo tengo la boca seca de imaginar su lengua lamiendo y succionando el fruto. Me humedezco los labios. Me está torturando y sabe que me encanta.

—*Madame* Chapet ha dicho que te hará algo horrible si me tocas.

Con el índice y el pulgar, aparta las capas de higo como si separara los labios de mi pubis. Introduce el dedo en el fruto y mueve el pulgar adelante y atrás, como si frotara con él mi clítoris. Respiro con fuerza.

—¿Y qué puede hacerme ella? —pregunta.

—Tu obra, tus cuadros —bajo los dedos hacia mi

entrepierna. No te toques el clítoris. Ella te está mirando—. Te prohibirá exponer en los salones.

—Me da igual —él se lleva el higo a la boca y lo lame antes de comerlo, con el jugo bajándole por las comisuras de los labios. Al verlo, no puedo evitar acariciarme el muslo, despacio, acercándome al pubis. Aprieto los músculos de la vagina; en mi vientre se va formando un fuego que no puedo ignorar—. Puedo vender mi trabajo en los salones al aire libre —sigue él—, colgar mis cuadros en los árboles, vallas y farolas de la plaza Constantin-Pecqueur, o de donde sea, siempre que te tenga en mis brazos.

—No es lo bastante bueno, Paul —tengo el clítoris mojado e hinchado, pero no puedo tocarlo. No puedo. Cierro con fuerza los muslos para prohibirles la entrada a mis dedos—. Eres un genio y mereces que te reconozcan.

Froto los dedos en el camisón para reprimir mis deseos sexuales. Una idea repentina me ayuda en mi tarea. En el futuro, el nombre de Paul Borquet solo será conocido por unos pocos en el mundo artístico.

¿Qué ha pasado? ¿Soy yo la razón de que renuncie a su arte?

—No te dejaré renunciar a tu trabajo, Paul.

—No renunciaré.

Se acerca más, toma otro higo y su jugo le corre por la mano. Lo imagino entrando en mí, mi vagina tan tentadora y vulnerable como el fruto suculento. Me estremezco. ¡Maldita sea *madame* Chapet!

—No puedes acercarte a mí. No debes besarme.

—¿Que no te bese? ¿Estás loca? Solo estar cerca de ti me hace arder de deseo.

—No, Paul. *Madame* está empeñada en presentarme a los artistas del estudio de *monsieur* Gromain.

Paul abre mucho los ojos.

—¿Gromain? ¿Ese viejo mujeriego? Si tú eres su modelo, tendrá a la mitad de París en su puerta —sus celos artísticos son evidentes—. ¿Posarás desnuda?

—Sí.

—Te lo prohíbo.

—¿Y quién eres tú para hacer eso? —mi pregunta le sorprende, como si no se le hubiera ocurrido que yo pueda no ser su esclava—. Tú me metiste en este lío.

—¿Yo? —me mira con incredulidad—. Yo nunca pensé que harías una locura como posar desnuda.

—Posé desnuda para ti.

—Eso era diferente.

—¿Sí?

—No dejaré que poses desnuda para otros artistas.

Se acerca más y puedo oler la absenta en su aliento.

Le pongo los dedos en la pierna y siento que se endurecen sus músculos. Madame Chapet carraspea, pero antes de que retire la mano, Paul me agarra la muñeca y la aprieta. ¡Oh, cómo desearía que frotara mi clítoris! Solo pensar en ello hace que se tensen mis músculos del vientre.

—Esos viejos lascivos solo piensan en rozar el pubis de una mujer no solo con los pinceles sino también con las pollas.

—¿Celoso? —me encanta.

—¿Celoso? Pues sí. Estoy loco de celos.

Me mojo los labios.

—¿Y por qué dejaste que *madame* Chapet me sacara de San Lázaro si sabes que dirige un burdel?

Paul suspira.

—Era el único modo de sacarte de allí. No podía soportar imaginarte en aquel agujero miserable. No tengo dudas de que hubieras muerto allí.

—Lillie.

Él asiente.

—Una chica no tiene ninguna posibilidad de conservar su juventud y su belleza en esa cárcel.

Sé que tiene razón. ¿Cuánto tiempo habría resistido antes de sucumbir y echarme una amante en San Lázaro? ¿Y después qué? Drogas, alcohol y quién sabe qué más. La noche con la chica francesa me demostró lo vulnerable que soy.

—¿Solo soy eso para ti, Paul? —me aparto de él—. ¿Joven y hermosa?

—Soy un hombre. Soy humano. Tú me tientas a ir adonde no he ido nunca. Inflamas mi visión artística como ninguna otra mujer.

—También tengo cerebro, Paul.

—Tienes un cerebro hermoso.

Ahí me ha pillado.

Sonrío.

—Eres insufrible. Algún día aprenderás a apreciar algo más que el cuerpo de una mujer.

—Pues enséñame tú —me mira con tal deseo que muevo las caderas y mis jugos fluyen entre mis piernas—. No quiero que te mire ningún otro hombre.

—¿Quieres decir del modo en que me miras tú?

—deslizo los dedos entre los muslos hasta que están húmedos y después los froto en el muslo de él cuando la madama no mira. Me besa la mano y la coloca bajo mi nariz. Mi aroma almizclado nos hace sonreír a ambos.

—Eres excitante, Autumn. Joven, hermosa, llena del rubor de una flor joven que todavía no se ha abierto.

Me muerdo el labio inferior.

—¿Y si no fuera joven?

Él me mira sorprendido.

—Pero lo eres. Joven y deliciosa. Nunca imaginé que poseería a una mujer como tú —sus dedos rozan mi mejilla con gentileza—. Di que me amas.

—Yo...

No lo digas. Si lo haces, volverás a tu cuerpo de treinta y cuatro años y no quedarás muy bien con este camisón transparente. Piensa en tus muslos fláccidos.

El corazón me late con fuerza. Guardamos silencio un momento, sumergidos en el delicioso recuerdo de nuestra noche de pasión, desnudos y sudorosos a la luz de la luna.

Cuando estamos a punto de besarnos, los dos terriers ponen fin a nuestro juego al echarlos *madame* Chapet al suelo.

—Se acabó el tiempo, *monsieur* Borquet —anuncia en voz alta.

—¿Cuándo puedo volver a ver a *mademoiselle* Maguire? —pregunta él.

—Cuando los otros artistas tengan ese mismo placer.

—*Madame*...

—Mañana en el atelier de *monsieur* Gromain —añade la mujer con una sonrisa—. Sin ropa.

Desnuda.
De pie en una plataforma de madera de medio metro de altura, con solo una sábana fina cubriendo mi cuerpo desnudo y de espaldas a los ojos curiosos de los artistas, los oigo respirar, siento sus ojos clavados en mí.

Sé que esperan que suelte la sábana.

Alguien tose y luego estornuda. Otro deja caer un pincel al suelo. Otro... ¿eso es el ruido de una petaca? El olor familiar a absenta se impone a los olores de la pintura, el aguarrás y los cuerpos sucios que llenan el estudio de arte de la *rue Fontaine* y ataca mi olfato con intensidad.

Me vuelvo. Despacio. Con cautela. La niebla de la mañana congela la tímida luz del sol que entra por las claraboyas del techo. Miro a mi alrededor con curiosidad. No veo las caras de los artistas, sobre todo de los que están sentados en la parte de atrás del estudio, pero conozco sus nombres: Degas, Cézanne, Pissarro, Monet... y el maestro de la caricatura, Toulouse-Lautrec. Todos ellos esperan delante de sus caballetes con lápices o tiza en la mano, dispuestos a pasar la mañana dibujando a una modelo viva.

Los observo, pero estoy demasiado nerviosa para posar mucho rato la vista en ninguno de los rostros. Ellos me miran. Una cosa es posar desnuda delante de un extraño, como hice en Marais, pero estos son los impresionistas. ¿Me he vuelto loca?

Tengo mucho miedo, pero tiemblo con una excitación extraña. Soy la modelo de las mentes más innovadoras y creativas del movimiento impresionista.

De todas menos una.

¿Dónde está Paul?

—La sábana, *mademoiselle* Maguire... apártela —dice una voz desde un rincón oscuro, apartado de la claraboya.

Monsieur Gromain, el dueño del estudio de arte. Empieza a impacientarse. El futuro de su estudio depende del éxito de este día. Es de dominio público que la negativa de *monsieur* Gromain a cambiar con los tiempos le ha hecho perder muchos alumnos a favor de la Académie Suisse, donde artistas del paisaje como Monet y Cézanne trabajan para desarrollar conocimientos de anatomía y pueden pintar a modelos, mujeres altivas de cara de piedra con leotardos ceñidos, por muy poco dinero. *Monsieur* Gromain contrató a un grupo de carpinteros que renovaran el estudio y ha lanzado una campaña para recuperar a los artistas. Por eso necesitaba una modelo nueva. Hermosa. Intacta y virginal.

¿Virginal? Sonrío. O al menos eso pensó *monsieur* Gromain. Aunque rehusé desnudarme para él cuando vino a verme, mi rostro y mis piernas bastaron para enrojecer sus gruesas mejillas y hacer que saliera del burdel con la tercera pierna dura.

No es el único que se interesa por mí. Delphine me ha hablado del misterioso lord Bingham, duque de Malmont, quien viene todos los días a verme pero *madame* Chapet se niega, pues, afortunadamente, está convencida de que puedo hacerle ganar más dinero posando en el estudio de Gromain que subiendo arriba con un cliente. Los rumores sobre la hermosa modelo virgen han circulado deprisa por los cafés de París y los artistas han venido.

¿Pero dónde está Paul?

Estoy sudando; gotas saladas de transpiración se deslizan entre mis pechos. También estoy húmeda entre las piernas, tanto por la excitación como por los nervios. Me desconcierta, pero también me atrae, la idea de que estoy a punto de desnudarme para estos hombres.

No me atrevo a secarme el sudor, por miedo a que caiga la sábana, mi bandera blanca de rendición. Debajo no llevo nada aparte de mi valor y está a punto de abandonarme también.

Aprieto la sábana con fuerza y tiemblo. ¿Por qué no ha venido Paul?

Lo necesito para que me dé el valor de posar desnuda.

De pie en la plataforma ante los famosos artistas, no me siento muy valiente. ¿Cómo voy a dejar que sus ojos y pinceles exploren cada lunar de mi cuerpo, los hoyuelos de mis nalgas, mis pezones duros y el vello entre mis piernas? No puedo.

—Aparte la sábana, *mademoiselle* —repite la voz de *monsieur* Gromain—. Ahora.

Esta vez sale de las sombras, respirando pesadamente. Lleva una corbata larga y ropa amplia y parece captar lo que me pasa por la cabeza. Enarca las cejas y su mostacho tiembla de irritación.

—Basta de tonterías, *mademoiselle*.

Levanta la mano y sé lo que va a hacer. Quiere arrancarme la sábana.

Me aparto rápidamente. Me embarga un valor repentino. Paul no está aquí pero está en mi corazón, dándome fuerzas. Les daré lo que quieren, pero lo haré a mi modo.

Me vuelvo de espaldas, sujeto los extremos de la sábana y extiendo los brazos como un ángel que probara sus alas. El largo cabello caoba me cae por la espalda en cascadas de rizos y la curva de mis hombros y el arco de mi espalda hacen que los artistas se inclinen hacia delante en sus caballetes. Perciben que ha llegado el momento.

Pienso en Paul, en sus ojos azules oscuros brillantes, sus caricias eléctricas, su pene erguido, y decido que *monsieur* Gromain tiene razón. Soy una tonta.

Respiro hondo y dejo caer la sábana.

Paul caminaba deprisa entre el *bulevar des Capucines* y la *rue Auber*, cerca de la Plaza de la Ópera. Lo seguían y no le gustaba.

Aquella sensación incómoda era tan vívida que había retrasado ir al estudio de Gromain. Había retrasado ver a Autumn y eso le enfurecía.

¿Quién era el hombre del abrigo largo de ante y el sombrero hongo que fingía leer un periódico siempre que se paraba y miraba en el escaparate de una tienda? ¿Por qué lo seguía?

Cuando cruzaba la terraza del *Café de la Paix*, con la larga capa negra lamiéndole las botas, húmedas de los charcos de lluvia de las calles, oyó que pronunciaban su nombre.

—¡*Monsieur* Borquet, espere!

Se volvió sorprendido y miró el interior del café a través del cristal. Una vendedora de flores, un acordeonista y un camarero con una bandeja le obstaculizaban la vista. ¿Dónde estaba el hombre del sombrero hongo?

Veía clientes ataviados con chaquetas o con capas. Todas las mesas, dentro y fuera, estaban ocupadas. Para calentar a los clientes aquel día fresco y lluvioso, grandes braseros abiertos de carbón encendido ocupaban el lugar de los árboles enanos en la terraza. Los sombreros de copa de los hombres y los sombreros rebuscados de las mujeres le impedían ver al hombre que lo había llamado.

No tenía tiempo para juegos. Autumn lo esperaba en el estudio. Verla alimentaba su creatividad y, sin embargo, ella parecía incómoda con su belleza, como si fuera una maldición, cosa que él no entendía. Conocerla le hacía anhelar la permanencia de su propia juventud. ¿Eso sería posible? No. Según la condesa, la magia negra no duraría si se enamoraba de la pelirroja. ¿Y entonces qué? ¿Bastaría con la pasión para satisfacer el anhelo de su alma?

Pasaban los segundos y las gotas de lluvia golpeaban su nariz y sus mejillas. Si no se movía, acabaría empapándose.

Lanzó una maldición y siguió su camino. Autumn lo esperaba.

Cuando giraba ya para entrar en la calle del estudio de Gromain, chocó de frente con el hombre del sombrero hongo.

—*Monsieur* Borquet.

Paul achicó los ojos.

—¿Me sigue, *monsieur*?

—Tengo un mensaje para usted.

—¿De quién?

—De su Excelencia el duque de Malmont —dijo

el hombre—. Que no se acerque a *mademoiselle* Maguire.

—No pienso hacerle caso. Fuera de mi camino, *monsieur*. Tengo prisa.

—Ha sido advertido, *monsieur*. Y puesto que se niega...

El hombre del sombrero hongo se abalanzó sobre él y le lanzó un puñetazo. Paul lo esquivó y respondió con un gancho de izquierda al estómago. El hombre retrocedió; la fuerza del golpe le hizo perder el equilibrio.

Paul se disponía a pegarle de nuevo, pero una energía extraña crecía en su cerebro y le apretaba la parte de atrás del cráneo haciendo que le resultara difícil ver a través de sus vapores grises, su niebla densa. Sin embargo, veía claramente el rostro de Autumn. ¿Una alucinación? No podía estar seguro. Tenía que cumplir el destino que le había sido arrebatado años atrás al quedarse ciego. Y no lo iba a detener un inglés.

Primero tenía que librarse del hombre del sombrero hongo. Tiró de su bastón y mostró la hoja unida al mango. Parecía flotar en el aire, atrapar la luz en pequeños chispazos de energía, acechando su blanco.

El inglés se había puesto en pie y, al ver la hoja del bastón, sacó sin vacilar una pequeña Derringer del bolsillo, con el dedo ya en el gatillo. Paul no tenía dudas de que pensaba usar la pistola y no iba a correr el riesgo de que fuera un buen tirador. Lo golpeó en el brazo con la hoja y el hombre lanzó un grito, soltó la pistola y la manga de su abrigo se llenó enseguida de sangre. Paul dio una patada a la pistola y la lanzó a una alcantarilla.

—¡Maldito bastardo francés! —lo maldijo el hombre en inglés.

—Se equivoca; solo soy francés a medias. Mi padre era inglés —repuso Paul con dureza—. Y ahora será mejor que atienda su herida o morirá desangrado.

Ignoró los insultos que le lanzaba el hombre y entró en el estudio donde lo esperaba Autumn.

Capítulo 14

A Paul no le sorprendió lo que vio. Pero tampoco le complació. La pelirroja lucía su cuerpo desnudo delante de una habitación llena de hombres lascivos. Era una desvergonzada. Tomaba la sábana y la retorcía alrededor de su cuerpo para deslizarla luego por sus blancos pechos o rozar con ella sus caderas y excitar a los artistas como una ramera del Pigalle. Con los pezones túrgidos, las caderas delgadas y las largas piernas de un agradable bronceado dorado, como si osara exponerlas al ojo crítico y ardiente del sol. Ella lo atormentaba posando desnuda en una plataforma rodeada de artistas. Lo bastante cerca para que ellos tocaran su pubis con las puntas de sus pinceles.

Percibía que Autumn disfrutaba. Volviéndose lentamente en un círculo, mirándolos, ahuecándose el pelo sobre un hombro. No sabía cuánto tiempo llevaba desnuda en la plataforma realizando una danza silenciosa con la gracia de un pájaro que moviera las alas en la brisa. Una hermosa sonrisa pensativa en los labios retaba a los hombres a capturar su belleza en un lienzo. Paul miró su pubis, el vello que formaba un triángulo apetitoso en el que deseaba deslizar su pene para introducirlo y sacarlo hasta que ella estuviera empapada y entregada a todos sus deseos.

Apretó los puños con fiereza. ¿Cómo había podido sobrevivir esas últimas semanas sin ella?

Se quitó la chaqueta y secó la humedad del cuello de su camisa blanca. Sudaba con profusión y estaba seguro de que las musas se burlaban de él por todas las noches y tardes que había pasado en brazos de una mujer guapa, sabiendo exactamente cómo follarla, la presión y velocidad con las que podía volverla loca, sin pensar para nada en lo que ocurriría después.

No se movió durante varios minutos. Estaba transfigurado por ella. La luz y sombra que se filtraban por el cristal bailaban juntas sobre las curvas del cuerpo de la pelirroja.

Paul tomó su lápiz por tercera vez, y por tercera vez lo dejó caer. Tenía los dedos adormecidos. No podía acercar el lápiz al lienzo, no podía controlarse. Se llevó la petaca a los labios y dejó que la absenta bajara por su garganta parcheada. El corazón le bombeaba con furia, pero sentía que le calmaba los labios. Tenía que verla a solas para poder abrazarla y llenarla de placer.

Cerró los ojos y dejó caer la cabeza en las manos, pensando. Tenía que convencerla de que saliera con él de París, fuera del alcance de *madame* Chapet.

Irían a alguna parte donde pudieran estar juntos. Su viejo amigo Gauguin hacía planes para irse a Tahití. Podían unirse a él en su aventura. Arenas cálidas, noches ardientes. Pechos desnudos. La idea lo llenaba de deseo y frustración.

Levantó la vista y vio la mirada de abandono de los ojos de ella. Era un gato salvaje y la imaginó ronroneando de placer bajo las riendas de un hombre que pudiera domesticarla. Un hombre como él.

Con el corazón galopante, tomó su bastón y caminó osadamente hasta la plataforma.

No soy consciente de la presencia de Paul hasta que golpea con el bastón en la plataforma. Levanto la vista y lo veo sonreír. Me invade el alivio. Ha venido.

Lleva un sombrero de fieltro negro colocado en ángulo que le cubre parte de la cara y su pelo negro largo se enrosca sobre el cuello de la chaqueta. Una bufanda roja brillante pone un acento dramático en su ropa oscura. Oscura y húmeda.

¿Cuánto tiempo lleva observándome? Espero que hable, pero él se limita a mirarme, con la barbilla sobre el bastón que apoya en la plataforma.

Mantengo la mirada clavada en él mientras los demás dibujan y el sonido de los lápices se mezcla con el de la lluvia en la claraboya.

—Podría seguir mirándote eternamente, sin comer, beber ni dormir —dice al fin, sonriente, llevándose una mano al sombrero.

Observo sus dedos, cubiertos de callos por sujetar pinceles durante horas, y me estremezco al pensar en él moviendo esos dedos por mi muslo hasta donde lo espera mi coño abierto y luego de nuevo hacia abajo para torturarme hasta que le suplique que inserte su dedo, frote mi clítoris y me lleve al orgasmo.

—¿Sin hacer el amor? —sonrío a mi vez—. Eso no sería muy divertido, ¿verdad?

Paul se echa a reír.

—No solo eres la criatura más hermosa de París, sino también la más desvergonzada.

—Me halagas, Paul. Solo soy una modelo de artistas. ¿No fue Delacroix el que dijo que el modelo es meramente un punto de referencia para el artista?

—Hablas como *monsieur* Gromain. Él estudió con Delacroix —comenta Paul—. ¡Qué tiempos aquellos!

Lo miro sorprendida. ¿De qué habla? Es joven. No puede tener más de veintitantos años.

—Conozco a *monsieur* Gromain desde que era estudiante —sigue él—, cuando llevaba mis bocetos sin vender bajo la manga del abrigo, dormía en bancos de piedra y pasaba sin comer para poder comprar pinceles.

Sonrío débilmente. Aunque me intriga su conversación, no puedo concentrarme en sus palabras. Me suena el estómago, me palpita la cabeza y siento que me voy a desmayar. Llevo toda la mañana posando, de pie, moviéndome, subiendo y bajando los brazos sin un descanso. Tomo la sábana tirada a mis pies, me envuelvo con ella y me limpio el rostro de la transpiración que enfría mi cuerpo. Daría algo por un vaso de agua. Paul guarda silencio y me mira con preocupación.

—Pareces agotada, querida. Te voy a sacar de aquí ahora mismo.

—No, Paul —susurro—. Nos mira todo el mundo.

Siento la mirada dura de *monsieur* Gromain pendiente de todos mis movimientos. Con ropa o sin ella, para él soy un negocio y no me dejará descansar mientras los artistas estén dibujando.

Me envuelvo más en la sábana y procuro apartar la mente de mi estómago rebelde. Miro por la ventana y me fijo en un carruaje que para delante del estudio. Baja un hombre, seguido de una mujer. Ella lleva una capa larga azul de lana adornada con plumas. *Madame* Chapet. ¿Pero quién es el hombre?

—Bebe esto, Autumn.

Paul me acerca la petaca fría a la boca y el cosquilleo de un agradable líquido verde me besa los labios con su humedad. Absenta. Hago ademán de apartar la petaca, pero mi garganta está caliente y dolorida. Tengo la boca seca. Cedo a mi necesidad y doy un trago largo, seguido de otro más largo, sorprendida por la suavidad con la que baja por mi garganta, a diferencia de la primera vez.

Percibo vagamente que Paul me quita la petaca y me dice que volverá con más absenta. Asiento con la cabeza y dejo caer la sábana de mi cuerpo, inmersa en mi propio universo flotante, obra del alcohol.

Me vuelvo y veo a *madame* Chapet y al caballero del sombrero de copa, cuello alto almidonado y levita bien cortada, que charlan, ríen y me miran. Noto un interés en el hombre que va más allá del puramente artístico y asumo que debe de tratarse del duque de Malmont.

¿Qué le da a *madame* Chapet? Dinero, creo, que ella guarda en su escote. Ahora *monsieur* Gromain extiende la mano y el caballero le da también dinero. ¡Qué extraño!

Un hombre con sombrero hongo y el brazo derecho vendado se reúne con ellos.

Pasan los minutos y sigo posando. He perdido toda sensación de vergüenza. En lugar de ello, exhibo mis curvas y, gracias al poder del líquido verde, me siento más ligera que el aire. Echo atrás la cabeza, subo los brazos y suspiro hondo. Asumo una pose seductora tras otra, con mi cuerpo buscando ritmo en movimientos largos llenos de gracia. Paso las manos por las pantorrillas y muslos, acaricio mi pubis y deslizo dos dedos en su interior. Estoy húmeda y caliente, y trazo círculos en torno al clítoris. Oigo carraspear a *monsieur* Gromain y saco los dedos, pero continúo girando las caderas. Percibo que los artistas disfrutan del espectáculo. Miro mi reflejo en los cristales de la ventana, me olvido de Paul, de los demás artistas y de *monsieur* Gromain y sigo jugando con la sábana, retorciéndola y girándola así y asá.

Me siento tan bien, tan a gusto, que no doy importancia al inglés, que se acerca a la plataforma con paso largo y su intención claramente visible en los ojos. Avanza deprisa y salta a la plataforma sin detenerse.

—*Monsieur*, ¿qué hace...? —le pregunto, parpadeando.

—Silencio, *mademoiselle*, o tendré que amordazarla —me amenaza él.

Antes de que pueda cerrar la boca, me envuelve

en la sábana, me toma en sus brazos y me carga sobre su hombro. Oigo exclamaciones de sorpresa de los artistas. Golpeo su espalda con los puños y agito los pies con violencia, pero nadie se mueve. Todos están paralizados, sin saber muy bien lo que ocurre.

—¡Paul! —grito; pero él ha desaparecido. ¿Dónde está?

—Olvídalo. No permitiré que seas de ese arista —dice el inglés riendo.

—Suéltela, *monsieur*, o lo mataré —ordena Paul al inglés. Saca la empuñadora de su bastón y muestra una hoja larga y afilada.

—No creo que sea lo bastante hombre, *monsieur* Borquet —responde el otro.

—Ya veremos lo hombre que es usted cuando le corte el falo —responde Paul.

Se lanza hacia nosotros, pero el hombre del sombrero hongo le golpea la cabeza por detrás con una tubería de plomo. Cae al suelo inconsciente. Empiezo a gritar, pero el inglés que me tiene cautiva no hace caso a mis gritos y corre hacia la puerta de atrás sin esperar a ver lo que sucede a continuación.

—¡Bájeme! —le ordeno.

—¿Para que pueda escapar? Me parece que no. Me gustan las mujeres desvergonzadas.

—Pagará por esto, *monsieur*.

—Ya he pagado —contesta él—. Ahora guarde silencio.

—No. ¡Suélteme!

—Deje de retorcerse —me ordena él.

Yo tiro de su levita, intentando desgarrarla.

—¡Suelte mi levita!

—¡Bastardo inglés!

Tengo que ayudar a Paul, que puede estar malherido. Agarro con todas mis fuerzas la parte de atrás de la levita y la abro por la costura. Él maldice en voz alta.

—¡Villana! Si vuelve a hacer eso, la tiro en el callejón y dejo que se la coman las ratas —me golpea las nalgas con fuerza y me agarra los muslos con más fuerza.

Grito y le lanzo todos los insultos que conozco en francés. Todos los músculos de mi cuerpo se tensan, esperando el siguiente golpe. En vez de eso, abre la puerta de atrás del estudio con el pie y nos encontramos con una cortina de agua.

—Prepárese, querida —dice—. Se va a mojar el trasero.

Mareada por estar cabeza abajo, sigo golpeándole la espalda con los puños y llamando a gritos a Paul. No sirve de nada. El inglés corre por el callejón hacia un carruaje negro semioculto por la niebla plateada. Me arroja a su interior, pero consigo ver a Paul salir del estudio y correr hacia el carruaje, que se aleja ya en la lluvia.

Paul está vivo. Y eso es lo único que importa.

Hasta que veo los ojos fríos y luminosos del hombre que me tiene cautiva. En ellos veo un ansia salvaje de arrancarme la sábana del cuerpo y violarme.

Mi sonrisa desaparece.

—No puede secuestrarme, *monsieur*. *Madame* Chapet hará que lo detengan.

El caballero se echa a reír.

—Lo dudo, *mademoiselle*. La encantadora *madame* ha sido bien recompensada por sus servicios.

—¿Mis servicios? En contra de lo que puedan haberle dicho, no soy una prostituta.

—¿Y qué es? ¿Un ángel del cielo? ¿Una criatura del infierno? Porque le aseguro que con su belleza tiene el poder de agradar y de atormentar a los hombres.

Lo miro por primera vez con atención. Es oscuro y en cierto modo atractivo, aunque hay una crueldad alrededor de su boca que hace que me estremezca al imaginar sus labios en mi piel desnuda. Tiemblo al pensar en su lengua en mi clítoris. ¿Y si no puedo evitar que me haga mojarme? ¿Qué pasará entonces?

Me llevo una mano al pecho en un gesto santurrón para reunir fuerzas y levantar un escudo invisible entre nosotros. Levanto la barbilla e intento parecer desafiante, pero me estremezco y reprimo un estornudo. ¿Qué esperaba? Una sábana fina no es mucha protección contra la lluvia fría.

—Insisto en que me devuelva al estudio de arte —digo, alzando la voz.

—No.

—No le dejaré tocarme.

—En ese caso, le ataré las manos a la espalda.

—Le daré patadas.

—Le ataré las piernas... separadas.

Empieza a contarme cómo va a disfrutar de mi cuerpo desnudo atado a un anillo de metal que cuelga del techo, con los brazos estirados sobre la cabeza, los pechos sudorosos y los pezones duros. No tengo dudas de que su fantasía lo incluye también a él azotando mis nalgas con una tira gruesa de cuero.

Comprendo que es inútil discutir con él y me doy la vuelta para pensar en lo que voy a hacer. Aparto la cortina fruncida de la ventanilla del carruaje. La lluvia cae con fuerza y los cascos del caballo resuenan en los charcos. Aparte de algún jinete ocasional y algún que otro carruaje, no hay nadie por las calles de París. Nadie que me oiga si pido auxilio. Tengo que convencer al inglés de que me suelte.

—Si es usted un caballero, *monsieur* —digo—, me llevará de vuelta al estudio para que pueda recoger mi ropa.

Él alza las cejas ante mi cambio de actitud.

—Yo le compraré vestidos nuevos. Todos los que quiera.

Suspiro con exasperación.

—Por favor, dé la vuelta al carruaje.

Él niega con la cabeza.

—No está en posición de exigir nada, *mademoiselle*.

No le contesto. Tengo que probar otra cosa.

—Veo que nos comprendemos —dice mi secuestrador—. Bien.

—Yo jamás comprenderé a los hombres como usted —replico—, que creen que la fuerza es el único modo de conquistar a una mujer.

Parece sorprendido por mi respuesta, pero sigue hablando.

—Había planeado pasar simplemente una tarde con usted jugando entre las sábanas y divirtiéndome instruyéndola en el mejor modo de dar placer a un caballero, incluido colocarla inclinada y explorar su pasaje trasero —se frota los dedos como si acariciara mi ano. Me estremezco—. Eso era antes de verla desnuda. Mademoiselle, usted ha nacido para masajear a un hombre con sus hermosos pechos, empezando por el ombligo y subiendo despacio hasta que el pene del hombre tiemble de placer y se encuentre abrigado entre sus orbes redondos.

Esa vez pierdo los estribos. Cierro el puño con furia.

—De donde yo vengo las mujeres han recorrido un largo camino, *monsieur*. Nos bañamos sin ropa interior y no actuamos como esclavas de los hombres —guardo silencio. No puedo revelar nada más sin levantar sospechas.

—No necesita defenderse, *mademoiselle*. Tengo intención de conservarla mucho más tiempo que una tarde —termina con calma, como si mi interrupción no hubiera existido.

—¿Y qué significa eso, *monsieur*?

Él se inclina hacia mí.

—Le ofrezco mi protección.

—¿Su qué?

—Vamos, *mademoiselle*, una mujer como usted estará encantada de renunciar a su posición en un burdel para convertirse en la amante de un caballero.

Trago saliva.

—¿Su amante?

—Sí. Se me conoce como un hombre distinguido. El nombre de Malmont es tenido en alta estima en ciertos círculos de Londres.

—Eso no me hace cambiar de idea, *monsieur*. No me interesa su proposición.

—No tiene elección, *mademoiselle*. El contrato ya está hecho. Ahora es la amante de Harry Bingham, duque de Malmont.

El duque me toma la mano y se la lleva a los labios. Me encojo interiormente, su contacto me repele.

Aparto la mano y me muerdo los nudillos para reprimir la náusea que me sube por la garganta.

—Bingham —repito, pensativa—. Usted es el hombre que ha venido todos los días a la casa de la *rue des Moulins*.

—Sí. Y mi paciencia se ha visto recompensada por fin.

Mueve su mano, húmeda de la lluvia o del sudor, por mi muslo, aparta la sábana y deja al descubierto mi piel lisa. Sus dedos suben y bajan, en busca de mi pubis.

¿Cuál es su juego? ¿Cree que me va a excitar así? Imposible. Junto los muslos con fuerza para negarle el acceso, aunque admito que siento un calor en la entrepierna que me perturba. También me da una idea.

Convertiré su fantasía en una pesadilla. Sonrío, y el duque lo interpreta como una señal de que disfruto.

—Le gustaría todavía más si la tocara ahí, *mademoiselle* —susurra.

Su respiración se ha vuelto jadeante y desliza un dedo en mi pubis. Se inclina y se lame los labios mientras me penetra más con el dedo, buscando mis jugos. Flexiono instintivamente el ano y atraigo su dedo aún más adentro, aunque combato la sensación de calor que va creciendo en mí.

—Le aseguro que gritará de placer cuando le abra el contorno de las nalgas con los dedos y la llene con mi falo.

En eso no estoy de acuerdo.

—Será usted el que se lleve una decepción, *monsieur*.

—¿Qué?

—No sé los rumores que habrá oído, pero no soy virgen.

Bajo la vista al suelo del carruaje, esperando el efecto que causarán mis palabras.

—Debería haber sabido que no podía creer los cuentos de hadas de una *madame* vieja y gorda. Ha follado con ese bastardo de Borquet, ¿verdad?

No digo nada. No admito nada.

—A mí no puede ocultármelo, *mademoiselle*. Lo veo en sus ojos, que brillan al oír su nombre. Debería follarla ahora mismo aquí en el carruaje y hacerla suplicar pidiéndome más —tira de la sábana, dispuesto a romperla. Pero parece relajarse de pronto—. No obstante, necesito algo más de usted, *mademoiselle*. Algo que no podrá darme si está tumbada de espaldas gimiendo de éxtasis.

Levanto la cabeza, sorprendida.

—*Monsieur*?

—Quiero información. ¿Qué sabe de Borquet? Dígamelo.

Me agarra la muñeca y aprieta fuerte. Demasiado fuerte.

—Me hace daño, *monsieur*.

Ignora mi súplica.

—¿De dónde viene? ¿Cuántos años tiene? ¿Tiene familia?

—No lo sé, *monsieur* —me muerdo el labio inferior en un esfuerzo por evitar gritar.

Él me suelta con disgusto.

—O sea que deja que fornique con usted, pero no sabe nada de él. Es igual que las demás rameras del burdel.

—Yo no soy una ramera —escupo en inglés, harta de esta farsa—. Soy una turista norteamericana que ha tenido la desgracia de encontrarse en una situación comprometedora.

Abre mucho los ojos.

—¿Norteamericana? —se echa a reír—. Bien, no importa. En este mundo sofisticado, nadie es quien dice ser, *mademoiselle*. Nadie. La ropa bonita, los modales educados, las frases coquetas, solo son fachadas —se acerca más y puedo oler las gotas de lluvia mezcladas con el aroma boscoso de su fina levita de seda—. Ya sabía que había algo diferente en usted.

—¿Le molesta que sea norteamericana? Monsieur Borquet encuentra divertido mi humor colonial.

—Olvídese de él. Ahora es mía.

—No pertenezco a ningún hombre.

—Ustedes los americanos y su maldita independencia. Aquí no le servirá de nada. La he comprado y pagado por usted con libras esterlinas.

—Jamás dejaré que me toque. Nunca. Lucharé con usted.

—Hará lo que le diga o...

—¿O qué? ¿Me golpeará con la fusta hasta que mis nalgas estén cubiertas de verdugones rojos? ¿Me violará hasta que grite pidiendo auxilio? Dudo que se le levante siquiera. No es ni la mitad de hombre que Paul Borquet...

No debería haber dicho eso. Me doy cuenta demasiado tarde, cuando su mano me golpea con fuerza la mejilla. Me escuece el rostro como si lo hubiera tocado un carbón del fuego. Me llevo la mano a la mejilla, pero no grito. Sobre todo, no puedo dejarle ver que estoy asustada.

Todavía no me he recuperado de la bofetada cuando lord Bingham golpea el techo del carruaje y se abre una pequeña puerta. Por ella aparece la cabeza del cochero.

—Al 64 de la *rue Chalgrin* —dice lord Bingham. Se vuelve hacia mí—. A pesar de su vulgaridad, *mademoiselle*, no he cambiado de idea. La voy a llevar a mi apartamento de la ribera derecha, donde la voy a envolver en pieles con su cuerpo desnudo debajo. Después exploraré sus lugares más secretos mientras mi mayordomo nos sirve champán Moët y ostras, que yo tomaré en los labios de su coño.

—¡No dejaré que me folle! —grito.

Doy un salto y me golpeo la cabeza con el techo. El dolor me despierta de golpe y alimenta mi valor. Tengo que salir de este carruaje.

—Yo tomo lo que quiero, *mademoiselle* —dice Lord Bingham—. Y la quiero a usted.

—¡No! —aúllo.

Pero él ahoga mi voz con un beso, fuerza su lengua entre mis labios y explora mi boca con tal energía que me sobresalta. Estoy temblorosa, asqueada por su beso. Sus labios aprietan los míos y su cuerpo presiona el mío, aunque yo me esfuerzo por apartarlo. Él intenta desnudar mis pechos; tira de la sábana, se enreda con ella y las paredes acolchadas del carruaje se mueven con fuerza, como si los dioses de los truenos y relámpagos las golpearan, mostrando su desagrado. Me retuerzo, doy patadas, estoy dispuesta a hacer lo que sea por quitármelo de encima. El carruaje se detiene de golpe y el inglés se ve arrojado al otro asiento, atontado.

—¿Qué demonios...? —murmura.

Quiero aprovechar el momento para escapar, pero cuánto extiende la mano hacia la puerta del carruaje, la abre desde fuera el cochero, cubierto desde la cabeza hasta los pies en una capa negra. Llueve tanto que no puedo verle la cara bajo el sombrero y él se debate con un paraguas cerrado, intentando abrirlo a pesar del viento.

—Tenemos un problema, *monsieur* —dice, luchando todavía con el paraguas negro.

—¿Qué ocurre? —pregunta el inglés.

—Se ha roto la rueda, *monsieur*. No podemos seguir.

Respiro hondo. Si no salgo corriendo, no escaparé nunca del lord inglés, cuyos dedos jugarán con mi coño húmedo antes de obligarme a succionarle la polla.

Antes de que pueda agarrarme, aferro la sábana con fuerza y salgo corriendo del carruaje. La lluvia me golpea el rostro y la fuerza del viento me empuja hasta el centro de la calle. Por un momento me pregunto si estoy haciendo bien. Medio desnuda, vagando por las calles de París, puedo pillarme una neumonía o perderme o algo peor, que vuelva a detenerme la policía. ¿Pero qué otra cosa puedo hacer? Además, llevo conmigo la sensación de que una mano invisible me guía, a través de este mundo de pesadilla, para que regrese a Paul.

Veo que el cochero arroja al suelo con disgusto el paraguas roto, y el inglés le ordena que salga detrás de mí. El cochero intenta explicarle que eso es imposible. El duque sale del carruaje, chasquea con el látigo y maldice sin detenerse. Me grita, me insulta y me sigue, pero, cuando la lluvia empapa su ropa, cambia de idea. Vuelve al interior del carruaje. Es evidente que es un caballero mimado, que prefiere ropa seca a una mujer desnuda.

La lluvia nubla mi visión. Agarro la sábana con fuerza, me aparto el pelo mojado de la cara y me tambaleo por una calle lateral sin mirar atrás, pero alejándome todo lo que pueda del inglés.

—¡Atención, *mademoiselle*! ¡Cuidado!

Me vuelvo a tiempo de ver un carro desbocado que se lanza sobre mí. Los caballos de faena se acercan a toda velocidad. Están ya tan cerca que puedo percibir el mal olor de su aliento mezclado con la lluvia.

Grito, pero permanezco pegada al sitio, con la sábana blanca alrededor de mi cuerpo. El eco de mi voz es el sonido más alto que he oído nunca.

—¿Está viva?

—Sí, *madame*, pero sangra y tiene muchos golpes.

—No puedo soportar ver la sangre. Me voy a desmayar... me voy a desmayar —resuena una voz femenina, una y otra vez, en mi cerebro.

Lanzo un gemido y muevo levemente la cabeza.

—Se despierta —dice la misma voz.

—Me la llevaré a mi estudio, *madame*. Hay un médico cerca.

—No, no, no, tiene que venir conmigo, *monsieur*. Métala en el carruaje.

—Necesita un médico, *madame* Chapet. Y lo necesita pronto.

—Tendrá un médico, *monsieur* Borquet. Mi querido amigo, *monsieur* Lautrec, ha ido ya a llevar a su amigo el doctor Bourges a la casa de la *rue des Moulins*.

—Insisto, *madame*. Su doctor puede llegar demasiado tarde.

—¿Usted puede pagar un médico, *monsieur* Borquet?

No oigo respuesta, solo un suspiro.

—Ni una palabra más. La chica se viene conmigo.

Siento que me levantan en vilo y me transportan los fuertes brazos de un hombre. Una manta cálida me cubre. Me acurruco en el pecho musculoso del hombre y me agarro al extremo de una bufanda larga, disfrutando del olor familiar del artista. Debo de estar delirando. Estoy en brazos de Paul.

Lo más reconfortante de estar en sus brazos no es su calor, ni el modo en que descansa mi cabeza en la curva de su hombro, ni la seguridad que me dan sus brazos. Lo que más me consuela es percibir que le importo.

—Paul... Paul —susurro, pero él no me oye. ¡Maldito sea el inglés por haberme secuestrado! Estoy mareada y desorientada. Empapada hasta los huesos y llena de golpes.

Me muevo. Un gemido escapa de mis labios. Me

duele mucho la cara. Tengo la garganta rasposa. Mi voz es un susurro ronco. El dolor sube por mi columna. Puntos afilados que se clavan en todos los nervios de mi cuerpo. Debo de tener huesos rotos. Pero estoy viva.

Soy una superviviente.

Capítulo 15

Mimosas. Retiro el ramillete de flores marchitas de mi salto de cama y acaricio las flores con placer. La mayoría de las chicas de los burdeles de París prefieren las violetas. Grandes ramos de ellas, que llevan consigo arriba y deslizan a veces bajo las enaguas mientras guiñan el ojo a los caballeros.

—No. La dulce fragancia de las mimosas es mi perfume favorito. Paul lleva dos semanas trayendo velas, viniendo a verme con o sin el permiso de la madama. Está dispuesto a correr cualquier riesgo con tal de verme, abrazarme, deslizar los dedos entre mis piernas y moverlos dentro de mí de un modo íntimo en cuanto la pomposa dueña del burdel nos deja a solas. Y yo no puedo resistirme ni escapar a su caricia.

Esta mañana me siento desnuda sin las mimosas frescas colocadas sobre los pechos. Paul se retrasa.

Sentada en el salón principal, cierro los ojos y

acerco las flores de ayer a mi nariz para saborear el recuerdo glorioso que vive en mi mente.

Veo su hermoso rostro.

Saboreo su piel salada con la lengua. ¡Oh, cómo me gusta posar para él! Mover mi cuerpo y pasar la lengua por mis labios húmedos. Ayer apenas me tocó, pero estaba tan mojada que mis jugos empaparon sus dedos. Cuando se desabrochó los pantalones y llevó mi mano al interior de ellos, rocé su enorme pene palpitante y deseé poder llegar con él hasta el final.

Me tiemblan los dedos con los que cierro mejor el salto de cama. Me asalta una emoción diferente. El doctor llegará en cualquier momento para su visita diaria. Odio sus manos de pulpo y sus preguntas curiosas mientras me observa con recelo por encima de sus minúsculas gafas.

—Tiene unos dientes perfectos, *mademoiselle*, y una piel muy clara —dice—. Nunca he visto una joven con unos pechos tan hermosos. ¿De dónde procede usted?

Sus manos y sus dedos fríos se quedan en mi piel más tiempo del debido, ¿y por qué me pellizca los pezones? Médico o no, estoy empezando a cansarme de que me sobe los pechos mientras finge reconocer mi corazón con su estetoscopio de madera.

Sonrío. Hoy no. Hoy he planeado una sorpresa para el doctor, para evitar que me toque.

El médico me aseguró que solo tenía moretones, ningún hueso roto. El golpe de la cabeza no fue grave y me dijo que curaría en unas semanas, pero que necesitaba cuidados y descanso. Eso requiere dinero, lo que hace que la madama se enfurezca y amenace con echarme a la calle. Insiste en que la he convertido en el hazmerreír de la ciudad al huir de ese modo del duque.

El inglés amenazó con arruinar la reputación de la madama y juró que no volvería a darle ni una moneda más. Peor todavía, de momento no puedo trabajar ni como modelo de artistas ni como prostituta, lo que significa que *madame* Chapet no recibe ninguna comisión. Nada a cambio del tiempo y el dinero que gasta conmigo.

Parecía dispuesta a enviarme al hospital de la caridad hasta que Paul se presentó en su puerta e insistió en pagar mis gastos. No con dinero, sino con su cuadro.

—Déjeme venir todos los días a terminar el cuadro —insistió—, y lo venderá usted. *Madame* Chapet aceptó enseguida.

¿Y por qué no? El doctor cobra veinte francos cada vez que viene. *Madame* Chapet puede sacar doscientas veces esa cantidad por el cuadro cuando esté terminado, pues todo París habla de mi fuga del duque inglés. La historia incluso apareció en el *Correo de París*, una publicación que dedica regularmente columnas a los últimos escándalos de las mujeres de la vida.

Madame Chapet hasta contrató a una enfermera para que me vigilara, pero yo la despedí en menos de una hora. Insistí en que me atendiera Delphine. He empezado apreciar a la costurera y su travieso sentido del humor. Es una chica sencilla, nacida de padres campesinos. Vino a trabajar al burdel porque no tenía ningún otro sitio adonde ir. Es amable y rápida en la risa, pero tiene miedo de *madame* Chapet, por lo que no me ha resultado fácil convencerla de que me ayude con su talento para la costura.

—¿Soñando con *monsieur* Borquet, *mademoiselle*?

Es Delphine, que me sonríe. Lleva algo escondido a la espalda.

—Pues sí. ¿Y por casualidad no sabrás adónde ha ido esta mañana *madame* Chapet, empolvada y llena de plumas como un pavo relleno?

—Pues no, *mademoiselle* Autumn, no le ha dicho nadie adónde iba, pero la he oído decir algo de un cabaré nuevo en Montmartre.

Frunzo el ceño. Nuevas reclutas para el burdel, sin duda.

—Esta mañana no hay ni rastro de *monsieur* Borquet —digo—. Estoy preocupada.

—Vendrá, mademoiselle. He visto cómo le brillan los ojos cuando la mira, con una mirada de deseo que cualquier chica envidiaría y una satisfacción profunda de que le pertenezca a él y solo a él.

—¿Pero es así? ¿O pertenezco a la extraña magia negra que me trajo aquí? —pregunto, sabedora de que la chica no me comprende.

—Yo siento magia cuando me toca mi Tristan. Él dice que una mujer y sus enaguas son como los pétalos de una flor, acariciadas y adoradas por su amante a medida que las va retirando.

—¿Y cuántas enaguas tuyas ha retirado Tristan? —no puedo evitar preguntar.

—Todas menos la última, *mademoiselle* —Delphine baja los ojos. Sigue siendo virgen. Me sorprende que tal cosa sea posible en esta casa, donde las chicas están en un estado constante de excitación y siempre dispuestas a sumergirse en baños de champán y subir las escaleras para complacer a los clientes.

—Tengo buenas noticias —anuncia Delphine con orgullo —mira a su alrededor para asegurarse de que estamos solas—. He terminado su pequeño corsé.

Delphine me enseña el sujetador que ha hecho con dos pañuelos y cintas de raso. Siguiendo mi dibujo, ha adaptado el material en el centro para dejar una separación natural entre los pechos y luego lo ha cosido para que me pase por los hombros con pequeñas cintas bordeadas de encaje.

—Es perfecto —se lo quito y lo sostengo delante de mis pechos.

—Pero ninguna mujer francesa se lo pondrá.

—¿Por qué no?

—Es escandaloso. No cubre el estómago.

—Un sujetador solo tiene que cubrir los pechos. Ayúdame a ponérmelo —cuando me lo ata a la espalda tirando de los lazos, veo una calesa parar delante de la casa. Es el doctor—. No tenemos mucho tiempo —enderezo los hombros, ajusto los tirantes y echo mis pechos hacia adelante.

Delphine se ríe.

—¿Qué cree que dirá el doctor cuando vaya a examinarla?

Estoy deseando ver su expresión.

—¿Entonces ya puede recibir caballeros, doctor?

—Pues sí, está mucho mejor, *madame* Chapet.

Yo reprimo mi impaciencia con el doctor, no porque quiera que termine rápidamente su reconocimiento, sino porque quiero que se vaya deprisa, antes de que la madama se dé cuenta de que estoy lo bastante bien para convertirme en una de sus chicas.

—¿Y cuándo puede abrir las piernas y trabajar para mí, *monsieur*?

—No estoy seguro, *madame*.

El doctor me sujeta la muñeca y me mira a los ojos. Tomarme el pulso y revisar mis ojos parece ser todo lo que sabe de neurología. Ignora mis preguntas, finge que no comprende mi francés y me trata como si no tuviera nada más que un mareo, para después prescribirme dos semanas de descanso completo. Le gustan sus visitas y no quiere que terminen.

—Debo tener una respuesta —insiste *madame* Chapet—. ¿Cuándo puede empezar a ganar dinero?

El doctor carraspea.

—Sabré más después de reconocerla, *madame*.

Sonríe y yo le guiño un ojo a Delphine. Él saca el estetoscopio de madera y lo apoya en mi pecho. En el lado derecho. A continuación abre mi bata para poder pellizcar los pezones.

—¿Qué es esto? —parece decir con la mirada, cuando palpa debajo de la bata. Sus dedos solo encuentran la suavidad del sujetador, que le impide la exploración directa de la piel.

—Dese prisa, *monsieur*, tengo mucho que hacer —*madame* Chapet juguetea con su collar de perlas—. Me han invitado a la inauguración del Moulin Rouge.

—¿Ha dicho Moulin Rouge, *madame*? —pregunto yo.

—Sí, un cabaré nuevo que han abierto en Montmartre. Será el acontecimiento de la temporada social. La élite de París estará allí. Y las bailarinas, La Goulue, Nini, Pattes-en-l'Air —se inclina y baja la voz—. Monsieur Chéret trabaja en un cartel que muestra a las sacerdotisas del amor, que subidas en burros van a adorar a este nuevo santuario del placer.

Muevo la cabeza con admiración. Oír hablar de la inauguración del Moulin Rouge es como oír hablar de un viejo amigo.

—Su Excelencia el duque de Malmont insiste en que lo acompañe a la inauguración —dice *madame* Chapet—. Y en que venga usted también. Por supuesto, yo iré de carabina.

¿Carabina? Más bien me llevará directamente al dormitorio de él, para que haga conmigo lo que quiera.

—Pero no tengo nada que ponerme —protesto. Me pregunto por qué Paul no me ha dicho nada de esa inauguración. Un pensamiento súbito me tensa la garganta. ¿Desaparecerá él antes de la noche de la inauguración? Espero que no.

—No se preocupe. Delphine le coserá algo.

Miro a Delphine, que sonríe débilmente y asiente con la cabeza. Tengo que hablar con Paul. No puedo ir al Moulin Rouge con lord Bingham. No puedo. ¿Qué voy hacer?

Alzo los ojos y miro a *madame* Chapet, maldiciéndola en mi interior. Es gorda y avariciosa y sé que no puedo esperar ayuda de ella.

Imagino mi cuerpo desnudo afeitado y ungido de aceite, las muñecas y los tobillos atados a los cuatro postes de una cama, mi piel brillando dorada bajo la luz suave de gas. ¿Y luego qué? ¿Cuántos caballeros se empeñarán en dominarme en nombre de la pasión, mientras yo me retuerzo en un colchón sucio deseando solo un falo? El de Paul.

Suena el timbre de la puerta y alguien anuncia que ha llegado el artista. Por el momento, corro a sus plazos y dejo atrás mis miedos.

En el salón de recibir, sentada en un sofá entre dos cojines de seda malva, me recuesto y poso para mi artista. Paul Borquet, el impresionista perdido, está hoy muy creativo sin sus juegos eróticos habituales; lo que él llama su bouton de rose palpita buscando que lo toquen, pero sin resultado.

Intento llamar su atención moviendo la mano por el muslo y humedeciéndome los labios. No hay reacción. Lleva una hora pintando con el cuerpo rígido y los músculos del cuello tensos. Solo habla de que lleva tanto tiempo esperando este momento que no permitirá que pase de largo. Cada segundo cuenta. Y me ordena que me quede inmóvil.

—¿Está terminado? —pregunto por tercera vez, pensando por qué será que hoy me dibuja y no me pinta. Yo esperaba que me hiciera correrme para mezclar mi flujo con sus óleos—. Me palpita el clítoris de deseo.

—No te muevas, Autumn, por favor, tengo que captar las sombras delicadas de tu frente, el tono rosa melocotón de tus mejillas, la curva larga de tu hombro. Eres perfecta.

¿Perfecta? ¿Quién quiere ser perfecta?

Yo quiero volver a ser normal. Daría la bienvenida

a mi cuerpo de treinta y cuatro años con kilos de más, si eso significa que puedo salir de este burdel y escapar de *madame* Chapet y sus planes de venderme al inglés. Esta mañana tengo una cosa por la que sentirme agradecida. Después de que el doctor me declarara ya sana, con una mirada atormentada en los ojos, *madame* Chapet volvió a salir, llevándose consigo a Delphine para comprar seda para el vestido nuevo que quiere hacerse para la inauguración del cabaré. Tan encantada estaba, que no prestó atención a la llegada de Paul y me dejó a solas con el artista.

Un artista que hoy no piensa en el sexo, aunque resulta excitante observar su mano moviéndose rápidamente en el aire, como si un cable invisible la guiara por el espacio. Hace un boceto después de otro, arranca una hoja de papel de la libreta y empieza otra sin pararse a respirar. No sé cuánto tiempo llevo aquí sentada, pero estoy totalmente frustrada. Es imposible excitar a este hombre.

En lugar de eso, hablo de que odio los corsés y prefiero mi sujetador, que enseño a Paul con orgullo; pero él insiste en que me lo quite para dibujarme los pechos. Bueno, por lo menos se ha fijado. Yo sigo hablando, él sigue dibujando, hasta que al fin anuncia que ha terminado.

—Bien. Ahora, mi querido artista, es hora de que te expreses artísticamente con tu otro pincel, ¿no es así?

Paul parece molesto por mi petición.

—No hay tiempo, Autumn. Ahora no.

—¿No hay tiempo para que me penetres con tu polla?

—No, querida...

—No me llames querida. Hace semanas que vivo un infierno, que quiero sentirte dentro de mí, tenerte en...

—Tengo algo que pedirte, Autumn, pero antes quiero enseñarte esto.

Coloca los dibujos sobre la alfombra blanca. Me inclino para verlos. La chica del papel parece joven pero sofisticada, de unos veintitantos años, con ojos verdes que brillan con el reflejo del sol caliente. Seductora, muy mujer y experimentada. Una inocencia perdida emana de sus ojos. Parece intocable.

Sin embargo, las curvas, las líneas, el trazo que la fijan a la superficie plana son extraordinarios..

—¿Qué opinas, Autumn?

—Tu trabajo es maravilloso, tan vivo... tan nuevo.

—Es el modo en que te veo, ya no como una niña, sino una mujer, la mujer a la que quiero tener en mis brazos... para siempre.

Siento un escalofrío. ¿No es eso lo que quiero? Sí, pero hay algo en los dibujos que me perturba.

¿Ha mirado Paul al futuro o es que estoy cambiando? ¿Qué me ocurre? He intentado no enamorarme de él. Sexo, solo sexo, ¿pero puede Min, con su elección perenne, mirar dentro de mi alma? ¿Desapareceré por el impulso caprichoso de un dios?

Se acabó el juego. Tengo que decirle quién soy, de dónde vengo, antes de que el destino rompa mi fantasía como un espejo que se hace añicos. Me estremezco. ¿Por qué siento frío de pronto? ¿Eso que se oye es la puerta al abrirse?

—Paul, tengo que decirte algo.

—No, primero quiero pedirte que vengas conmigo.

—¿Adónde?

—Tahití.

Abro mucho la boca. ¿Es esa la respuesta al misterio? Paul Borquet no muere en un fuego, como decía el viejo artista de Marais, sino que se va conmigo a Tahití. ¿Es eso? ¿He cambiado el pasado al venir aquí?

—Mi amigo Gauguin me ha vendido su pasaje en el *Emperatriz del Japón*, el barco más veloz en las travesías del Pacífico. Se reunirá con nosotros más adelante. Saldremos desde Cherbourg. He pagado tu pasaje vendiendo mi cuadro.

Lo agarro del brazo.

—¿Has vendido tu obra maestra?

—¿Para qué necesito un cuadro tuyo cuando te tendré a mi lado siempre? —la mirada que me lanza es tan penetrante que estoy segura de que puede entrar en mi corazón, conocer mis pensamientos más íntimos, ¿y por qué no? Ya conoce perfectamente todas las pecas de mi cuerpo.

—Pero *madame* Chapet espera que le des el cuadro.

—Puede quedarse todos los dibujos que he hecho hoy, son más que suficientes para cubrir tus gastos aquí.

—Por eso trabajabas tanto, por eso no querías tocarme.

—¿Crees que podría habérmelo impedido otra cosa? —Paul me mira fijamente largo rato—. Vente conmigo, Autumn, lejos de París, a donde podamos vivir juntos...

—¿Me amas, Paul?

Él frunce el ceño con la expresión de un hombre no acostumbrado a responder a esa pregunta.

—¿Amar? Yo...

Oigo rumor de faldas a mis espaldas. Pasos impaciente de un hombre. Quiero volverme, pero resisto el impulso de hacerlo.

—Tenía razón, *madame* Chapet —dice una voz masculina—. Está lo bastante bien para recibir caballeros.

Me aparto de Paul y me doy la vuelta. Ahí está lord Bingham. Hago una mueca. ¿Cuánto ha oído?

—Es usted un intruso, *monsieur* —comenta Paul con voz de granito.

—Eso veo —lord Bingham mira a *madame* Chapet, sin hacer caso del artista—. Hasta pronto, *madame*. Llamaré en un momento más oportuno.

Se marcha y madame *Chapet* corre tras él, casi atragantándose con su propia saliva.

—Esto no cambia nada, lord Bingham. La chica es suya. No olvide que solo faltan unos días para la inauguración del Moulin Rouge.

—Tendría que haberlo matado cuando tuve ocasión —murmura Paul.

—No vale la pena.

—No, pero no me fío de él. Gauguin me ha dicho que hace preguntas sobre mí por los cafés, quién era mi padre, mi madre, de dónde vengo, cuándo llegué a París. Es un imbécil. ¿Por qué hace esas preguntas?

—Él no nos importa, Paul —insisto. Cierro los ojos e intento no pensar en el horrible inglés.

Los labios dulces de Paul se posan en los míos, y es un momento que no olvidaré nunca. La pasión está allí, sí, y algo más. Un acoplamiento de nuestras almas empujadas por un viento de cola fuerte que nos lleva en una nueva dirección, donde seremos libres. ¿Libres para amar? No lo sé. Le contaré la verdad sobre mí más tarde.

Paul es el primero en apartarse, me mira y busca una respuesta en mi rostro.

—Tienes que venir a Tahití conmigo. No me iré sin ti.

Yo le sonrío.

—¿Cuándo partimos?

Capítulo 16

Estoy en brazos de un hombre. Desnuda. Su largo pelo oscuro roza mis pezones, duros de deseo, y mis dedos exploran la sedosidad de su piel, la fuerza de sus hombros. Su lengua roza mis pechos; me muerde los pezones y baja las manos por mis caderas y cintura. Su pene está hinchado entre nosotros, suplicándome que lo deje entrar. Huelo su deseo y capto su necesidad urgente de penetrarme. ¿Qué más puede desear una chica? Más juego, por supuesto.

Separo los labios y su lengua entra en mi boca. Aplasta mis senos suaves con su torso poderoso. Me rindo a su necesidad, que es la mía. Quiero sentirlo dentro y duro mucho rato, hasta que me haga gritar.

Me siento con un sobresalto en la cama doble que comparto con Delphine en el pequeño cuarto de la *rue des Moulins*. El corazón me late con fuerza. Me castañetean los dientes. Estoy empapada en sudor. Me quito la camisa de algodón y me seco la frente. La habitación está a oscuras y estoy sola.

Enciendo la vela al lado de mi cama y aparto el sueño de mi mente. Debo de haber dormido horas desde que se marchara Paul, después de prometer que volvería a buscarme al amanecer y nos iríamos por la puerta de atrás. Más tarde, la madama, sonriente, insistió en que tomara un vaso de vino dulce Canary.

—Órdenes del doctor.

Huelo ahora el vaso, que está en la mesilla, y entiendo por qué me palpita la cabeza. El vino contenía láudano, un sedante popular que también incluye morfina y opio. No me extraña que no recuerde haber subido las escaleras ni haberme acostado.

—El duque inglés no la dejará en paz hasta que le arranque el vello púbico con los dientes, *mademoiselle*.

Me vuelvo con un sobresalto. Delphine está sentada en la vieja mecedora en un rincón. Lleva una camisa de franela y tiene las manos inmóviles en el regazo.

—¿Qué has dicho? —pregunto.

—Oí a lord Bingham decir a *madame* Chapet que va a matar a *monsieur* Borquet porque es un peligro para él.

—¿Paul un peligro? Eso es una locura.

—Puede, pero *madame* Chapet hará todo lo que a ella le convenga. Esos dos planean algo, *mademoiselle*.

—No lo dudo. El inglés me da miedo.

—Sus ojos brillan con un odio que no comprendo.

—Por eso debo irme de aquí antes de que se levante *madame* Chapet.

—Tengo miedo por usted, *mademoiselle*. No me fío de la madama.

Hago una mueca.

—¿Lo dices por el vino drogado que me dio?

Delphine asiente.

—*Madame* Chapet es una mujer diabólica a la que no le importará verla muerta si eso le reporta algún beneficio.

—Me matará si descubre mi plan —me pongo pololos, una camisa de lino, medias, mi sujetador y dos enaguas, una de lino y la otra de seda rosa pálido con encaje fruncido en el dobladillo. Completo el atuendo con una chaqueta azul oscura y una falda que llevo con una blusa blanca de cuello alto y un cinturón de raso azul. Como toque final, añado un sombrero, que Delphine sujeta a mi pelo con una horquilla que representa una hermosa mariposa transparente.

Me miro al espejo y sonrío, complacida con lo que veo. Estoy cambiando lentamente, pero sigo siendo hermosa. Además, pronto estaré con el hombre que amo.

Hoy es martes por la mañana, muy temprano.

Paul miró la botella de color humo. La miró con intensidad, pero no cambió nada. Estaba vacía. Maldijo con frustración.

«Tengo que parecer borracho. Engañar a los hombres que me siguen».

Lo seguían desde que saliera de su estudio en

Montmartre. El inglés le había enviado a sus guardaespaldas, pero había otro problema que alteraba su confianza. Sus manos tenían más callos, su rostro más líneas, su mandíbula era más angulosa. Su juventud, conseguida mediante la magia negra de la condesa, abandonaba lentamente su cuerpo, un poco cada día, y él sabía por qué: porque no podía evitar enamorarse de Autumn.

Sentado a la mesa, esperando a su amigo Gauguin, empezó a sudar. Estaba en la cima de su genio y su juventud era el precio que debía pagar. Pero no renunciaría a Autumn. Jamás. La amaba profundamente.

Estaba sentado solo, aunque conocía a otros artistas, poetas y escritores que recibían el día en el café con bebida. Los ignoró.

—No importa nada excepto ella —murmuró en voz alta—, mi maga verde. Otra botella, *madame*; deprisa.

Agitó los brazos en el aire y golpeó a la gruesa camarera en el trasero con el dorso de la mano. Ella se volvió.

—Ah, es usted, monsieur Borquet —movió la cabeza y se pasó la lengua por los labios—. Si fuera cualquier otro, le arrancaría la cabeza por agarrarme el trasero sin pagar primero.

—Deme otra botella, madame. Otra botella...

Tenía que seguir con su interpretación. Gauguin no había llegado todavía. Sin las células de identidad que le había prometido, no conseguirían pasar de Cherbourg.

—Eh, ya ha bebido bastante, *monsieur* —afirmó ella con disgusto.

Paul siguió haciéndose el borracho. Había visto al hombre del sombrero hongo salir de allí, probablemente para informar al duque de su paradero; pero se había quedado otro hombre vigilándolo.

—Otra botella, he dicho.

—Cerraremos pronto. Márchese ya.

—¡No! Quiero otra botella.

—*Merde*. Todos los artistas son iguales. Beber, beber, beber. No sé cuándo encuentran tiempo para pintar.

Paul apoyó la cabeza en las manos y se cubrió los oídos. ¿Dónde estaba Gauguin? Se pasó los dedos por el pelo con rabia y frustración.

—Aquí tiene la botella, *monsieur* —dijo la camarera, con voz compasiva; le puso delante una botella de absenta—. Pero pague primero.

Paul, sobresaltado por sus palabras, detuvo la mano en el aire. ¿Pagar? No podía. Tenía que guardar el dinero para el viaje.

Siguiendo con su interpretación, buscó en su chaqueta manchada de pintura, donde el sudor se mezclaba con tonos escarlata, azul y oro y creaba un arco iris en la tela vieja.

—Tome su dinero, *madame*, y déjenos en paz.

Paul se puso alerta de inmediato. ¿Quién había hablado? Se volvió despacio y vio al hombre que daba varios billetes a la mujer y le quitaba la botella.

—Gauguin —sonrió Paul. Se levantó para abrazar a su amigo.

—Buenos días, Paul —Gauguin se sentó con él a la mesa.

El artista era un habitual de aquel café, pero

Paul no conocía al otro hombre que lo acompañaba. Pequeño, redondo como una granada y con marcas de viruela en la cara, dirigió a Paul una mirada astuta que indicaba que estaba acostumbrado a que lo observaran, pero lo había superado hacía tiempo.

—*Merci* —Paul bebió un vaso de absenta, con la vista fija en el caballero.

—Paul, te presento a *monsieur* Morand —dijo Gauguin—, un tratante de chatarra al que conozco desde mi época de marinero. Acaba de abrir una tienda en el distrito Marais.

—Antigüedades, no chatarra, *monsieur* Gauguin —lo corrigió el hombre.

Gauguin asintió.

—Monsieur Morand comercia con antigüedades y arte, Paul. Y artículos de contrabando. Le he hablado de ti.

Paul se inclinó hacia él. ¿Morand? ¿Dónde había oído ese nombre?

—¿Tiene las células de identidad, *monsieur*?

El comerciante sacó un sobre marrón del bolsillo de la chaqueta.

—Todo lo que necesita está en este sobre.

Charló unos minutos sobre lo difícil que le había resultado conseguir dos células de identidad y lo mucho que le había costado. Paul asintió. Había dado ya dinero a Gauguin y ahora el comerciante quería más. Los dos regatearon el precio hasta llegar a un acuerdo. Paul le dio más dinero y el otro le entregó el sobre marrón. Un rato después, se despedían Gauguin y el comerciante.

Paul siguió bebiendo absenta, cantando con la melodía del organillo del café. No podía contener su alegría. Abrazó a la camarera gorda con alegría. Tenía dinero suficiente para el viaje a Tahití.

Salió del café tambaleándose, con la botella en la mano. Miró el callejón. El amanecer se abría paso entre la niebla, pero no lo suficiente para ver si lo seguían. Rezó para que, si era así, no pudieran seguirle la pista en su ruta a la libertad.

Me siento en mi silla delante de la ventana. La campanilla del reloj de abajo da las cuatro de la mañana.

Cierro los ojos. Dentro de una hora serán las cinco y luego amanecerá y yo estaré todavía aquí, sentada ante la ventana abierta, esperando a Paul Borquet. ¿Dónde está? Tengo el presentimiento de que algo va mal.

Respiro hondo. El aire es fresco, invitador. Un golpeteo fuera rompe la paz de la noche. Será un gato o un perro callejero. Me echo hacia delante y miro por la ventana. ¿Y si es Paul?

Veo una figura que avanza rápidamente entre la basura amontonada en la acera, intentando pasar desapercibida. Es un carterista, como la mujer a la que encontré hace semanas, cuando empezó esta aventura. Me dispongo a sentarme de nuevo cuando un movimiento atrae mi atención y miro la calle. Un hombre alto, con el sombrero negro de fieltro inclinado y una capa larga de corte clásico sobre los hombros, avanza en dirección a esta casa.

Paul.

Lo observo con deseo y un miedo nuevo por el futuro. Ya no soy la misma chica del cuerpo perfecto. Me toco el estómago. ¿Paul me querrá todavía?

Bajo las escaleras con cautela, un piso, dos, tres, cuatro, hasta que estoy en el rellano del gran salón. Respiro hondo, pero sin ruido. Delphine duerme en la sala de estar con la costura en el regazo. No quiero despertarla.

Permanezco en las sombras, escuchando. Abro la puerta lentamente y salgo. Tomo la lámpara que la madama deja siempre encendida y la aparto para no arrojar mucha luz sobre la escena. Antes de que Paul pueda decir nada, lo abrazo.

—Autumn, querida. He rezado para que estuvieras esperándome.

Sus ojos azules oscuros me miran con intensidad. Suelto un respingo, sorprendida. Paul parece diferente. Más sexy que ningún hombre al que haya visto en mi vida. Atlético y viril, con hombros fuertes, y como rodeado por el aura interesante de un hombre cómodo con su virilidad, que conoce su fuerza. Mi vagina se empieza a contraer alrededor de lo que solo puedo describir como su polla fantasma, y a buscar un ritmo propio. Dentro y fuera... luego otra vez y otra más. Hmmm. ¿Qué ocurre? Sea lo que sea, me gusta.

—Tenemos que irnos —Paul me toma del brazo—. El tren de la estación San Lázaro para Cherbourg sale pronto.

¿San Lázaro? Un nombre que esperaba no volver a oír y que ahora significa mi libertad.

Caminamos rápidamente y en silencio por el barrio que rodea la avenida de la Ópera, pasado el Louvre y después por el laberinto de tiendas a lo largo de la *rue de Rivoli*. Nos esforzamos por despistar a los hombres que nos siguen, pero sin resultado.

—Jamás lo conseguiremos —digo.

Antes o después, giraremos en una calle equivocada y nos encontraremos en la desagradable situación de tener que luchar con la gente que nos sigue. Poco después de salir de la *rue des Moulins*, Paul me avisó de que estábamos en peligro, por lo que, en vez de ir directamente a la estación de San Lázaro, teníamos que librarnos de nuestros perseguidores. Y hacerlo pronto si no queríamos perder el tren.

Paul me ha dicho que son lord Bingham y sus hombres.

—No te apartes de mí, Autumn. Yo conozco estas calles. El duque y sus hombres, no.

Me toma la mano y cruzamos corriendo una calle esquivando a los carruajes por los pelos. Intentamos confundirnos con los peatones madrugadores que llevan paraguas bajo el brazo.

—Por favor, Paul, espera...

—No podemos parar, Autumn. No puedo dejar que te aparten de mí.

Le aprieto el brazo.

—Nadie puede separarnos, Paul.

Pero cuando vuelvo la cabeza y veo a un hombre que camina deprisa detrás de nosotros y después a otro, tengo el terrible presentimiento de que nuestra fuga está condenada. ¿Por qué no podemos vivir nuestra vida? ¿Qué narices le pasa a ese inglés maniático que no quiere dejarnos en paz?

Paul tira de mí hacia el pasaje de la Galerie Véro-

Dodat. Siento la magia de su silencio, impaciente por ocultar a todo el que penetra bajo su manto invisible de tiendas oscuras. Es lógico que Paul intente despistarlos aquí. Conoce bien estos pasadizos con los frentes de madera de las tiendas intactos, múltiples armazones metálicos de ventanas y pequeñas columnatas.

Los soportales con numerosas tiendas se extienden manzana tras manzana, desde el Louvre hasta el Gran Bulevar, como una ciudad oculta de pasillos cubiertos de claraboyas. Las lámparas de gas, la única luz que penetra por las claraboyas largas y estrechas, producen una sensación espiritual, reflejando el dibujo de diamantes del suelo de mosaicos blancos y negros.

Miro el largo pasadizo detrás de mí. No hay señales del duque ni de sus hombres, pero los siento cerca detrás de nosotros, como animales que rastrean el olor de una presa separada de la manada.

Pasamos deprisa delante de una imprenta, una tienda de artículos de cuero y un quiosco de tabaco. ¿Hemos conseguido despistarlos? No estamos seguros. Se nos acaba el tiempo y Paul sugiere que nos separemos. Presume de que él acabará con los hombres del duque uno por uno. Le digo que no. No quiero correr el riesgo de volver a perderlo. Hemos llegado demasiado lejos para eso. Asiente de mala gana.

Entonces vemos al duque, seguido del hombre del sombrero hongo, que salen de un café-pastelería en el extremo occidental. Paul se vuelve al verlos y entramos en otro pasadizo. El duque, el hombre del sombrero hongo y otro más que les pisa los talones nos siguen una manzana entera hasta una entrada lateral del Palais Royal. Luego dos manzanas más. Tres.

—No me sueltes la mano, Autumn.

—No la soltaré jamás —prometo.

Paul empieza un juego con los perseguidores; entramos y salimos de tiendas en un esfuerzo por cansarlos. Con mi vestido largo y las enaguas recogidos hasta las rodillas y las botas pinchándome los pies, sigo andando sin hacer caso de los peatones y tenderos que nos miran y se encogen de hombros. *Vivre et laissez vivre*. Vive y deja vivir.

—¿Y si nos alcanzan, Paul?

Él me mira.

—Los mataré antes que permitir que te hagan daño.

Minutos después, con las manos juntas y el corazón galopante, salimos del pasaje, cruzamos el parque cubierto por una neblina lluviosa, y alcanzamos la entrada de la Galerie Colbert.

Vuelvo la cabeza y veo al duque y sus hombres no lejos de nosotros. Paul nos envuelve a ambos con su capa y entramos en otro pasaje. Estrecho y atestado de tiendas. Él no deja de mirar por encima del hombro y se abre paso a codazos entre la gente, sin disculparse. Conoce bien este pasaje y me dice que es aquí donde a menudo elige a sus prostitutas modelos.

Entramos en un baño turco. Paul me abraza. Caminamos con aire desenfadado, procurando no llamar la atención. El duque y sus hombres no nos encontrarán aquí. Nos buscarán en el pasaje, no en el baño donde todos los clientes quedan ocultos por el vapor caliente. Nos agachamos detrás de una cortina y después de otra. Los hombres desnudos me miran con interés, con sus penes erguidos curvándose hacia arriba como el mango del bastón de los caballeros.

—Aquí, Autumn —Paul tira de mí hacia una alcoba pequeña.

Una cortina es lo único que nos separa de una sala de vapor llena de hombres desnudos, que murmuran entre ellos que les gustaría arrancarme la vergüenza junto con la ropa, rasgar la seda frágil de mi blusa para mostrar mis pechos, romperme la falda y sujetarme en la sala de vapor mientras se turnan para follarme con el liguero. Su conversación me asquea. Y a Paul también. Me abraza para protegerme de sus miradas, ya que no de sus pensamientos.

Percibo que alguien se mueve. En un rincón oscuro de los baños se oyen los pasos de más de un hombre acercándose. Pasos pesados, que parecen en contradicción con la paz de los baños.

—Paul, viene alguien.

—Ponte detrás de mí —me ordena él, sacando la hoja de su bastón.

La agita hacia delante, cortando el pesado vapor como si fuera una cortina de gasa. Antes de que pueda entender lo que ocurre, una figura aparece por el otro lado de la cortina detrás de nosotros y agarra a Paul por el cuello, cerrándole la tráquea con una soga. Él intenta gritar, suelta el bastón, cae de rodillas y se debate con su captor. Yo agarro la soga, pero la suelto cuando siento un brazo alrededor de los pechos, que me sujeta con fuerza, pero todavía puedo dar patadas y lo hago, logrando que mi atacante pierda el equilibro. El hombre se recupera enseguida y me sujeta con más fuerza.

—¡Paul, cuidado! —grito, porque el hombre que me sujeta levanta el pie para golpearle la cara.

Luchando todavía por respirar, el artista esquiva la patada y se incorpora. Se tambalea hacia atrás cuando el hombre del sombrero hongo tira de la soga, pero consigue asestar un puñetazo a la cara del otro hombre, que cae al suelo, arrastrándome consigo.

Golpeo el suelo con fuerza, lo cual me deja sin aliento. Vuelvo la cabeza y tiendo la mano a Paul. Se gira hacia mí y parece dudar entre tomar mi mano o dar un puñetazo en la cara al hombre del suelo. Al final no hace ninguna de las dos cosas, sino que sorprende al hombre que sujeta la soga girándose con tal rapidez que le hace perder el equilibrio antes de propinarle un puñetazo en el estómago. El hombre retrocede y tira al mismo tiempo de la soga, medio ahogando al artista.

—¡Paul! ¡Paul! —grito yo.

Paul lucha por respirar y se debate con el hombre de la soga; su furia por lo que intenta hacerle ese atacante vuelve sus manos como de acero, dándoles una fuerza increíble. No es suficiente. No puede aflojar la soga que le corta el aire. Yo creo que su cuello se va a romper.

—¡Basta, basta, basta! —grito una y otra vez, con un miedo tan grande a perderlo que no veo al duque, que aparece detrás de la cortina.

—¡Mátalo! —ordena.

—¡No! —grito yo.

Lord Bingham me mira un momento y yo me estremezco, segura de que el único afecto que puedo esperar de él es el beso del cuero en mis nalgas.

—¿Y por qué no, *mademoiselle*? Ha robado una propiedad mía.

—Él no le ha robado nada.

—¿Ah, no? Yo he pagado por usted, *mademoiselle*.

—¡Está loco!

—¿Ah, sí? Un contrato entre la madama de un burdel y su cliente es tan vinculante como la compra de una propiedad.

—No sé qué clase de ley arcaica quiere usted hacer valer, lord Bingham, pero no puede asesinar a un hombre por fugarse conmigo.

El inglés se ríe, busca en los bolsillos de Paul y saca un sobre marrón. Lo abre y extrae varios pliegos de papel doblado con sellos oficiales.

—¿Qué es esto? ¿Células de identidad falsas? ¿Pasajes a Tahití? ¡Qué románticos y tontos son ustedes los norteamericanos! —se inclina sobre mí—. También me conviene librarme del artista, *mademoiselle*, aunque me guardaré las razones para mí.

Se acerca a Paul, que no puede hablar pues la soga lo ahoga; el segundo hombre está ahora ya en pie y ata las manos de Paul a la espalda.

—Y ahora, *monsieur* Borquet, creo que tenemos una deuda pendiente.

Veo con horror que saca una pistola de la chaqueta oscura y apunta a Paul en el corazón. No puedo permitir que ese loco lo mate.

Me suelto del hombre que me retiene y me coloco delante de Paul.

—No dejaré que lo mate, monsieur.

—Fuera de ahí, mademoiselle.
—Escúcheme, por favor.
—¿Por qué voy a hacerlo?
—Haré lo que quiera, *monsieur*. Iré con usted al Moulin Rouge. Gritaré de placer cuando me suba las enaguas y me baje los pololos para deslizar la mano por mis muslos y...
—Continúe.
Trago saliva con fuerza.
—Y gemiré cuando sus dedos trabajen dentro de mí y abran mis labios para su polla.
A mis espaldas, Paul se esfuerza por respirar e intenta hablar, pero nada puede impedirme hacer lo que tengo que hacer.
—¿Y la hermosa *mademoiselle* me entregará voluntariamente su coño sin protestar?
—Sí, *monsieur*.
—¿Será mi esclava y me servirá en la cama como a su amo, me suplicará que golpee sus pechos desnudos con la cola del diablo para dejar su piel caliente y brillante antes de follarla?
—Sí.
—¿Acariciará mis pelotas, las lamerá y me abrirá el pubis siempre que mi polla busque entrar en su coño palpitante?
—Sí.
—¿Me permitirá poseerla como yo desee? ¿Con una de las chicas de *madame* Chapet sodomizándola con un vibrador y otra lamiéndole el clítoris con la lengua mientras yo miro?
Sus ojos crueles se clavan en los míos, saboreando mi humillación y mi dolor.
—Sí.

¿Qué digo? ¿Qué estoy pensando? ¿Me he vuelto loca?

—Usted ha elegido su destino, *mademoiselle*. Acepto su proposición —el duque hace señas al hombre del sombrero hongo—. Afloja la soga, pero déjale las manos atadas y acompáñalo a la estación de tren. Quedaos los dos con él hasta que suba al barco para Tahití.

Se vuelve hacia Paul.

—Disculpe la molestia de las ligaduras, *monsieur* Borquet, pero son muy necesarias.

Me atrae hacia sí y me acaricia los pechos.

—Le deseo un viaje agradable por mar, *monsieur*, mientras yo disfruto follando con una *mademoiselle* tan hermosa, tan encantadora... y tan valiente.

—¡Bastardo! No se saldrá con la suya —dice Paul con voz ronca—. Lo mataré.

—Si intenta volver a París, mis hombres tendrán órdenes de atar a la hermosa *mademoiselle* a los cuatro postes de mi cama y cortarle la garganta —se lleva una mano al sombrero—. Buen viaje, *monsieur* Borquet.

Paul me mira.

—No dejaré que te sacrifiques.

Mis ojos se llenan de lágrimas.

—Es preciso. No puedo dejar que te maten.

Hundo los hombros.

La desesperación invade mi corazón.

Mi cuerpo está adormecido, las piernas rígidas, los hombros sin sensación. Hasta mi pubis está como en trance, con sus pequeñas paredes rosadas quietas y silenciosas. Sin palpitar.

No tengo dudas de que el duque hará conmigo todo lo que ha prometido, y la idea me da náuseas.

Lord Bingham me agarra por la cintura y me saca de los baños para llevarme a un infierno del que no hay escapada.

Tanto Nicole Kidman como yo estamos de acuerdo en que el duque de Moulin Rouge era un idiota y un cobarde. Por suerte para Nicole, ella no tuvo que lidiar con el duque de mi historia. Su apetito sexual es monstruoso. Los hombres como él piensan que hacen un favor a las chicas de *madame* Chapet si les pagan más para hacérselo por el trasero.

¿Cómo me he metido en este lío? He perdido a Paul y estoy a punto de acostarme con un inglés loco.

Pero el dios egipcio Min tiene una sorpresa para mí. Las pollas, digo las cosas, no son lo que parecen. La realidad y la fantasía pueden coexistir y la acción cambiar de una escena a otra, como en una película.

Prepárense, pues, para un entretenimiento de primera. Lo bueno es que estoy a punto de conocer a las chicas del Moulin Rouge. ¿Recuperaré mi antiguo cuerpo antes de la noche de la gran inauguración? ¿Llegará a follarme el duque? ¿O descubrirá la verdad?

Pero yo no soy la única con un secreto, y eso significa una cosa...

Déception
(Engaño)

*Uno se deja engañar fácilmente
por aquello que ama.*

Jean Baptiste Poquelin Molière
(1622-1673)

Capítulo 17

Estoy erguida en la pequeña plataforma redonda del salón de la Casa de Worth; contengo el aliento e intento no moverme, aunque tengo la sensación de que me estén pinchando con mil alfileres. He llegado esta mañana temprano con lord Bingham a esta casa de costura de la *rue de la Paix*, donde nos ha recibido el director en persona y nos ha acompañado al salón para ver a las modelos presentar sus últimos diseños.

Las maniquíes se mueven con gracia por el salón mientras las vendedoras, vestidas con faldas negras y blusas blancas circulan por la habitación. Llevan el libro de pedidos en la mano y solo hablan cuando les dirigen la palabra, preparadas para sugerir un color nuevo o asegurar a la clienta que un vestido es el último grito. El duque ha insistido en que debe comprar para mí el vestido más caro del salón para que lo luzca en la inauguración del Moulin Rouge.

Me está volviendo loca. Me toca, me aprieta los pechos, me abre los labios con la lengua, todo excepto follarme, aunque presume de que tiene un pene erguido esperándome.

No sé a qué espera, aunque no deja de hacer alusiones a una noche de placer en la que los hombres llevan máscaras y las mujeres no llevan nada excepto una cara bonita y el folleteo se prolonga hasta el amanecer. Me estremezco. Una ceremonia secreta en la que adoran al diablo y desfloran a una virgen en un altar rojo y negro. En mis labios perdura el mal sabor de su último beso.

Me concentro en el vestido que me están probando. El escote de lamé azul plateado muestra parte de mi pecho, los hombros y los brazos, algo que al parecer se considera aristocrático. El corpiño va realzado con encaje y, aunque le digo que no lo necesito, la mujer añade relleno de pelo de caballo a mi sujetador para que reafirme todavía más los pechos.

—¿Qué es el amor sino una ilusión, *mademoiselle*? —me pregunta—. A los hombres les encanta que los engañen.

Me río y la mujer sigue probando el vestido, hasta que queda satisfecha, me lo quita con una ayudante y me deja de pie en la plataforma con un corsé blanco y rosa y botas de cuero de un rosa intenso con medias a juego. Otra chica me ayuda a ponerme una túnica rosa y me siento en un sillón tapizado con tela de damasco a tomar un sorbete y galletas de vainilla. Agradezco que el duque me haya dejado sola y aprovecho para pensar en el gran amor que siento por Paul, en su fuerza y su valentía. Y en que quizá no vuelva a verlo nunca. Pienso en ello también por la noche, cuando estoy tumbada en la oscuridad en la habitación contigua a la del duque en su lujosa casa de la *rue Chalgrim* con solo un tabique delgado entre los dos.

—Ah, estás aquí, querida prima —ronronea *madame* Chapet.

Me vuelvo enarcando las cejas. No puedo creer lo que oigo. ¿Me ha llamado prima?

—¿Qué tal los negocios, *madame*? ¿Marchan bien, o sus chicas han decidido no abrirse más de piernas?

—Cuidado con lo que dice, *mademoiselle*, o utilizaré mi influencia para echarla de aquí —murmura ella entre dientes.

—Lo dudo, *madame* Chapet. Es usted una embustera y una tramposa y no volverá a humillarme. Y ahora, si me disculpa, tengo que seguir probándome ropa.

Me incorporo, y me alejo de ella, disfrutando del desplante.

—¿Acaso no pagué su salida de San Lázaro? —susurra ella, de nuevo a mi lado—. ¿No le di ocasión de ser modelo en el mejor estudio de París? ¿No le compré ropa y comida? No le resultará tan fácil librarse de mí, *mademoiselle*.

Me vuelvo con irritación. Entorno los ojos.

—¿Qué quiere decir?

—Por si lo ha olvidado, el duque de Malmont me contrató para acompañarla a la inauguración del Moulin Rouge mañana por la noche. El duque me aseguró que estaría encantado de incluir en sus compras un vestido nuevo para mí.

Madame Chapet chasquea con los dedos y aparecen varias chicas, que la rodean con cintas de medir, rollos de seda de colores y muestras de encaje.

Me sorprende lo bien que la atienden las vendedoras, mostrándole vestidos elegantes de seda blanca y negra, raso de color melocotón, muselina verde o terciopelo rojo.

—Con ese está muy elegante, *madame* —declara la vendedora.

Madame Chapet sonríe con tal placer que parece quince años más joven, aunque también parece lo que es: una paloma gris gorda en un nido de elegantes palomas blancas.

—¿Lo cree de verdad? —pregunta, buscando otro cumplido.

Yo adopto una expresión aburrida y miro el reloj negro y marfil, un objeto barroco que marca las horas. Dos horas y cuarenta y siete minutos es el tiempo que llevo aquí, en un salón iluminado por luces de gas, sin que entre un rayo de sol para que las damas puedan probarse los vestidos con la misma luz con que los llevarán por la noche. A mí la luz no me importa nada. Después de tanto tiempo allí, tengo que ir al baño.

—Perdón, *mademoiselle*, ¿dónde esta la *toilette*? —pregunto a una vendedora.

La mujer señala la escalinata curva.

—Ahí arriba.

Miro a *madame* Chapet, que disfruta de un plato de mazapanes mientras escucha a la vendedora, que le dice que la seda oriental que le enseña en ese momento realza el tono dorado de su pelo. Echo a andar hacia la escalera. Con suerte, la madama se habrá ido cuando vuelva. Recorro el pasillo hasta que encuentro lo que percibo que es el baño, con un orinal encantador que probablemente usó la propia emperatriz Eugenia, la primera clienta de la Casa de Worth. Después, caminando por el pasillo y sin prisa por regresar al salón, oigo voces de mujeres procedentes de una sala de pruebas privada.

Una voz en particular me resulta familiar, el tono chillón de *madame* Chapet. No puedo resistir la tentación de pegar el oído a la puerta.

—... es un ritual profano, donde hombres y mujeres se reúnen en una mansión privada y el vino tinto español lanza un conjuro a todos los que beben del cáliz de plata.

—¿Cómo puede ser eso, *madame*?

—El vino está mezclado con drogas que producen una magia sexual —ríe la madama—. Se dice que ninguna mujer escapa a la noche sin chuparle la polla al diablo.

—Dígame más, *madame* Chapet.

—Practican también el vicio inglés, la flagelación sexual, en un lugar secreto. Oh, me desmayo solo de pensarlo.

—¿Usted irá a esa misa negra, *madame* Chapet?

—Por supuesto. El duque de Malmont me ha invitado personalmente.

—¡Oh, *madame*!

—Es de rigor que una mujer en mi posición asista a esos rituales. Y puesto que el duque es miembro de la Orden del Amanecer Dorado, no he podido negarme.

Siento un escalofrío. ¿Misa negra? ¿Por qué me

perturba esa noticia? ¿Es esa la noche de placer que me ha prometido el duque?

Pego la oreja a la puerta, pero no consigo oír nada. Todo está en silencio. Hasta que...

... ¿eso es un suspiro de mujer? ¿Un rumor de seda?

¿Qué hacen ahí dentro?

Risas.

—Pero, por supuesto, *madame* Chapet, tiene unos muslos hermosos.

Más risas.

—¡Madame, por favor! No cierre las piernas.

—Silencio, *mademoiselle*. Su lengua está mejor dedicada a otras cosas que a hablar.

Susurros.

El corazón me late con fuerza. Tengo que oír más cosas sobre esa misa negra. Me inclino demasiado y pierdo el equilibrio. Agarro el picaporte para apoyarme cuando de pronto cede la puerta...

... y aterrizo dentro de la habitación, con la mano agarrando el picaporte.

—Buscaba... buscaba el baño —tartamudeo, e intento sonreír.

—¿Quiere unirse a nosotras, *mademoiselle*? —pregunta *madame* Chapet, que acaricia el pelo de la vendedora, quien tiene la cabeza debajo de las enaguas de la madama. Esta ríe con fuerza.

Y yo tengo la impresión de que acaba de empezar la parte más salaz de mi viaje.

Paul estaba delante de la puerta de la casa de la *rue des Moulins*, escuchando los sonidos eróticos de una chica que gritaba de placer y esforzándose por no creer que pudiera tratarse de Autumn. Llamó al timbre una vez más. ¿Por qué no abrían?

Tenía los pies mojados. No por los charcos que cubrían los bulevares, sino porque una ola violenta había cubierto el vapor de ruedas al que había subido en el muelle de Dover para volver a cruzar el Canal de la Mancha y había llenado de agua marina el suelo del barco y sus botas.

Afortunadamente, el *Emperatriz del Japón*, el barco hasta el que lo habían acompañado los guardaespaldas del duque en Cherbourg, se había visto obligado a parar en Dover a causa del mal tiempo. Paul había pasado varios días en esa ciudad costera inglesa hasta que consiguió al fin comprar pasaje de vuelta a Francia en el vapor. En las últimas semanas había descubierto sentimientos desconocidos hasta entonces para él. Por primera vez en su vida se sentía abrumado por un deseo que no podía satisfacerse con el arte ni con el sexo, pues era una necesidad espiritual de estar cerca de Autumn. Quería amarla y ser amado por ella. No solo era hermosa, sino también inteligente y valiente.

Hacía menos de una hora que había llegado a París y se había dirigido directamente a la casa de la *rue des Moulins* con intención de llevársela consigo y no volver a perderla de vista nunca más. Y en ese momento se esforzaba desesperadamente por calmar su miedo y más todavía por suprimir los lentos cambios físicos que se producían en él.

Incuestionablemente, había envejecido. Canas en las sienes, líneas de risa en torno a los ojos y la boca, manos encallecidas. A pesar de ello, había regresado a París, dispuesto a matar al duque de ser necesario. Y no había tenido problemas en procurarse una pistola de un ganadero británico borracho para esa tarea.

Los ojos burlones del duque lo perseguían. ¿Por qué le resultaban tan familiares? Tenía la sensación de que parte de la oscuridad en la que había vivido durante treinta y ocho años empezaba a disiparse y un gran secreto estaba a punto de serle revelado.

Todavía no. Antes tengo que abrazar a Autumn y explicarle lo que me ha pasado.

Llamó de nuevo al timbre y, cuando al fin se abrió la puerta, le sorprendió ver a la costurera, Delphine, en el umbral, luchando por mantener la compostura. Su cofia blanca estaba torcida y el vestido negro y el delantal blanco almidonado estaban arrugados. Le faltaban varios botones del corpiño. ¿Y no era una enagua lo que escondía a la espalda?

Paul se asomó al burdel. Allí no había nadie, aunque más allá de la escalera, creyó divisar a un joven sin camisa que se deslizaba en otra habitación.

—¡Oh, *monsieur* Borquet, es usted! —Delphine se santiguó y sus ojos se llenaron de lágrimas—. *Mademoiselle* Autumn se alegrará mucho —le abrió más la puerta para que entrara.

—¿Dónde está ella?

—No está aquí. No hay nadie... solo yo —ella bajó los ojos.

—¿Y dónde está?

—Ha... ido al Moulin Rouge con lord Bingham.

—¿Qué?

—Sí, ha salido hace un rato con *madame* Chapet y *monsieur* el duque. Tiene que ir a por ella, *monsieur*. No me gusta ese inglés. Es malvado.

—Es más que malvado, *mademoiselle*. Es un monstruo al que hay que detener.

Paul se volvió y echó a andar en dirección a Montmartre. Sentía náuseas. Autumn estaba con el duque y no quería ni imaginar lo que este le habría hecho, sin duda gritar de dolor cuando la golpeaba con el látigo, dejándose excitar por el terror de ella e introduciendo luego su polla hinchada en todos los orificios de la joven.

No comprendía por qué los dioses de sus artes ocultas lo torturaban de ese modo, pero tenía el presentimiento de que todo eso era solo el preludio de una revelación odiosa que le arrebataría a Autumn.

Ella no podía dejarlo. No podía.

A menos...

Allí estaba otra vez aquella sensación extraña de que ella era solo una ilusión. Se estaba dejando llevar por su imaginación. Además, ella no podía evaporarse sin más de aquel mundo como polvo humano que se disolviera en la memoria.

¿O sí?

Estaba seguro de que una fuerza mágica la había llevado hasta él. Le faltaba saber si las artes oscuras que abrían esa puerta eran de este mundo o un paraíso situado más allá del mundo que él conocía.

¿Y viviría para ver ese mundo con ella?

Siguió andando. Rezó para que así fuera.

Capítulo 18

—Más alto, *mademoiselle*. Levante más la pierna.
—Enséñenos los pololos, querida.

Absorbo la atmósfera llena de humo del lugar, con cuadros y espejos colgados en las paredes y miro después fascinada a las bailarinas. La Goulue, con su moño alto y su *grandeur* arrogante. Grille-d'Egout, muy digna. La Sauterelle. Y Cri-Cri. Gritan, hacen volteretas y levantan mucho las piernas. Se suben las enaguas para mostrar el trasero. Rivalizan entre sí en pasos acrobáticos, que los hombres reciben con silbidos y gritos.

Hemos llegado hace unos minutos y corrido de un piso a otro, por lo que ya estoy casi sin aliento. Y ahora bailan el cancán. Las mujeres gritan y los hombres se echan hacia delante cuando la Goulue se sube la falda y saluda con el trasero, mostrando bragas de encaje con un corazón bordado. Miro sorprendida a las demás bailarinas, que muestran la piel desnuda entre los ligueros y las enaguas cuando levantan las piernas. Llevan vestidos vulgares, decorados con molinos de viento, gatos y ratones. Lo único puro en ellas son las enaguas blancas. Muevo los pies al ritmo de la música fingiendo que soy una de ellas.

La multitud que me rodea grita sus exigencias mientras yo me balanceo con la música, golpeando el suelo con los pies y dando palmadas. Un sudor delicioso cubre mi rostro y mi pecho tembloroso como un esmalte brillante que resplandece bajo las luces brillantes de gas y una hilera única de luces eléctricas. Fieramente, con una pasión que me hace temblar entera. Me encanta.

Es enloquecedor.

Estimulante.

Vulgar.

Sublime y sórdido.

Es el Moulin Rouge.

Un *dance hall*, un burdel, que ofrece todo tipo de entretenimiento, sexo, drogas y alcohol, todo fluye en abundancia. Un mundo salvaje de terciopelo rojo pagano. Primitivo.

De pie en la pista de baile rodeada por galerías donde los clientes pueden sentarse a beber o ver el baile desde plataformas elevadas, veo todo lo que sucede. Un calor rojo endurece mis pezones y baja por mi pubis, al que prende fuego.

El mismo calor me sonroja las mejillas y se funde en mis labios en contacto con la crema fría que la madama ha insistido en ponerme en el labio inferior para evitar que me lo muerda.

Yo grito. Aúllo.

Muevo los pies y agito los hombros.

—La emoción de esta noche me acompañará siempre —declara *madame* Chapet—. Adoro todo esto, pero me da ganas de hacer pis —chupa de su cigarrillo—. Tiene que acompañarme a la toilette, querida, y podremos tener un momento de placer, con mi lengua explorando su boca en un beso profundo antes de que me devuelva el favor con sus labios en mi pubis...

—Satisfacer sus caprichos sádicos no es parte del trato, *madame* —digo con brusquedad.

—Lástima. No obstante, estoy contenta con su éxito de esta noche.

—¿Mi éxito?

—Sí. Todo el mundo la mira.

Miro a mi alrededor. Es cierto. Las mujeres de la vida me miran con curiosidad y las empleadas comentan abiertamente mi vestido o mi peinado. Pequeños rizos se amontonan en mi frente para producir un efecto redondeado en la parte superior de mi cabello caoba. Un abanico, guantes largos y unos sencillos pendientes de perlas completan mi aspecto.

No es de extrañar que esté bien. El vestido le ha costado al duque más que los servicios de diez de las ninfas de *madame* Chapet.

Me abanico, miro a mi alrededor y veo que algunas damas elegantes empujan a sus amantes en mi dirección para que descubran quién soy.

—Por supuesto —dice la madama—, todo este éxito me lo debe a mí.

—¿A usted? Si no fuera por sus intromisiones y porque ha informado siempre al duque de todos mis movimientos, ahora estaría con Paul, tomando el sol con los pechos al aire y vestida solo con hojas de piña alrededor de las caderas.

—¡Qué desagradecidas son ustedes las muchachas! —se queja *madame* Chapet—. No obstante, lo pasaré por alto, teniendo en cuenta que pienso pedir al duque un estipendio adicional por sus servicios de esta noche.

Suelto un gemido.

—¿No me ha causado ya bastante dolor?

—¿Dolor? Será placer lo que le cause, cuando el duque fornique con usted, ¿no es así?

Le saco la lengua detrás de mi abanico e ignoro el resto de sus comentarios para gritar con los demás espectadores. La diversidad de la clientela del Moulin Rouge incluye aristócratas, empresarios y artistas. El París bohemio. Mi sueño. Aquí la vida se vive apasionada y francamente.

Pero todo esto no significa nada para mí sin Paul.

Una mano se apoya en mi cintura. Es lord Bingham, vestido con frac negro, chaleco de raso blanco, corbata blanca y sombrero de copa brillante. Lo lleva puesto, como es costumbre en el Moulin Rouge, y para burlar a los ladrones de sombreros. Rezo para que guarde también el pene en los pantalones.

—¿Disfruta, *mademoiselle*? —susurra, y siento su aliento caliente en el cuello.

—Disfrutaba —contesto—, hasta que ha llegado usted.

Se echa a reír.

—Muy pronto disfrutará de un gran placer. La velada no termina hasta que el gallo se aparea con el pájaro aterciopelado de la noche.

Me aparto de él. ¿De qué habla? ¿Tiene algo que ver con la misa negra que mencionó *madame* Chapet? Espero que no.

—¿Cómo dice, *monsieur*?

—Pronto lo descubrirá, querida.

Toma un ramillete de rosas Maréchal Niel de un camarero que pasa y me las ofrece. Lo miro achicando los ojos y arrojo las flores sobre una mesa pequeña, desafiante. Vuelve a reír. Sus ojos negros, inusualmente brillantes, me hipnotizan y asustan al mismo tiempo.

Aparto la vista y me abanico. El aire es sofocante, pero hay un erotismo seductor que impregna la atmósfera, una fragancia lujuriosa que provoca una respuesta casi salvaje en hombres y mujeres. Una respuesta que no pasa desapercibida para el inglés.

Siento una mano que me pellizca la cadera. El duque. Me acaricia los pechos y baja la mano por mi caja torácica. Me siento impotente para detenerlo con la multitud de personas que me aplasta contra él. Para empeorarlo aún más, *madame* Chapet sigue clavando su cuerpo corpulento en mi cadera al ritmo de la música, lo que permite a lord Bingham colocar su cuerpo de modo que presione el mío. Me masajea los hombros y su mano baja luego hacia mis muslos para rozar el pubis a través de la seda. El roce de su mano me arranca un respingo de sorpresa. Le aparto la mano y él achica los ojos con irritación. No me gusta lo que hace, pero no puedo detenerlo sin montar una escena.

Para intentar esquivarlo, me muevo por el perímetro de la pista de baile, donde las luces eléctricas crean un dibujo de luces que cae sobre mi rostro. ¡Malditos sean el duque y la madama!

¿Dónde estás, Paul? ¿A bordo de un barco que te aleja cada vez más de mí? ¿Está tu corazón tan solo como el mío?

Anhelo sus caricias.

Abro y cierro el abanico con fuerza. Para salvar al hombre que amo, debo convertirme en prostituta. Recuerdo la amenaza del duque: «Te poseeré como yo quiera. Fornicaré contigo. Te sodomizaré».

Sus palabras están clavadas a fuego en mi alma. ¿Qué voy a hacer?

La música del cancán impregna mi cuerpo, desde los pezones duros a las caderas oscilantes y los pololos mojados por mis jugos. Aprieto los dientes, sudo, y con el sudor llega la pasión, realzada por la necesidad de calmar mi alma a medida que crecen mis impulsos sexuales. Imagino que estoy desnuda, apoyada en manos y rodillas, moviendo las caderas adelante y atrás sobre la lengua de Paul, que me lleva cada vez más cerca del clímax. Lucho por recuperar la compostura, pero estoy consumida por mi fantasía. No puedo correrme aquí, pero el impulso apasionado no desaparece. En un esfuerzo por calmar el fuego en mi interior, muevo las caderas, giro los hombros, bailo con los pies; hasta que otra idea se forma en mi cabeza y sonrío. ¿Puedo hacer algo salvaje, loco?

Sin pensar en las consecuencias de mis actos, me uno a las bailarinas de la pista, dispuesta a disfrutar de las emociones que me embarguen. Mi cuerpo parece fundirse. Una sexualidad oculta que empezó cuando me desnudé en la otra época estalla dentro de mí y un suspiro escapa de mis labios. No me reprimiré. No puedo evitar perderme en el placer del momento, la música, la excitación, el baile. El suelo de madera tiembla bajo mis pies, la orquesta parece que toque solo para mí. Me atrevo a entrar en ese mundo, dispuesta a afrontarlo sin vacilar.

Levanto las piernas, entre el remolino de enaguas blancas, y mis enaguas restallan en el aire con la fuerza de un látigo, exigiendo que se fijen en ellas. El público se echa hacia delante, impaciente por divisar la carne desnuda que exhiben las traviesas danzarinas. ¿Podrán ver un asomo de vello púbico, rojo, rubio o moreno, da igual? Ninguna de las chicas los decepciona.

Yo tampoco.

Nadie me va a impedir convertirme en parte de la historia. Nadie. Me importa un bledo si estoy haciendo pedazos una página de la historia. ¿Y qué si no hay noticias de una pelirroja bailarina en pololos rosas bailando el cancán en el Moulin Rouge? Más de la mitad de los espectadores están borrachos. Por la mañana me habrán olvidado.

Me sostengo en los dedos de un pie y levanto el otro tan alto como puedo con la mano; doy una vuelta así, echándome primero hacia delante y luego hacia atrás, y manteniendo el equilibrio por los pelos. Mi voz grita con las demás. Algunos espectadores se acercan tanto que empiezo a oír sus susurros picantes en mi oído. El más cercano es el duque.

—Esta noche, *mademoiselle*, rozaré el terciopelo de su coño con mis labios —dice—, luego le abriré las mejillas del trasero y ungiré su agujero oscuro con la más fragante de las esencias antes de introducirle mi polla con firmeza pero poco a poco, hasta que me reciba entero.

No, no, no. No lo haré. Quiero largarme de aquí y perderme en el submundo parisino de prostitutas, chulos, ladrones, criminales, desertores y libertinos. Cualquier cosa es mejor que el duque. ¿Pero cuánto tiempo puedo durar en ese mundo? ¿Y me importa eso?

El ritmo de la música se hace más y más intenso y yo bailo cada vez más rápido y levanto la pierna cada vez más alta, con el sudor bajando por mis pechos, los pezones apretados contra el corpiño de seda, duros y puntiagudos, anhelando que los toquen. Doy vueltas y más vueltas, con una sensación de expectación en el vientre. Y con la certeza de que puedo hacer cualquier cosa.

Algo oscuro y salvaje se libera dentro de mí, en un crescendo primitivo. Cuando las bailarinas saltan en el aire una por una y van cayendo al suelo con las piernas separadas, yo corro cuando llega mi turno. Abrazo el caos de la velada con los brazos abiertos. Con las enaguas en la mano, mis ojos se iluminan justo antes de que mi vestido vuele por encima de mi cabeza, creando una conexión mágica entre el público y yo cuando salto y quedo un segundo suspendida en el aire antes de caer al suelo en medio de un pandemonio de gritos.

Mis piernas, estiradas horizontalmente, están como dormidas, con el suelo de madera frío y duro bajo mi piel. Astillas de madera se clavan en mi cuerpo. El corazón me late tan deprisa que juro que va a explotar en mi corsé. Me arde la cara. Abro la boca para respirar, pero no me muevo. No me atrevo.

Mis pololos se han desgarrado de arriba abajo.

Mi pubis húmedo exuda mis jugos amorosos por todo el suelo de madera; mis músculos vaginales se contraen con uno, dos orgasmos, y me invade un espasmo de éxtasis tras otro. Cierro los ojos.

¡Sí, sí, sí!

Una brisa fría cruzó la entrada del cabaré y se abrió paso hasta la parte de atrás del establecimiento. Las plumas largas de los sombreros de las damas y algunos mechones sueltos de sus cabellos se movieron con la brisa producida por la entrada del hombre. Alto, imponente, envuelto en su larga capa negra, pasó la vista por los rostros sonrojados de las mujeres de cintura de avispa. Sedas y terciopelos rojos, rasos verdes, lamé azul. Un arco iris de cuerpos femeninos. Buscaba uno en particular, pues anhelaba en su alma beber profundamente de su pozo de deseo.

Paul sonrió. Allí estaba ella. Apretada entre la mujer del vestido azul pavo real que reconoció como *madame* Chapet y el maldito inglés. Autumn agitaba los brazos y hablaba sin cesar. Estaba nerviosa por algo. Sonriente. Reía con el rostro sonrojado. El pelo le caía por los hombros, resplandeciente bajo las luces de gas. ¡Qué hermosa era!

El trío se marchaba del establecimiento, se dirigía a la salida. Paul se abrió paso entre la multitud de hombres y mujeres.

—¿Por qué tenemos que irnos, lord Bingham? —preguntaba Autumn.

—Lord Bingham ha sido un hombre paciente,

mademoiselle —contestó madame Chapet, temblando de excitación—. Ha llegado el momento de que se entregue a él.

—No iré con ninguno de los dos —Autumn se volvió, pero el inglés la agarró por el codo.

—Vendrá conmigo ahora mismo. He esperado mucho tiempo esta noche.

—Pero mis pololos se han roto —protestó Autumn.

—Eso aminorará el trabajo de quitárselos, *mademoiselle*. Vámonos.

—No me iré hasta que me diga adónde vamos —declaró ella.

El duque sonrió.

—A un lugar donde la noche no termina nunca y gobierna el príncipe de la oscuridad.

Paul vio que una expresión de miedo cubría el rostro de Autumn, y después se marcharon. Desaparecieron en la multitud como una aparición fantasmal que saliera de la tierra. Intentó seguirlos, pero los perdió entre el público. No le había gustado nada la expresión de la cara del duque. Diabólica, calculadora.

¿El príncipe de la oscuridad?

Paul sabía que la misa negra era la más perturbadora de todas las diversiones que fascinaban a los aristócratas. Sacrificios humanos, perversidades sexuales. El príncipe de la oscuridad reinaba en un lugar que ofrecía esas perversiones. ¿Pero dónde?

El lugar era siempre secreto, y aunque estaba familiarizado con muchos hotelitos privados del distrito de Marais donde tenían lugar esas fiestas, podría ser cualquiera de ellos.

¿Cual?

Preguntó a dos artistas amigos suyos, ambos con una bailarina en un brazo y una botella de champán en el otro.

—¿No te has enterado, Paul? Esta noche se celebra una misa negra en el hotelito privado del marqués de la Pergne.

Paul se quedó inmóvil. El marqués era una reencarnación del diablo. Conocido por sus elaboradas orgías, organizaba entretenimientos blasfemos que profanaban las creencias más sagradas, utilizando ligaduras, drogas y rituales demoníacos antiguos que exigían la subyugación completa de la virgen del sacrificio para renovar el vigor masculino del caballero elegido como invitado de honor para esa noche.

El duque.

Tenía que salvarla.

La venda que tengo en los ojos es demasiado apretada.

Levanto la mano para aflojar la banda de raso negro que cubre mis ojos, pero unos dedos enguantados me agarran la muñeca y una voz me susurra al oído:

—Espere, *mademoiselle*. Pronto verá adónde vamos.

—Es la voz de lord Bingham, que llena mi sangre con un escalofrío de miedo que baja hasta el desgarrón de mis pololos. ¿Dónde me he metido? No lo sé. Según *madame* Chapet, que no ha dejado de parlotear desde que el duque nos introdujo en el carruaje con su escudo de armas en el costado, vamos a una fiesta. ¿Pero qué clase de fiesta es esa en la que los invitados no pueden ver adónde van? A *madame* Chapet la idea de las vendas le ha resultado emocionante. A mí no. La oscuridad oculta demasiados secretos.

Cierro instintivamente las piernas, pero los dedos del duque parecen empeñados en asquearme con su contacto. Desliza la mano bajo mi capa y la sube y baja por mi cuerpo como si yo fuera una marioneta y sus dedos las cuerdas que me obligaran a hacer su voluntad.

Aparto su mano con disgusto. Nunca me he sentido más desnuda, más vulnerable. Y eso solo puede empeorar. Vamos a una misa negra. No me cabe duda.

Me aparto del duque todo lo que puedo en el asiento forrado de terciopelo. No estoy de humor para una fiesta. Quiero volver a la casa de la *rue Chalgrin* y meterme en una bañera llena de agua y que mis huesos bailarines recuerden lo que es volver a su sitio. Pero eso parece improbable en este momento.

—Mi corazón late con fuerza, lord Bingham —dice *madame* Chapet. No puede ver adónde va, pero eso no le impide hablar de modo incesante—. No puedo creer que esta noche adoraré en el altar de Luxor, beberé el vino de los sacerdotes, tomaré parte en el sacrificio...

—¡Sujete su lengua, *madame*! —interviene el duque con dureza—. O la perderá antes de que termine la velada.

Me muerdo el labio inferior para reprimir una

sonrisa. Un sabor amargo me obliga a hacer una mueca. Había olvidado la crema fría, pero ha valido la pena con tal de imaginar a *madame* Chapet abriendo mucho la boca y su pecho subiendo y bajando al ritmo de su respiración. Oigo que carraspea y después guarda silencio.

El viaje en carruaje es agradable, por lo que sé que no estamos en las calles pobres de París, con sus adoquines rotos. Olfateo el aire. Canela, clavo, madera de sándalo y otros aromas que no consigo descifrar bien proceden de la dirección donde está sentado Lord Bingham. Contengo el aliento. ¿Ha abierto un vial de olores? ¿Intenta drogarnos?

Al fin se para el carruaje.

—Hemos llegado —anuncia lord Bingham.

Me atrapa un miedo súbito. No me resisto cuando el duque me toma la mano y me ayuda a salir del carruaje. No tengo elección. El viento de la noche pone un beso de bienvenida en mis mejillas antes de que me conduzcan a la casa, luego subimos escaleras hasta el primer piso y seguimos subiendo. Un olor dulce a especias hace cosquillas a mi olfato. Incienso. Oigo los pasos pesados de *madame* Chapet delante de mí.

Lord Bingham se para en la escalera.

Madame Chapet se para.

Yo me paro.

Todavía con la venda en los ojos, escucho el silencio antinatural. Es como si todo lo que hay en París se hubiera evaporado en la oscuridad y yo estuviera suspendida entre esta época y la mía.

¡Qué pensamiento tan extraño para tener en este momento! Tuve la misma sensación en otra ocasión, cuando entré en un callejón oscuro y me encontré en Les Halles. Entonces estaba en el distrito de Marais y ahora vuelvo a estar en ese barrio fascinante de casas hermosas donde cada calle, cada callejón, tienen personalidad y vida propias. O al menos eso creo.

¿Esa sensación que asalta mi mente intenta decirme que puedo encontrar el camino de regreso a mi propia época?

Solo un rato antes, cuando participaba en el orgásmico baile frenético del cancán, no me habría atrevido a soñar que hay un modo de salir de esta pesadilla, aunque el corazón me duele terriblemente al pensar en abandonar esta época sin Paul. Sin embargo, la idea de volver es abrumadora. Me estremezco de la cabeza a los pies y gotas de transpiración escapan por debajo del raso negro que cubre mis ojos y ruedan por mi cara.

—Ya puede quitarse la venda.

Mi instinto es arrancármela para poder correr, correr y correr, pero reprimo el impulso y permanezco inmóvil. Unas voces susurran en mi oído. Oigo risas sensuales en la oscuridad, como si alguien acabara de subir el volumen. Un cántico bajo. Voces masculinas monótonas. Después un siseo suave. Sigo inmóvil. Dudo incluso en quitarme la venda. Algo no va bien. Solo en la negrura profunda detrás de la máscara de raso puedo mantener mi miedo encerrado, resistir lo que hay en esta habitación. Hacer planes para escapar.

Retrocedo un paso y unos brazos fuertes me estrechan, cubren mis pechos como si calcularan su firmeza y retuercen mis pezones pero no con mucha fuerza. Tengo la impresión de que él no puede permitirse dañar la mercancía. Me debato e intento liberarme, pero no lo consigo.

—No tenga miedo, *mademoiselle* —dice una voz suave que no reconozco—. El príncipe de la oscuridad la espera en el altar de Luxor.

El príncipe de la oscuridad. Lo mismo que ha dicho el duque un rato antes. ¿Quién es lo bastante vil para asumir ese papel? ¿Y qué quiere de mí?

El cántico de los hombres se hace más alto y me rodea. Antes de que pueda reaccionar, los brazos me sueltan y alguien me arranca la venda de los ojos. Permanezco inmóvil, mientras mis ojos se adaptan al aura rosácea suave que flota a mi alrededor. Mi respiración se calma, mi pulso late despacio. Luchando con fiereza por recuperar la compostura, dejo que me invada el poder de las imágenes. Hombres con túnicas rojas y cabezas de animales, zorro, cabra, perro, me rodean con sus sandalias de cuero marrón golpeando el suelo en sintonía con su cántico y las túnicas ondulando abiertas contra sus piernas.

Transportan inciensiarios con humos intoxicantes invisibles al ojo pero no a los sentidos, que me producen una sensación de mareo y hacen que me dé vueltas la cabeza. Doy un respingo cuando me doy cuenta de que están desnudos debajo de la túnica. ¡Y sus falos! Unos largos. Unos cortos. Unos gruesos. Unos delgados. Unos con las manos de su dueño empujándolos hacia arriba a una erección. Otros duros y rígidos, que saltan arriba y abajo como elefantes moviendo sus trompas en un circo. Todos ellos en busca de un recipiente que reciba el último momento de su éxtasis. Un coño dispuesto. Rosa, húmedo y apretado.

Los hombres con túnicas rojas se apartan para dejar paso a otro hombre, con una máscara de arlequín en blanco y negro cubriéndole el rostro, dos cuernos de terciopelo negro pegados a la cabeza y una serpiente de escamas verdes y plateadas deslizándose por su brazo abajo. Un sonido siseante, cálido y seductor, recorre mi espina dorsal. Es una decisión que no esperaba ver nunca.

De pie, ante mí, está el mismísimo diablo.

—Desnúdese hasta la cintura.

Es el duque.

Antes de que pueda volverme o pensar en correr, un hombre con túnica roja que lleva una máscara de cabra avanza y me rompe el corpiño, baja el vestido y desgarra la seda de mi camisa, dejando al descubierto los pechos y los pezones marrones y endurecidos. Intento cubrirme, pero él me aparta las manos y recorre con los dedos la curva de mis pechos antes de apretar los pezones. Me niego a gritar, no quiero darle esa satisfacción.

El hombre que estoy segura de que es el duque mira mis pechos desnudos, que suben y bajan al ritmo de mi respiración jadeante. Mis músculos se tensan y mi cabeza cae hacia atrás cuando el hombre unge mis pechos con champán de un cáliz de plata antes de succionar mis pezones. Uno, luego el otro, después de nuevo el primero. Sus acciones me sorprenden, sus dientes rozan mis pezones y envían a través de mi cuerpo una chispa tras otra que solo puedo describir como dolor calmante.

—Así empieza el ritual de la misa negra, mademoiselle —dice en voz baja—. Con la bendición.

Yo le escupo.

—Ustedes y su misa negra me dan asco.

Él me abofetea con fuerza la mejilla. Siento el escozor de su mano, pero me niego a quejarme.

—A medida que avanza la noche, *mademoiselle*, cambiará de idea. Suplicará que le dé mi falo, porque la mera idea de tenerlo dentro de usted la excitará de tal modo que hará todo lo que le pida si no quiere conocer el mismo destino que el ganso.

—¿El ganso? —pregunto—. ¿Qué ganso?

Antes de que pueda protestar, el hombre de la máscara blanca y negra me tumba en una mesa cubierta con un rico terciopelo dorado. Un ganso blanco camina por aquí y acerca su pico a mi cara. El hombre agarra mi mano y lo apunta con mi dedo. El ganso estira su cuello largo y casi me muerde el dedo. Instintivamente aparto la mano y me la llevo a la mejilla. El hombre echa atrás la cabeza y suelta una carcajada.

—¿Ve lo que quiero decir, *mademoiselle*? El peligro acecha en todas partes.

—Yo no me asusto tan fácilmente, *monsieur*.

—¿Está segura, *mademoiselle*? Todavía no he terminado.

—*¿Monsieur?*

—La noche de una misa negra, antes de que rompa el amanecer, el pájaro negro de la muerte grita anunciando la muerte del sacrificio.

Antes de que pueda parpadear, el hombre le corta la cabeza al ganso, la coloca en un extremo de la mesa y el cuerpo del animal en el otro. Me cubro los pechos con las manos; deseo volver la cabeza, pero me niego a dar ninguna muestra de debilidad. Parpadeo. Si le ha cortado la cabeza al ganso,

¿dónde está la sangre? La iluminación es débil y rosácea, pero no veo manchas rojas en el terciopelo dorado.

Me aparto de la mesa, confusa, y miro a mi alrededor en busca de una salida. A juzgar por el techo alto del salón, estoy segura de estar en el piso superior de una gran casa. ¿Pero dónde está la escalera?

—Esta noche he engañado al gallo negro, *mademoiselle* —susurra el duque. Me gira la cabeza y me obliga a mirarlo pasar la mano por encima del ganso, que se pone en pie y saca la cabeza. El animal, bien entrenado, me ha engañado escondiendo la cabeza debajo del ala. Al otro lado de la mesa hay una cabeza de madera.

—El ganso ha recuperado la cabeza.

—Yo no pienso perder ni la cabeza ni la dignidad —contestó.

—No es su dignidad con lo que quiero fornicar, *mademoiselle* —el duque echa atrás la cabeza y suelta una carcajada.

Me embarga el miedo. Miro la postura demoníaca de su cuerpo y de pronto estoy demasiado asustada para moverme. Tengo que escapar de ese loco, aunque tenga que matar al propio Satanás.

Paul miró la máscara del zorro y la voluminosa capa roja que tenía en la mano, con todos los sentidos de su cuerpo alerta. Mujeres desnudas. Pechos jadeantes, caderas oscilantes. Anillos de oro a través de los pezones. Susurros de seda en torno a las caderas. Suspiros estáticos. Bailes. Coqueteos.

¿Dónde encontraría a Autumn en esa orgía de

mujeres obsesionadas por cumplir todos los deseos carnales de un hombre?

Arriba, en el segundo piso de un hotelito privado lujosamente amueblado, Paul cambió, junto con varios caballeros más, su traje de noche por la túnica roja y la máscara de animal. Declinó el vaso plateado con un líquido oscuro que le ofreció un sirviente. Aunque ya no tenía la resistencia increíble de su cuerpo joven, se negaba a frotar jugo de belladona, un poderoso narcótico, en su pene para estimularse. No le gustaba aquello, pero era el único modo. ¿Por qué nunca había cuestionado la vileza de aquella exhibición desnuda? ¿Por qué?

¿No soy yo también esclavo de la magia negra que me devolvió la juventud? ¿No soy tan perverso e infame como los hombres que regodean sus ojos con los cuerpos temblorosos y húmedos de las mujeres desnudas?

De pronto fue consciente de que había cambiado, ya no ansiaba la máscara de la juventud, no necesitaba nada que no fuera el amor de la pelirroja, esa mujer hermosa, para estar seguro de su virilidad. Creía en sí mismo, en su arte y en su habilidad para amar y ser amado. No temía por su propia vida, sino por la de Autumn.

La imaginaba rodeada de hombres desnudos... el canturreo de la plegaria del diablo... numerosas manos sujetándola y ella retorciéndose para evitar su contacto en el coño, el ano, mareada por los olores corporales y las especias que la rodeaban... Un hombre le abría las piernas... introducía el falo...

Esa escena horrible le afectaba de tal modo que no se atrevía a seguir con ella. No permitiría que ocurriera. Aunque había participado en el ritual conocido como misa negra, nunca había estado presente cuando lo celebraban miembros de la notoria Orden del Amanecer Dorado de Londres; pero había oído historias terribles sobre cuevas secretas, violaciones, mutilaciones de cuerpos de mujeres y que bebían la sangre de una virgen.

¿Y si ella estaba ya muerta?

«No pienses en eso. Ten los ojos abiertos, preparados para agarrarla y huir».

La furia lo excitaba de un modo que nunca antes había conocido; un desafío fiero lo estimulaba a encontrarla. Solo entonces encontraría la paz.

—Dense prisa —dijo una voz—. El abate Bescanon y su honorable huésped, el príncipe de la oscuridad, esperan su presencia.

Paul se puso la túnica y la máscara del zorro y comprobó que la prenda contenía un bolsillo interior para que un caballero transportara su rapé. Sonrió. También era lo bastante grande para una pistola de bolsillo. Deslizó el arma en la túnica y siguió a los otros caballeros por una escalera secreta, hasta una puerta que abrieron unas manos invisibles. Cruzó la puerta, se fijó en la imagen de Medusa tallada en la madera, y entró en una capilla iluminada por una luz rosácea.

Se encontró con una escena macabra. Hombres con túnicas rojas, todos con máscaras de animales, se ungían con champán y bebían de vasos dorados mientras acariciaban a mujeres desnudas, lamían sus pechos y mordisqueaban sus coños. En el centro de la capilla había un altar cubierto con un manto de terciopelo negro y seis velas negras altas. Había incienso. Reconoció el olor a mirra, madera de sándalo y varios narcóticos mezclados.

—Mire, *monsieur* —dijo el hombre que había a su lado—. El sacrificio femenino de esta noche. Tiene unos pechos encantadores.

Paul se puso tenso.

—¿Sacrificio?

Fijó la vista en la espalda desnuda de una joven hermosa, ataviada con un vestido de lamé, desnuda hasta la cintura, con el pelo color caoba cayéndole sobre los hombros. Ella se volvió hacia él, con sus pechos blancos y perfectos y los pezones endurecidos. Cuando levantó la vista, sus ojos suplicaban redención.

La miró a los ojos, aunque ella no podía saber que era él el que la miraba desde los agujeros de la máscara del zorro, y sintió que su pene se endurecía y palpitaba de deseo. Su pasión por ella lo impulsó a buscar una habitación vacía, una alcoba, cualquier lugar donde pudiera librarse de la tremenda necesidad que ella había suscitado en él. Estaba más excitado que nunca en su vida. Ya no tenía ninguna duda de que prefería arder en el infierno a volver a perderla.

Capítulo 19

El mundo que conozco parece disolverse en las puntas de mis dedos, como si nada de lo que toco fuera real.

Hombres con túnicas rojas desaparecen en pantallas de humo para reaparecer detrás de mí. Hay trompetas que se tocan solas. Imágenes fantasmales que se muestran en columnas de humo. Una puerta se abre misteriosamente y en ella no hay nadie. Mujeres jóvenes que llevan solo espirales de hilos plateados ríen y juegan con hombres que esconden su identidad detrás de máscaras de zorro, cabra, perro u oveja. Las estatuas parecen hablarme con comentarios lascivos sobre tentar mis deseos más oscuros con el roce de un rodillo cubierto de cuero entre los labios del pubis. Un ardor inmediato prende entre mis piernas. Lo ignoro.

Siento tentaciones de salir huyendo, pero sé que no iría lejos. Aquí hay en marcha algo más siniestro que trucos de magia barata.

Además, ¿quién me ayudaría?

Madame Chapet me ha abandonado encantada por la compañía de dos ninfas que solo llevan ristras de perlas y margaritas en el pelo, a las que pelliza los pezones y golpea las nalgas desnudas con el mango del abanico, causándoles marcas rojas. Y el duque se ha ido tan misteriosamente como apareció, aunque no tengo duda de que dará a conocer su presencia cuando esté dispuesto a atormentarme. No he olvidado sus amenazas sádicas y pervertidas, que hacen que lo tema y lo desprecie por igual.

Cierro los ojos e intento bloquear esa escena perturbadora, pero los olores exóticos asaltan mi olfato y hacen que me sienta confusa. Lucho contra el poder de las drogas, pues me niego a entrar en el espíritu juguetón de ensoñación de los demás y caer en un estado de sumisión. Me niego a entregarme por completo a la voluntad de otro, a rendirme al entrenamiento de esclava que pueda tener el duque en mente.

Miro a mi alrededor y veo parejas que fornican, algunas en tríos o cuartetos, y chicas que van vestidas con correas de cuero. No puedo apartar la vista cuando veo a una rubia grande que abre las piernas, se inclina y aparta las nalgas para mostrar tanto su coño como el ano apretado. Gime en voz alta cuando un monje desliza el dedo en su agujero anal y agita después un inciensario sobre su cuerpo desnudo mientras canturrea en latín. Mantengo la cabeza alta y los hombros hacia atrás. No quiero que se note que estoy asustada.

Abro los ojos y me resisto con violencia a un sacerdote medio desnudo que intenta atarme las manos al frente. Retuerzo y giro el cuerpo, me dejo caer de rodillas, le muerdo la mano y le doy patadas, aunque la falda larga y las enaguas obstaculizan mis esfuerzos. Miro a mi alrededor en busca de ayuda, pero solo oigo risas, bromas obscenas, incluso aplausos por lo que algunos consideran mi «interpretación teatral». Cierro los ojos para no ver cómo me ata el sacerdote las manos con cordones rojos de seda. Ellos ganan.

—Bien. Ha aceptado su destino. Acompáñeme, *mademoiselle* —dice el sacerdote, que viste solo una casulla bordada atrás con un triángulo que muestra una cabra negra con cuernos plateados. Me estremezco al ver un pentagrama tatuado en la esquina del ojo izquierdo. La señal del diablo. Aprieto los dientes y me resisto cuando tira de mis ligaduras. Tira de mí hacia delante y puedo ver bien su costado desnudo. Su pene corto cuelga fláccido entre sus piernas.

Camino detrás de él y veo cruces negras pintadas en las plantas de sus pies descalzos. Como si maldijera el mismo símbolo sobre el que camina. Me separo lo poco que me permiten las ligaduras. ¿Qué orden clandestina de sacerdotes renegados puebla este refugio aristocrático dedicado a fantasías sexuales y oculto del mundo exterior?

—¿Adónde me lleva? —me atrevo a preguntar.
—Al altar de la veneración, *mademoiselle*, donde...
—Ya la llevo yo, *monsieur*.

Me vuelvo y veo a un hombre con una túnica roja y una máscara de zorro.

¿De dónde ha salido?
—¿Por orden de quién? —pregunta el sacerdote.

—Del abate Bescanon.

—Como quiera, *monsieur*.

El sacerdote asiente y entrega de mala gana los cordones de seda al extraño. El hombre de la máscara de zorro me agarra antes de que alguien le arrebate ese privilegio y yo lo observo. Es alto y ancho de hombros. Me mira a los ojos y toma mis pechos con un gemido, aunque no de modo amenazador. Al tirar de los cordones de seda, se abre su túnica y muestra su torso desnudo. No puedo creer lo que veo. Lo miro de nuevo. Esos ojos aterciopelados azules detrás de la máscara, esos hombros... esa polla. Larga y dura. Me invade una sensación maravillosa que me instila un valor nuevo. Él está aquí. ¿Cómo?

—Paul —susurro—. Eres tú, ¿verdad?

—Sí, querida; nadie puede mantenerme alejado de ti.

Antes de que yo pueda reaccionar, tira de mis ligaduras y me guía entre los hombres y mujeres que suspiran o ríen y yacen en divanes en distintas fases de copulación. Me humedezco los labios cuando veo a un hombre que lleva una máscara de zorro insertar uno, dos, tres, sí, cuatro dedos en el coño de una chica y poner la otra mano plana en su vientre para apretarlo al ritmo de los giros que hace con los dedos. La chica empieza a retorcerse y abre las piernas todo lo que puede. Los ojos se le salen de las órbitas, abre la boca y yo suspiro con ella cuando llega al pináculo de su clímax.

Paul, que teme que mis jadeos puedan traicionarnos, tira de mí debajo de una colgadura de águilas con alas pesadas y un Atlas a cada lado que nos oculta a los ojos curiosos de los otros. Así nadie oirá nuestra conversación.

Estoy a salvo.

Con Paul. Por el momento.

Me echo en sus brazos. Él me desata las manos, me retira el pelo del cuello y besa mi piel. Me mordisquea la oreja y un escalofrío agradable me baja por la columna. Busca mi pecho con la mano y encuentra mi pezón duro. Lo frota entre el índice y el pulgar mientras baja la otra mano por el estómago en dirección al pubis.

Ñami, ñami.

—No sé cómo me has encontrado, pero no podemos hacer esto aquí —digo.

Pero el sonido sin aliento de mi voz me traiciona. Esto es una locura. Tengo que admitir que no quiero que pare, pero lo aparto.

Oigo un sonido.

Es un gemido.

—Tengo que tocarte, amor mío —susurra—. Asegurarme de que eres real. Tengo la extraña sensación de que te esfumas lentamente de mi mundo.

No puedo hablar. ¿Cómo decirle que yo también siento el misticismo de la magia negra más fuerte que nunca, como si quisiera advertirme que no puedo controlar mi destino? Mi instinto reacciona también a una necesidad más profunda de él. Sus caricias no solo llegan a mi cuerpo, sino también a mi alma.

—No intentes explicarlo —dice. Y oigo frustración en su voz—. Sea lo que sea, combatiré esta fuerza oscura que intenta separarnos. Nunca te dejaré ir.

—Abrázame fuerte, Paul. Por favor.

Me estrecha contra sí, con mi rostro enterrado en la curva de su hombro. Ninguno de los dos pronuncia palabra, pero nuestros cuerpos se hablan. Reprimo un gemido y arqueo la espalda, que se dobla como un arco tenso que se prepara a lanzar una flecha. Me levanto la falda y las enaguas y él me acaricia los muslos, pero no entra en mí. Sé lo que quiere, lo mismo que yo.

Le muestro el desgarrón en los pololos y el vello rojizo de mi entrepierna asoma por él, tentándolo.

Niega con la cabeza. Si me llenara con su polla, estaríamos los dos vulnerables. En vez de eso, busca la curva de mis nalgas y me acaricia antes de insertar las puntas de los dedos en mi pubis. Me muevo contra él. Me roza el clítoris con el pulgar y me urge con él a buscar mi ritmo. Sonrío. ¿Por qué no? Jugar con mi pubis me permite relajarme mientras él está vigilante. Su acción es una contrapartida bienvenida al miedo salvaje que sentía hace unos momentos en esta casa diabólica.

Oscilo las caderas adelante y atrás, bajo la mano por mi vientre, acercándolo al pubis y doy un respingo cuando los dedos de él aprietan mi clítoris, trabajando para que llegue al orgasmo. ¿Aquí y ahora? ¡Sí! La sensación es tan buena que no quiero que pare. Lucho por lograr que mi cuerpo obedezca mi deseo y se abandone; mi placer va aumentando hasta que ya no puedo soportarlo más. Gimo, abrumada por las sensaciones que me embargan, tan temerosa de que nos descubran como de que él pare.

Justo cuando creo que me volveré loca si mi cuerpo no encuentra una liberación, me envuelve una ola de placer intenso. Grito de satisfacción y muevo las caderas para atrapar todas las sensaciones. Mi respiración es jadeante y el pulso me late con fuerza, pero no puedo parar. Los dedos de Paul aprietan con fuerza mi botón y luego va frenando el ritmo hasta que me dejo caer sobre él, agotada.

Me acaricia el pelo y me murmura palabras tiernas al oído. Yo quiero darle placer a él, pero temo lo que ocurrirá si nos descubren con nuestros cuerpos unidos por la pasión.

Abro los ojos, decidida a no llorar. Por fin me veo obligada a afrontar la razón por la que el calor de mi vientre permanece insatisfecho. He tenido un orgasmo, pero quiero más. La dureza del hombre que se aprieta contra mí me vuelve loca. Me estremezco e intento contener el aliento para evitar que el incienso exótico entre en mi cerebro y me lleve a un lugar donde no tengo intención de aterrizar. No puedo parar el calor que me produce Paul. Lo quiero dentro de mí, lo necesito, pero tengo que resistirme. Conservar la cordura.

Acerco la mano a su cara y él no me detiene cuando tiro de su máscara hacia arriba para mostrar su rostro. Lo que veo me sorprende, aunque también me intriga. Ha perdido su aspecto juvenil y una virilidad más noble ocupa su lugar. Hasta su pelo tiene canas en las sienes y los planos de su rostro muestran un aspecto más maduro, que los hace aún más atractivos. El efecto sobre mí es inmediato. Es un hombre con un *sex appeal* increíble. No obstante, hay una pregunta que no me atrevo a hacer. Todavía no.

Me estremezco confusa. ¿Quién es este hombre que me excita de tal modo? Por lo que he experimentado en sus brazos, asumo que pertenece a los libertinos parisinos que cierran la puerta al mundo exterior y celebran el arte del amor, el sueño de la seducción y la promesa de un sexo satisfactorio. Anhelo entrar en su mundo y adoptar esa actitud bohemia con mi amante. Él está en la cima de su virilidad y de su genio artístico.

—Paul, eres tan atractivo como un dios...

—Tenemos que escapar —me interrumpe él—. El duque planea llevar a cabo algún ritual macabro para aumentar su virilidad adorando a los demonios en su altar. Para eso, debe crear una noche infernal con olores, sonidos y colores intoxicantes. Una alquimia de los sentidos para estimular su polla, lo que significa el sacrificio de una virgen.

Asiento.

—Y yo no soy virgen.

—No. Consumará su virilidad como príncipe de la oscuridad copulando con...

—¿Pero por qué la misa negra? —lo interrumpo.

—La ceremonia es una parodia del ritual católico, con plegarias recitadas al revés y la cruz colocada boca abajo. Pero par los miembros de la Orden del Amanecer Dorado, es solo algo que les resulta conveniente para satisfacer su lujuria y apetito sexual de orgías. No es veneración sino dominación, violencia y crueldad.

—¿Quién es ese abate que has mencionado?

—El abate Bescanon es un sacerdote excomulgado que cree que a Dios hay que adorarlo desnudo, como hacía Adán, y que el diablo recompensa a sus seguidores con placer y poder.

Respiro hondo.

—¿Qué piensan hacer conmigo, Paul?
—Cuando el duque haya fornicado contigo, tomará una sábana manchada con su semen y la ofrecerá en el altar de los sacrificios.
—¡Escucha! —lo agarro del brazo—. Viene alguien.
Paul se coloca delante de mí. Por encima del canturreo de los hombres con túnicas rojas llega el sonido de alguien que pasa de largo delante de nosotros y después se para.
—¡Atrás! —ordena Paul.
Oímos una risita.
—No puede esconder su hermoso coñito de mí, *mademoiselle* —murmura una voz femenina—. La he encontrado.
Madame Chapet asoma la cabeza entre las dos estatuas gigantes y ríe; saca la lengua con anticipación, hasta que nos ve abrazados.
—*Merde!* Es monsieur Borquet —exclama; pero antes de que pueda añadir nada más, Paul la agarra por la corpulenta cintura, la levanta en vilo y consigue taparle la boca con la mano.
—Corre, Autumn. Cruza el salón. La gran puerta con la efigie de Medusa lleva a la escalera secreta. ¡Vamos, corre!
Oigo que *madame* Chapet se esfuerza por respirar, pues Paul le sigue tapando la boca. Yo echo a correr por el salón.
No miro atrás.
Sigo corriendo. ¿Dónde está la puerta con la efigie de medusa? Sigo corriendo hasta que oigo las notas tranquilizadoras de voces que canturrean sonidos monosílabos. Me paro, me asomo y veo hileras de hombres con túnicas rojas y máscaras de animales

alineados delante del altar. Algunos se masturban, otros ofrecen su erección a modo de regalo dulce.

Mujeres desnudas se ungen los pezones y el vello púbico con vino tinto y se arrodillan delante de un crucifijo colocado boca abajo. Seis velas altas negras arden encima de un altar cubierto por un paño negro y el humo del incienso inunda la capilla desde los inciensiarios que transportan dos de los celebrantes. Siento náuseas y aprieto los dientes. Mis ojos se llenan de lágrimas. He sido arrojada a un foso de adoradores del diablo.

—¡Agárrenla! —grita alguien.

Intento correr, pero dos hombres con túnicas rojas me sujetan por los brazos.

—¡Suéltenme! —grito—. Están todos locos.

—La tenemos, lord Bingham —dice uno de los hombres.

La criatura de negro aparece ante mí emergiendo de la niebla que me rodea. Me agarra del pelo y tira de mi cabeza hacia atrás con fuerza. Suelto un grito. Una serpiente baja por su brazo, tan cerca de mi cabeza que oigo el movimiento de su lengua. El duque coloca el brazo de tal modo que la serpiente queda tan cerca de mi pezón que, si respiro, me morderá. Permanezco inmóvil. El inglés se echa a reír y se inclina para mirarme a los ojos. No quiero mostrar miedo, pero su voz me aterroriza cuando dice:

—¡Que empiece el sacrificio!

Paul transportaba a la pesada mujer echada al hombro. Ella le golpeaba la espalda, pero él le apretó con fuerza los dedos de los pies.

—¡Quieta, *madame!* —ordenó. Se sentía aliviado de que nadie los hubiera visto.

—¡Bastardo! —ella seguía agitando los pies.

Paul abrió la puerta de una habitación pequeña y la empujó al interior. Había enaguas, corsés y vestidos colocados ordenadamente en pechas, así como varias bandejas con frasquitos de carmín y kohl negro. El aire olía a cera perfumada de canela.

Dejó a la madama en el suelo y la mujer empezó a moverse adelante y atrás con una mano en la cadera. No pudo resistir preguntar:

—¿Por qué ha vuelto a París, monsieur?

—Eso no es asunto suyo, *madame* —él buscó a su alrededor algo que meterle en la boca.

—¿Qué clase de juego quiere jugar conmigo, *monsieur*? —ella se lamió los labios y lo miró con deseo—. A menos que esté pensando en otra cosa.

Paul negó con la cabeza.

—Se quedará aquí hasta que Autumn y yo estemos a salvo fuera de esta casa. ¿Comprende?

Ella apretó los labios; a continuación se los humedeció con la lengua.

—Quiero veinte luises de oro por las molestias.

Paul sonrió.

—No tengo dinero.

—Entonces no me quedaré, *monsieur* —dijo ella con firmeza—, aunque, por lo que he visto, posee un saldo que cualquier mujer recibiría con alegría. Lamento no tener la oportunidad de conocerlo de un modo más íntimo.

Se dirigió a la puerta, pero no fue lo bastante rápida. Paul la agarró por el cuello y tiró del collar de perlas.

—Debería estrangularla con estas perlas, madame...

—Usted no haría eso, monsieur. Solo soy una pobre alma que necesita ayuda —suplicó ella—. Por favor.

Paul deslizó el collar en el bolsillo de los pliegues de su túnica, debajo de la pistola. Se lo devolvería cuando Autumn y él estuvieran a salvo fuera de París.

—Usted es una embustera y una tramposa, *madame*, pero no va a impedir que nos marchemos.

Sujetándola todavía por el cuello, agarró un corsé y le ató las manos con los largos cordones. A continuación la tumbó en el suelo y le ató los pies juntos con un volante que arrancó de una enagua.

—No le servirá de nada atarme, *monsieur*. El duque lo encontrará y lo matará y a la chica la...

—Basta de cháchara, *madame* —Paul le metió una media negra en la boca y le tapó los ojos con otra—. Adiós. Cerró la puerta, sabedor de que sería solo cuestión de minutos el que alguien la oyera golpear la pared con los pies, y se alejó.

Volvió al gran salón, con todos los sentidos alerta. Alguien había abierto una ventana en la pared, que dejaba entrar una brisa fresca cargada con los olores de la ciudad. ¿Y no era un trueno aquello que se oía?

Había tormenta. Se secó el sudor de la frente y miró por la ventana el suelo de abajo, planeando su ruta de huida. En la noche, que se acercaba ya al amanecer, cantó un gallo negro.

Autumn estaba en peligro.

Corrió de regreso al gran salón para buscarla.

Y una vez más, tuvo la sensación de que la había perdido.

Desnuda de cintura para arriba, en un altar cubierto de terciopelo negro con una almohada debajo de la cabeza, tengo la sensación de estar flotando en el espacio. Los pololos y las enaguas están levantados alrededor de mi cintura, mostrando mi cuerpo. Las piernas caen por el extremo y tengo los brazos extendidos. En las manos sostengo dos velas negras. No estoy atada, pero una sensación pesada en las extremidades me mantiene clavada al altar.

Muevo la cabeza despacio, como atrapada en un conjuro. ¿Dónde está Paul? ¿Ha sido solo una ilusión, producida por los pensamientos extraños que flotan en mi cabeza? Son sensaciones de que algo tira de mí hacia mi propia época. Una soledad terrible me embarga y respiro hondo. Anhelo la seguridad de sus brazos, pero solo siento náuseas.

Gimo suavemente y abro los ojos. Imágenes borrosas oscilan ante mí. Oigo al duque, que arrodillado ante el altar, con su máscara de arlequín, invoca a Satanás y lee plegarias de un misal con páginas rojas, blancas y negras y forrado con piel de lobo. A mi alrededor, los adoradores cantan himnos, arrodillados o sentados en reclinatorios cubiertos de terciopelo rojo. Veo a un hombre que toca el pecho desnudo de una mujer mientras otro hombre le lame el pubis. Una sacerdotisa delgada y morena se inclina y pasa sus labios rojos por el pene del hombre.

Un momento después, los celebrantes forman un semicírculo alrededor del altar y gritan histéricos o aúllan como animales antes de postrarse en el suelo, impacientes por agarrar una polla dura, un coño mojado, un pezón erecto o una boca cavernosa, lo que estuviese más cerca para satisfacer su depravada necesidad de calmar su lujuria.

Miro con disgusto al duque, que saca una forma redonda de un cáliz, que en realidad es un trozo de remolacha, roja como la sangre. Lo veo comerla y beber a continuación vino de un cáliz de plata incrustado de rubíes y diamantes.

Después, el duque coloca el cáliz entre mis pechos, moja los dedos en la taza y salpica el vino drogado sobre mi cuerpo, procurando que caiga sobre mis pezones, para lamerlos después con su lengua puntiaguda. Baja por mi vientre hasta la entrepierna. Yo flexiono los músculos vaginales para protestar cuando su lengua me aparta los labios y él me atormenta mordisqueando mi piel delicada. Deseo que mis sentidos se adormezcan, pero la niebla aromática de las drogas seduce mi olfato. Contengo el aliento, pero el incienso es tan espeso que penetra en los poros de mi piel cuando él retira su lengua para lamerme los labios. A continuación prende fuego a una pasta colocada en una bandeja de cobre y quema las hierbas de olor fuerte bajo mi nariz. Es una pasta de mirra, incienso y clavo. Intento liberarme, pero no lo consigo. Estoy agotada. Empapada de sudor. Mi cuerpo casi desnudo muestra un resplandor rosáceo. Miro horrorizada al duque, que coloca una espada, una navaja de mango de marfil y una vara en el altar a mi lado. Se oye un trueno.

Un relámpago de furia se abre paso a través de mi terror.

—¡Suélteme! No quiero tener nada que ver con su magia.

—¿Cómo te atreves a hablar, puta? —me golpea con fuerza en ambas mejillas—. Tú no tienes voluntad, tienes que obedecer a tu amo.

Siento el escozor de su mano, pero no adormece mi espíritu. Me retuerzo y giro la cabeza de un lado a otro cuando el duque me sujeta por la barbilla y me obliga a beber un vaso de vino de olor fuerte. El líquido me quema la lengua y me hace sudar al tragarlo; después me deja fría. Su efecto es inmediato y me deja confusa y aterrorizada. El miedo a una muerte segura corre por mis venas y nunca me he sentido tan impotente para impedirlo.

El duque agita una vara fina de cristal con el extremo puntiagudo encima de mi cuerpo, frota con ella mis pezones y envía chispas a mi vientre. La fricción constante enrojece las cimas sensibles de mis pezones, pero él no ha terminado conmigo. Prosigue su camino hasta el pubis e introduce el objeto duro en mi coño, haciéndolo entrar y salir hasta que está empapado con mis jugos. Aplasto mi cuerpo con fuerza, intentando expulsar el objeto, pero él lo introduce más hondo y me hace gritar. No puedo dejar de gritar. No sé si mis gritos lo enervan o simplemente se ha cansado del ritual, pero retira el cristal y agita una calavera humana delante de mis ojos. Vuelvo a gritar, pero esta vez el terror quiebra mi voz. Intento apartarme, pero no puedo escapar de los pequeños gusanos negros que me miran desde las cuencas vacías de los ojos de la calavera. Siento náuseas y me esfuerzo por no vomitar para no ahogarme en mi propio vómito. Me obligo de mala gana a mirar al duque a los ojos. No estoy preparada para la expresión letal de los suyos. Penetrante, dura. Sus dedos parecen temblar con una energía sobrenatural cuando sujeta la navaja horizontal encima de mí.

Su voz suena de nuevo, fría e inhumana, canturreando las palabras de delante atrás, y luego hacia delante:

—Morirás, ramera del amo, y volverás a nacer con la semilla del príncipe de la oscuridad dentro de ti.

Contengo el aliento; el corazón me late con fuerza cuando la navaja baja hacia mi pecho desnudo como una llama azul plateada que ardiera brillante contra un fondo de negrura profunda. El aullido frenético de los celebrantes a mi alrededor urge al duque a follarme y terminar después la tarea. Oigo un grito de horror, de dolor.

Es mi propia voz.

Entonces me echan un velo negro sobre la cara y me invade la oscuridad.

Capítulo 20

Paul apoyó el cañón de la pistola en la nuca del duque. La amartilló y puso el dedo en el gatillo, pero no disparó. Algo, quizá un profundo sentido de humanidad, le decía que no matara a aquel hombre.

«¿Por qué no puedo apretar el gatillo? ¿Qué tiene este inglés que me asusta pero también me atrae hacia él?».

El duque no tenía ni idea de los pensamientos que ocupaban la mente de Paul. Al sentir el frío del cañón en la nuca, se puso rígido, con todos sus sentidos alerta ante el peligro que presentaba el hombre de la máscara de zorro. La sorpresa por ese hecho le arrancó una maldición, pero agarró con fuerza la navaja en su mano.

—¡Tire la navaja, *monsieur*! —ordenó Paul—. Ahora mismo.

—¿Qué juego estúpido se trae entre manos, *monsieur*? —exigió saber el duque—. La chica está lista para recibir mi semilla en su vagina mojada —agitó la vara de cristal con los jugos de ella en dirección a Paul. El dulce aroma de la joven llegó a su olfato y le enfureció y excitó a un tiempo—. Usted y los demás tendrán ocasión de fornicar con ella cuando yo termine.

—Usted no la tocará, *monsieur* —declaró Paul.

Empujó al duque a un lado con tal fuerza que el inglés soltó la navaja y la vara de cristal, se tambaleó y cayó encima de varias mujeres. Se incorporó enseguida.

—¿Qué quiere, *monsieur*? —gritó con furia—. ¿Quién es usted?

Paul se arrancó la máscara y sonrió.

—Paul Borquet a su servicio, *monsieur*.

—¡Borquet! ¿De dónde demonios sale? —el duque lo miró largo rato—. Está distinto, más viejo, mucho más viejo... lo bastante viejo para ser...

—Se lo advierto, monsieur; nada de trucos.

—Mi hermano.

¿Su hermano?

Paul movió la cabeza, atónito por lo que oía. Por primera vez desde que conociera a aquel aristócrata loco, observó su rostro con atención. Ojos azules, mandíbula angulosa, pelo moreno, rostro cincelado. Sí, había un parecido. No había querido verlo antes, pero lo había intuido, había sabido de algún modo que el inglés loco compartía una línea sanguínea que no resultaba imposible de creer. Su madre era francesa, pero su padre había sido inglés. Se habían casado deprisa y tenido un hijo antes de que la familia rica de él la enviara a ella rápidamente de vuelta a Francia.

Hacía muchos años de eso.

—Veo en sus ojos que me cree, monsieur Borquet —dijo el duque.

Paul asintió.

—Sí.

—Le aseguro que es la verdad —prosiguió el duque—. Usted es mi hermano mayor, borrado de los archivos oficiales de la familia hasta la muerte de mi padre hace unos meses. Entre sus papeles encontramos una copia del certificado de matrimonio y de su partida de nacimiento —hizo una pausa—. Le seguí la pista hasta París a través de su arte. Cuando lo encontré, no podía creerlo. Era mucho más joven que la edad de su partida de nacimiento, pero ahora...

—Si soy su hermano mayor —lo interrumpió Paul, que no quería explicar sus coqueteos con la magia negra—, también soy el heredero del título del que tanto presume usted.

—Exacto, mi querido hermano —el duque lo miró arrugando los labios—. Por eso lamento que no me hiciera caso. Ahora no tengo más remedio que matarlo.

Paul estaba tan cerca que podía ver el odio en su mirada.

—No lo conseguirá, lord Bingham.

—¿No? Tengo hombres en todas las salidas. No tengo nada que temer.

—Creo que soy yo el que tiene la pistola.

—Usted no llegará hasta la escalera —declaró el duque; señaló al grupo de hombres de túnica roja y máscaras que los rodeaban—. Esa mujer lo ha embrujado con su coño caliente. Lo pagará muy caro.

Paul movió la cabeza.

—Dudo que ninguno de ustedes intente detenerme. Tengo seis balas, suficientes para unos cuantos.

Los hombres retrocedieron. Paul asumió que eran caballeros de gustos sexuales pervertidos pero pocas agallas. Los guardaespaldas del duque, en cambio, sí podían ser un problema.

Miró a Autumn, tumbada en el altar con los pechos brillantes por el sudor y el pecho subiendo y bajando al ritmo de su respiración. Apartó el velo negro que cubría su hermoso rostro. Tenía los ojos cerrados. Se disponía a abrazarla cuando...

—Debí matarlo cuando tuve ocasión, *monsieur* —el duque se lanzó a recoger la navaja del suelo.

Paul lo vio por el rabillo del ojo, se giró y disparó dos veces. Las dos balas entraron en la larga capa negra del duque, que cayó contra la ventana que tenía detrás. Su cabeza golpeó el cristal y lo rompió. Cayó al suelo y quedó inmóvil, con la máscara de arlequín cubriéndole la cara.

—Está muerto, *monsieur* —gritó una mujer.

Pero Paul no se fiaba del duque. Podía ser un truco. Se sentía dividido entre hacer lo que le pedía su conciencia, comprobar el estado del hombre que afirmaba ser su hermanastro por parte de padre, y el miedo a que, si no se iban rápidamente, perdería a Autumn para siempre. No había tirado a matar, pero no se atrevía a acercarse al cuerpo porque sabía que, si estaba vivo, el duque no vacilaría en acabar con su vida.

Mantuvo la pistola apuntando al duque, tomó a Autumn por la cintura y la levantó del altar.

—¡Autumn, despierta! —gritó.
Ella sacudió la cabeza despacio y abrió los ojos.
—¡Mi cabeza! ¿Qué ha pasado?
—Te han drogado. Rápido, nos vamos de este sitio.
Autumn levantó la vista y lo miró con un alivio inmenso.
—¡Paul! ¿Cómo has…?
—Ahora no hay tiempo. ¿Puedes andar?
—Sí, creo que sí —ella se llevó una mano a la boca—. ¿Qué ha pasado? —miraba el cuerpo del duque en el suelo; varias mujeres se inclinaban sobre él gimiendo—. ¿Está muerto?
—No lo sé y no podemos quedarnos a descubrirlo. Vámonos.
—¿Le has…?
—Sí, le he disparado yo. Me ha obligado. No sé por qué, pero siento haberlo hecho. Ese bastardo era mi hermanastro.
—¿Qué? —preguntó ella con incredulidad.
—No hay tiempo para explicaciones. Vámonos.
—Aunque fuera tu hermano, él te habría matado a ti —ella le puso la mano en el hombro y eso lo consoló por un momento.
—¡Date prisa, Autumn! —gritó.
—Ayúdame a bajar.
Autumn se recogió la falda y las enaguas y bajó del altar con cierta dificultad. Paul lanzó una maldición cuando la falda larga se enganchó en el borde. Autumn tiró de ella y volcó una vela alta negra.
—¡Cuidado! —gritó él.
Pero era demasiado tarde. La tela del altar prendió enseguida y llamas anaranjadas lamieron las

velas como lenguas gigantes, fundiendo la cera negra en charcos feos en el suelo.

—¡Estoy ardiendo! —gritó ella, recogió las faldas a su alrededor e intentó aplastar las llamas con las manos.

—¡No te muevas, no te muevas! —gritó Paul.

Pisoteó las llamas con los pies calzados con sandalias e intentó bloquear los gritos de pánico de los hombres y mujeres que se esforzaban también por apagar las llamas que saltaban a su alrededor. El olor a pelo y carnes quemados asaltó su olfato y sintió ganas de vomitar. El fuego se había descontrolado y devoraba el altar, las colgaduras de las ventanas, los tapices de las paredes y los reclinatorios forrados de terciopelo. La imagen de las mujeres desnudas que gritaban y los caballeros que maldecían lo repelía, arrastrándolo a un mundo subliminal que no quería volver a ver.

No temía el peligro para su piel desnuda. Solo importaba ella. Le arrancó el vestido y aplastó las llamas de la prenda con las manos, sin sentir dolor, sin sentir nada, aunque sí olió su propia carne chamuscada. Y el humo, que se mezclaba con el incienso y creaba un vapor tóxico que lo asfixiaba. Autumn tosía, con sus pechos desnudos brillantes de sudor. Paul arrancó una colgadura de terciopelo rojo y se la echó por los hombros. Ella le dio las gracias con la mirada y se envolvió bien en ella. El borde de sus enaguas estaba quemado, pero por lo demás parecía ilesa.

—Vamos hacia la escalera secreta —gritó Paul—. No te despegues de mí y no te pares.

En los momentos que siguieron, la atmósfera se

volvió caótica; los celebrantes gritaban de furia y miedo. Paul tiraba de Autumn; se dirigía a la salida con los demás, con la pistola en la mano y los ojos fijos al frente. En medio del humo, con vigas quemadas cayendo a su alrededor y muebles convirtiéndose en cenizas, vio a dos chicas envueltas en cortinas que arrastraban a *madame* Chapet por el pasillo buscando una salida. ¿Dónde estaba la escalera secreta? ¿La puerta de Medusa?

Las llamas del fuego se acercaban y explotaban cristales por todas partes. Paul se agachó en una alcoba pequeña y arrastró a Autumn consigo. Vio un relámpago, que fue seguido de un trueno, pero no llovía. Sacó los pantalones enrollados ocultos en su túnica y se los puso rápidamente para proteger su cuerpo del fuego. Se veía muy poco a través del humo. Se volvió y vio una puerta pequeña tallada en un mural pintado detrás de ellos con una escena de un jardín, una puerta tan pequeña que tendría que agacharse para cruzarla. La abrió con el pie y los recibió la oscuridad.

—¿Eso es una salida? —preguntó Autumn.

—No lo sé. Espera, voy a descubrirlo.

Paul se hizo a un lado y las llamas que había tras ellos iluminaron lo suficiente para permitirle ver una escalera estrecha que bajaba al menos uno o dos pisos. No podía ver más allá.

—Dame la mano; deprisa, antes de que la escalera se llene de humo.

Respiró hondo y se disponía a entrar allí con Autumn cuando...

—¡Borquet! ¡Ayúdeme, por favor!

Paul se volvió con la pistola en la mano y el dedo

en el gatillo. El duque avanzaba hacia ellos tambaleándose, sujetándose el hombro con una mano y con la otra extendida y manchada de sangre. En sus ojos se leía miedo. El inglés sabía que iba a morir quemado. Cayó al suelo.

Aquel hombre era su hermano.

Paul sabía lo que tenía que hacer.

Primero sacar a Autumn de allí.

—¡Corre, Autumn! Date prisa. Yo te seguiré.

Ella se volvió y un grito salió de su garganta.

—No, no puedo. Tengo el presentimiento de que, si lo hago, no volveré a verte.

—No puedo dejar que mi hermano se queme vivo, Autumn. Vete, rápido.

Paul leía el miedo de ella en sus ojos, pero la joven no le preguntó nada. Se recogió las enaguas, se agachó y salió por la pequeña puerta. Paul oyó sus pasos en los escalones.

Corrió hacia el duque. Se guardó la pistola en el bolsillo, levantó a su hermano y se lo cargó al hombro. No estaba muerto, pues lo oía respirar y luchar por tomar aire. Paul se volvió hacia la escalera, pero la alcoba entera estaba ahora consumida por las llamas y la puerta había desaparecido. ¿Adónde había enviado a Autumn? ¿A su muerte?

No, no podía creerlo.

Caminó unos minutos en círculos, esquivando vigas que caían y estanques de llamas, sudando con profusión con su hermano al hombro.

—¡Por aquí, *monsieur*! —oyó llamar a una voz desde otra dirección.

Siguió el sonido de la voz y el humo pareció disiparse un poco. Debía de estar en una zona de la casa que el fuego no había consumido todavía. Vio a dos hombres que corrían hacia una puerta abierta con Medusa tallada en la madera. Sí, eso era. Gruñó y avanzó con rapidez hasta la escalera iluminada. Uno, dos, a veces varios escalones a la vez, en ocasiones a punto de caer por el peso del hombre que cargaba.

Y todo el tiempo pensaba si Autumn habría conseguido salvarse.

Al fin llegó al pie de las escaleras. Tenía miedo de que la puerta estuviera cerrada, de estar destinado a morir salvando a su hermano pero perdiendo a Autumn. Sin vacilar, abrió la puerta de una patada y casi gritó de alivio cuando salió al aire limpio y fresco de la noche. Dejó al duque en el suelo y le acercó el oído al pecho. Respiraba y, por lo que podía ver, sus heridas no eran serias. Lo rodearon inmediatamente sus guardaespaldas, que lanzaron una mirada extraña al artista y volvieron su atención al hombre inconsciente de la máscara de arlequín.

—Cuiden de mi hermano —dijo Paul.

Se abrió paso entre la multitud congregada fuera del hotelito privado, mujeres que gritaban, hombres que maldecían, muchos de ellos intentando cubrir su desnudez con ropa chamuscada. Pechos enrojecidos, nalgas pintadas de hollín... una mezcla de carne temblorosa que unos momentos atrás parecían criaturas sofisticadas con la lujuria como denominador común y ahora gritaban como animales asustados. Miró a la derecha y después a la izquierda.

¿Dónde estaba Autumn?

Siguió andando arriba y abajo, preguntando a la gente si habían visto a la pelirroja. Varias personas negaron con la cabeza. Una mujer reprimió un grito cuando los arcos de madera que eran la armazón del primer piso estallaron en llamas.

Paul miró el fuego, pero su cuerpo estaba encogido por el pánico. Se protegió la cara con la mano del resplandor rojo del fuego. Tenía que hacer algo. Autumn seguía todavía en el hotelito y se iba a quemar viva.

Corrió de vuelta a la casa, con intención de ir a buscarla. Tenía que encontrarla. No podía fallarle. Tenía que salvarla.

Se detuvo. Un rugido del fuego le cortó el paso; la terraza del primer piso cayó ante el y el aire se volvió oscuro y pesado, ahogándolo. Sonó un trueno.

Él corrió hacia la casa.

—¡No puede volver ahí, *monsieur*! —le gritó alguien—. Toda la casa está en llamas.

—Es preciso —gritó él a su vez—. Tengo que salvar a la mujer que amo.

Un momento antes de bajar la escalera, justo después de dejar a Paul, oigo un rugido terrible. Es un trueno. A continuación siento un frío tan intenso que me estremezco. ¿Qué me está pasando?

Tiemblo como si me arrastraran hacia abajo, hacia... ¿qué? No lo sé, no tengo tiempo de pensar, solo de correr.

Mis botines de tacón alto golpean con fuerza los escalones y ahogan los sonidos de duda en mi mente. Bajo las escaleras de dos en dos y de tres en tres, con el corazón golpeándome con fuerza en el pecho. Mi momento de desesperación llega cuando menos lo espero. El frío golpea mi cara. Un relámpago me quema la piel. Mis botas están mojadas y el material de terciopelo que me cubre los hombros se pega a la piel desnuda de mi espalda. Una oleada de pánico me hace perder el paso. Tengo miedo.

Miedo de no volver.

De no ver más a Paul.

Tropiezo y se me doblan las rodillas. Antes de caer al suelo, se me ocurre que ya sentí ese mismo frío y electricidad justo antes de...

Me da un vuelco el corazón. Lo recuerdo todo de golpe. El estudio en Marais, la sensación de oscuridad, el sonido del rayo atravesándome. ¿Podría volver a mi época?

De algún modo, he recorrido un círculo completo, y estoy perdida en una oscuridad tan negra que solo puede existir en ese agujero indescriptible suspendido entre el presente y el futuro. Estoy atrapada en una casa en llamas, pero voy a volver a una casa en llamas de mi época.

Llena de desesperación, sigo bajando las escaleras. No puedo pensar. Me explota el corazón. Voy a morir en un incendio.

Grito.

Justo cuando Paul se disponía a entrar de nuevo en la casa, oyó un grito de mujer. Autumn estaba viva. Tenía que ser ella. ¿Dónde estaba? Una pared de llamas se elevó ante él, como desafiándolo a encontrarla.

¡No! No podía dejar que nada lo detuviera. Apretó los puños, levantó una silla, la sujetó ante sí y se lanzó corriendo a la escalera principal, con el pulso latiéndole con fuerza y la respiración rápida. No llegó muy lejos, pues el fuego le bloqueó el paso, obligándolo a retroceder.

Lanzó la silla a las llamas con una maldición y gritó:

—¡Autumn! ¡Autumn!

Guardó silencio, con la esperanza de oírla gritar de nuevo. No oyó nada. Tenía que hacer algo, cualquier cosa.

Se agachó y se arrastró entre montones de escombros ardiendo en busca de otra escalera. Medio ahogado por el humo, palpó a lo largo de una pared en busca de una apertura, algo... todas esas casas viejas del distrito de Marais tenían escaleras secretas añadidas durante la Revolución... pero no encontró nada.

Siguió buscando. Tenía que haber algo. Se cubrió la boca con parte de su larga túnica y empezó a golpear con los puños una puerta pequeña en la pared.

La puerta cedió y una bocanada de aire frío le golpeó la cara. Se sujetó la túnica alrededor del cuerpo, se agachó y entró por la puerta hasta una escalera pequeña.

Se detuvo a mirar las escaleras. Hasta donde podía ver, solo había oscuridad. Un ruido pesado detrás de él le alteró los nervios. Trueno. Un viento fuerte le sopló en la cara y la puerta se cerró sus espaldas. Lanzó un juramento, pero no pensaba volver sin Autumn.

Extendió las manos delante de su cara, pero no veía nada. Debía de estar en la escalera oscura y secreta y, pasara lo que pasara, no pararía, no renunciaría a buscarla.

Se estremeció. Allí hacía frío. Y todo estaba muy negro. Como si los extremos de la tierra se juntaran todos en aquel punto. Y se disolvieran en una niebla pesada de vacío tan espesa que el presente coexistía con el futuro.

Siguió subiendo las escaleras, caminando, si es que podía llamarlo así, pues en realidad se sentía flotar. Un temblor atravesó su cuerpo como si una fuerza irresistible lo empujara por detrás. Estaba seguro de que encontraría a Autumn. Tenía que encontrarla. Era preciso. Se volvería loco si no.

Se detuvo. Había algo extraño en aquella zona, algo que no podía poner en palabras. La sensación de los escalones bajo los pies y al roce de la balaustrada bajo los dedos le dijeron que en esa escalera secreta la encontraría.

Me estremezco porque unos dedos fríos me aprietan los hombros, impulsándome hacia delante. Manos ciegas me buscan, me agarran. Unos susurros me informan de que mi tarea en el pasado ha terminado y no debo resistirme. ¿Que no me resista? No puedo volver a mi época. No lo haré. ¿Por qué voy a dejar a Paul? ¿Para vivir sin él? ¿Sin el único hombre al que he amado? No, no lo haré.

Como si el destino me leyera el pensamiento, una fuerza desconocida tira de mí y casi me hace caer de rodillas. Un frío húmedo parece rodear mi cuerpo como la envoltura de una momia antigua recién sacada de su tumba.

Es el dios egipcio Min. Su magia negra tira de mí. Yo le vendí mi alma cuando deseé ser joven y hermosa. Rompí el conjuro cuando me enamoré de Paul y ahora tengo que pagarlo.

Entonces es cierto. Paul moría en un incendio intentando salvar a la mujer que amaba, como me contó el viejo artista. Una tristeza pesada me envuelve. ¿Moriré también yo? ¿O hay otro final?

No pienso rendirme. Me llevo los brazos a los pechos, intentando entrar en calor. La escalera está fría y húmeda; eso es todo. No es un pasadizo sobrenatural entre la vida y... ¿la muerte?

—¡Autumn! ¡Autumn!

Me paro, escucho con atención. Tiene que ser Paul. Su voz suena confusa, como filtrada a través de un instrumento mecánico.

Antes de dar otro paso, mis pies empiezan a resbalar, como si tropezaran. Mi pelo se agita salvajemente alrededor de mi rostro, como si estuviera en un túnel del viento. La fuerza del viento es tal que arranca la colgadura de terciopelo de los hombros y la envía volando escaleras abajo. Instintivamente me cubro los pechos con las manos, pues las enaguas se agitan a mi alrededor. Me duelen hasta los dientes y no puedo respirar.

Lucho por mantener el equilibrio, intento volverme, pero una mano fantasmal me aprieta la garganta y una fuerte ráfaga de viento me empuja escaleras abajo. Caigo tropezando, con puntos negros moviéndose ante mis ojos, hasta un vacío intemporal.

Paul no veía nada. Un miedo frío lo embargaba, pero no podía parar. Por muy agotado que estuviera, por mucho que le doliera el cuerpo, tenía que continuar. Tenía que encontrarla.

Tropezó en el suelo que rodaba bajo él y consiguió recuperar el equilibrio para poner un pie delante del otro, consciente de que la escalera cambiaba, se volvía plana y más difícil de escalar. Algo suave, que parecía terciopelo, pasó a su alrededor y le rozó la cara. Extendió el brazo para agarrarlo, pero escapó a sus dedos y no pudo retenerlo.

Con el viento golpeándole el rostro, subía como podía, aunque perdió el equilibrio más de una vez. Estaba decidido a abrirse paso a través del viento que lo atacaba por todos los lados, como si luchara con una criatura de la noche. No pensaba en sí mismo, solo en Autumn. Nunca le había importado otro ser humano como le importaba ella.

Mientras avanzaba, se dio cuenta de que un estruendo le salía al encuentro y lo lanzaría a la oscuridad si no se agarraba a la balaustrada.

Aferró con fuerza la barandilla, que temblaba con violencia. Creyó que había perdido el juicio, pero de pronto oyó los gritos de una mujer que bajaba directamente hacia él.

Bajo rodando las escaleras, con las enaguas alrededor de las piernas. He perdido el control e intento agarrarme a algo, a lo que sea, cuando mi cuerpo se detiene porque he chocado con algo o con alguien.

¿Alguien? ¿Quién?

El aullido del viento que tira de mí no puede ahogar la profundidad de la voz que grita mi nombre ni apartar la sensación de sus manos abrazándome por la cintura y acariciando luego mis pechos. Pongo mis manos en las suyas e intento calmar su dolor. No puedo hablar, pero un gemido sale de mi cuerpo. A pesar de la oscuridad del lugar, vuelvo a sentirme viva, renovada mi alma con un espíritu nuevo.

Paul me ha encontrado.

—Autumn —le oigo gritar, luchando contra el poder del gran viento que nos empuja hacia abajo.

—¡No me sueltes! —grito yo, agarrada a él. No lo veo, pero percibo que sus rasgos están retorcidos por el miedo.

—¿Qué ocurre? —me aúlla al oído.

—Algo nos arrastra hacia mi época —contesto.

—¿Tu época?

—Sí, a más de cien años en el futuro.

Paul no dice nada. No puedo imaginar lo que debe de pensar o sentir. Durante unos minutos, se debate en la escalera, conmigo agarrada a su cintura. Mis pezones tiernos aprietan con fuerza su espalda. Las fuerzas cósmicas no pueden derrotarnos. Lo sé con la misma seguridad que sé que amo a Paul más que a nada en el mundo, pasado o presente.

—Aquí hay menos viento —le oigo decir, con una voz que suena normal.

—Debemos de estar cerca del final de la escalera —contesto.

Nos movemos lentamente. Con cuidado. Nuestros brazos buscan algo sólido, algo que indique que hay una puerta cerca. Mis dedos rozan algo firme.

—¡Lo he encontrado, Paul!

Paso los dedos por una puerta pequeña. No puedo verlo, pero siento el cuerpo de Paul rozando el mío, el contacto de su piel electrifica todos los pelos de mi cuerpo, incluido el vello rizado de mi pubis. Apoya el hombro en la puerta y me sorprende notar que el suelo deja de moverse bajo nuestros pies y el viento es ya apenas una brisa suave. El cambio repentino en la escalera resulta tan extraño como la aparición inicial del viento golpeándonos. ¿Me atrevo a esperar que hayamos vencido a la fuerza oscura?

—La puerta no se abre —dice Paul—. Apártate.

Lo oigo gruñir y empujar la puerta con el hombro, pero la madera no cede. Suelto un grito al notar que el espacio se abre bajo mis pies y tira de mí apartándome de Paul. La fuerza oscura intenta reclamarme. El pánico hace entrechocar mis huesos.

—¡Paul! —aúllo.

—Te tengo.

Me agarra y me atrae hacia sí. Me rodea la cintura con el brazo y aprieta mis pechos desnudos contra su torso; nuestro abrazo completa así el arco erótico que empezó la primera noche en su estudio. Antes de que yo pueda recuperar el aliento, Paul abre la puerta. Los dos damos un respingo cuando una luz blanca gloriosa nos ciega de tal modo que no podemos ver.

Huele a madera que se quema, fragmentos chamuscados, humo gris que se eleva en rizos perezosos, pero el fuego está apagado. Una llovizna neblinosa se mezcla con la humedad de mis mejillas. ¿Y no es también humedad lo que siento entre las piernas? Un fuego lento se va formando en mi pubis palpitante y, aunque me esfuerzo por ocultar mi expresión, no tengo dudas de que mis ojos brillan de placer contenido al pensar en la promesa sexual que hay entre nosotros; pero eso tendrá que esperar.

Nos miramos a los ojos y una plegaria silenciosa de acción de gracias pasa entre nosotros. Nos tomamos de la mano y cruzamos la puerta.

Juntos.

No me preocupa la Satine de Nicole Kidman en Moulin Rouge. Las protagonistas del cine nunca mueren, solo actúan una y otra vez en DVD, repitiendo el mismo número musical hasta el infinito. Ella es feliz, muy guapa y canta de orgasmo en orgasmo en una pantalla de plasma en algún lugar del universo.

¿Y yo? A mí me ha tocado la lotería. A lo grande. Tengo a Paul. Una joya en cualquier época.

¿Quieren saber lo que pasa cuando cambio a mi viejo cuerpo? ¿Si Paul amará a una chica del siglo XXI con arrugas y unos kilos de más? Eh, he perdido tres kilos viajando por el tiempo; algo es algo. ¿O verá él nuestra relación como una aventura obra del capricho de un antiguo dios egipcio? Yo confío en mi amor por Paul. Además, tengo mi propia magia negra. Y no es la caja de bombones entre mis piernas.

La fantasía puede haber acabado, pero aún queda otra cosa.

La joie de l'amour
(Alegría del amor)

*Ella llena mi vida como el aire, cargado
del olor a madreselva. Y llena mi alma
insaciable de anhelo de identidad.*

Charles Baudelaire
(1821-1867)

Capítulo 21

París, hoy

La pesada puerta azul de su estudio de arte crujió cuando la abrió Paul. Se preguntó qué iba a encontrar allí. ¿Algo que dijera que Paul Borquet había vivido allí más de cien años antes?

El fuerte olor a óleos y aguarrás le dijo que las habitaciones habían sido alquiladas a lo largo de los años a otros artistas; además, olía también a hongos y madera podrida. Autumn lo siguió cuando se aventuró en el estudio del segundo piso, donde el suelo duro de madera crujió bajo sus pies y donde el hedor de muchas noches de pasión era tan espeso como el aire de la primera noche que le había hecho el amor, atada al diván con cordones de seda.

No dijeron nada mientras miraban a su alrededor. Apartaron varias sillas rotas, cajas con cosas rotas, ropa, paletas rotas y una caja llena de tubos de pintura seca. Paul sonrió. En cuanto pudiera, haría el amor con Autumn de mil maneras, con él encima, luego con ella inclinada y él penetrándola desde atrás; después en el borde la cama, insertando su pene con embestidas rápidas hasta que el clítoris de ella estuviera al borde del orgasmo y explotara en convulsiones de placer. Le gustaba la idea de mezclar sus jugos con los óleos en ese siglo nuevo para crear obras de arte nuevas. Siempre había dicho a sus amigos pintores que el futuro del arte estaba en un rostro de mujer. Simplemente no sabía entonces que tendría una oportunidad en ese futuro. Y no pensaba desperdiciarla.

Miró a su alrededor. El único mueble que quedaba en el estudio era un diván roto, con el relleno separado del armazón, colocado contra una pared, como si el último ocupante hubiera pasado mucho tiempo mirando por la ventana. Paul se sentó en silencio. Autumn se sentó a su lado. Habían pasado varias semanas desde el terrible fuego y ella no se había apartado nunca de él. Paul agradecía su presencia, su comprensión, su ayuda en ese mundo nuevo que le fascinaba, a veces le frustraba y siempre le despertaba admiración. Ella era su mayor alegría. *Sa joie de l'amour.* ¿Y por qué no? Se había llevado una agradable sorpresa cuando, al entrar en el mundo de ella, se había encontrado con esa criatura exuberante en los brazos. Autumn ya no era una chica, sino una mujer, con curvas y sensual, un paraíso de delicias donde un hombre podía enterrar sus miedos y, con la ayuda de ella, descubrir su verdadero significado en la vida. No podía pedir más.

Cuando salieron corriendo de la casa en llamas del distrito de Marais, los bomberos no estaban preparados para ver a un hombre y una mujer salir así de la casa, con la ropa prácticamente abrasada. Y ellos no podían explicarles quiénes eran ni de dónde venían. Aunque sorprendido y confuso, Paul casi conseguía creer que Autumn había logrado de algún modo arrastrarlo con ella hasta su mundo.

Después de eso, todo había ocurrido muy deprisa. A él lo habían llevado a un hospital moderno y enganchado a máquinas extrañas. Autumn lo convenció de que se tomara las medicinas que le quitaban el dolor e hiciera caso a los doctores que lo visitaban. Después había pasado a un hospital especial, donde había pasado semanas recuperándose de las quemaduras de las manos. Todos los días empezaba a pintar lentamente, rezando para que no hubiera perdido su arte, sabedor de que tendría que volver a su estudio de Montmartre para hacer las paces con su pasado antes de concentrarse en el futuro.

Pasó largo tiempo sentado en las sombras gris púrpura con Autumn a su lado, intentando llenarse de la energía creativa que sentía en ese lugar.

Cerró los ojos y respiró hondo, llenándose de los olores familiares del pasado. Olores fuertes, acres. Los olores no le molestaban, pues el estudio era el pulso de su vida y contenía muchos recuerdos. También era el lugar donde podía desprenderse de los efectos de la magia negra, limpiar su mente y purificar su alma. Solo entonces podría seguir adelante y afrontar su destino.

Durante más de cien años, su aceptación en el mundo del arte había estado en una especie de sueño suspendido, como bajo un conjuro. Durante ese tiempo, el mundo del arte se había vuelto loco con sus formas abstractas y su desorden maniaco. Un nuevo orden natural había ido progresando lentamente y él sospechaba que al fin había llegado su momento.

Una bombilla desnuda colgaba sobre sus cabezas en el techo bajo, donde una hilera de espejos los había mirado una vez cuando hacían el amor apasionadamente. Los espejos habían desaparecido, pero el recuerdo perduraba. Solo ella tenía el poder de hacerle olvidar los largos periodos de soledad y oscuridad en su vida.

Encendió la bombilla desnuda con los dedos encallecidos, con intención de probarse que aquello no era un sueño y tocó el rostro de ella con la otra mano.

—Autumn, eres muy hermosa. Y soy muy afortunado por tenerte —la besó en el cuello.

—Te quiero —repuso ella. Gimió de placer cuando él la besó en el cuello—. Pero me gustaría haber conservado mi estupendo cuerpo —confesó con una sonrisa.

—¿Qué quieres decir? Yo adoro tu cuerpo. Tus pechos llenos... —los tomó en sus manos y pellizcó los pezones—. La cintura, las caderas, todo.

—Calla —se burló ella. Le puso los dedos en los labios—. ¿Quién sabe qué fantasmas pueden estar escuchando?

Él le besó los dedos y ella se echó a reír.

—Cuidado —dijo él—. Si te sigues burlando, no podré contenerme y te haré el amor con más pasión todavía que hace cien años —le dio una serie de besos por todo el cuello—. Puedo hacerte rabiar con mi pene, ponértelo entre las piernas o penetrarte un poco para apartarme luego.

—Tú no me torturarías de ese modo.

Él sonrió.

—O puedo hacer que te corras con los dedos, con la punta de mi pene en tu clítoris y luego hacer que te corras otra vez con mi polla bien dentro.

—Hum. Eso me gusta más.

—Bien. Será un placer... nunca mejor dicho.

—¡Oh, Paul! Me gustaría que pudiéramos quedarnos aquí siempre —Autumn apoyó la cabeza en su hombro y él captó el olor a mimosa de su pelo.

—¿Por qué no arreglamos este sitio viejo y lo convertimos en nuestra casa? —preguntó—. Desde el tejado hay unas vistas maravillosas de la ciudad: aceras brillantes de piedra, tejados de tejas azules al amanecer, un castaño cuyas ramas se agitan con la brisa de la tarde y, en la distancia, el Sena.

—Y tú puedes pintar todo el día y toda la noche sin parar.

—Solo para hacerte el amor —susurró él—. Para murmurarte mi deseo insaciable de follarte y llenarte por completo, con tu cuerpo moviéndose a juego con el mío en medio de oleadas de placer, pero sabiendo siempre que mi hambre de ti no se calmará nunca.

Ella guardó silencio un momento.

—¿Echarás de menos tu vieja vida, Paul?

Él respiró hondo.

—El amor es una gran medicina. Mirándote a los ojos, puedo olvidar mi pasado...

Se interrumpió con tristeza y la miró a los ojos. Quería decir más, pero guardó silencio. Sus viejos amigos, Gauguin, Monet, Degas... todos muertos. Toda la gente a la que conocía había muerto. Hasta su hermanastro el duque. Era raro que pensara en él en ese momento. Autumn había hecho lo que llamaba «una búsqueda por internet» y había averiguado que el duque de Malmont se había recuperado de sus heridas, regresado a Inglaterra y vivido hasta una edad avanzada. Nunca había vuelto a París.

Paul respiró hondo. Sus pensamientos debían abandonar el pasado. El futuro era de ellos, solo con que tuvieran el coraje de agarrarlo. Con Autumn a su lado, su arte era el futuro de los dos.

Había llevado tiempo, pero sus quemaduras se habían curado y él trabajaba mucho. Estaba dispuesto a desafiar al mundo del arte.

—¿Nos vamos, Paul?

—Sí.

Tomó el rollo con los dibujos que había hecho durante su recuperación y lo agarró con fuerza. Con Autumn a su lado, salió del estudio y de su pasado. La niebla de la mañana se había levantado y el sol brillaba en el cielo, tan resplandeciente como su futuro, con las sombras del pasado ya detrás.

—Su antepasado Paul Borquet era muy atractivo, *monsieur* —dice el viejo artista, chupando el filtro de su cigarrillo Gauloise. Señala con la barbilla el autorretrato que hay detrás de él y coloca los cuadros de Paul en su caballete para estudiarlos con atención. Tengo la extraña sensación de que sabe lo de Paul. ¿O es mi imaginación?

—Y un gran amante, *monsieur*, por lo que he oído —comenta Paul, guiñándome un ojo.

Sonrío, y resisto la tentación de contarle al viejo

artista la verdad. Llevo semanas narrando la misma historia: que el relámpago me dejó confusa, salí a la calle y me metí en la mansión de calle abajo, dividida ahora en pisos y Paul me salvó... pero mi madre no se cree ni una palabra.

Aunque no estuve fuera más que una tarde, mi madre está convencida de que tengo una aventura con este guapo artista y no quise decírselo en ese momento. Yo no intento hacerle cambiar de idea.

¿De verdad ocurrió todo lo que he narrado?

Estoy de vuelta en el mismo estudio de arte, de pie delante del autorretrato a tamaño natural. Siempre que miro al guapo impresionista del cuadro y después al hombre sentado a mi lado, veo al mismo hombre, de cabello moreno rizado sobre el cuello de la camisa, ojos azules, hombros amplios y caderas estrechas.

Y, oh, sí, ese trasero maravilloso.

Pero esta vez no soy una novia planta en el altar, sino una futura esposa. En cuanto consigamos unos papeles oficiales, para lo cual usaremos el dinero que hizo Paul vendiendo el collar de perlas de madame Chapet que guardó en su bolsillo, nos casaremos.

Por fin, después de un minuto, habla el viejo artista.

—Tiene usted mucho talento, *monsieur* Borquet, pero con un enfoque del arte muy moderno —declara, y enciende otro Gauloise. Es el tercero en media hora. Parece nervioso.

—*Merci, monsieur*. Mi antepasado también era un hombre que quería experimentar, innovar. Si hubiera vivido, estoy seguro de que se habría pasado al estilo modernista.

El viejo artista está de acuerdo.

—Su uso del color es parecido al de él; sencillo, puro —observa a Paul y luego su autorretrato—. Ha heredado usted su don, *monsieur*; aunque el estilo de usted es más libre y sus colores más intensos. Nunca he visto una visión pictórica tan penetrante.

—¿Entonces expondrá sus cuadros? —pregunto.

—Por supuesto, *mademoiselle* —se dirige a Paul—. Le aseguro, *monsieur*, que el mundo del arte estará pronto a sus pies —recoge los cuadros, los bocetos y toma su chaqueta—. Y ahora tengo que ir a planear cómo vamos a exponer sus cuadros, *monsieur* Borquet. Espere aquí.

Cierra el taller y se marcha con los cuadros, fumando y murmurando para sí sobre el descubrimiento de un genio perdido.

Paul intenta contener su entusiasmo, y no puede. Me abraza y me hace dar vueltas por la habitación.

—Una exposición. ¿Sabes lo que eso significa?

—Que el mundo del arte no se cansará de ti —contesto yo—. Ni yo tampoco.

—No me tientes. Sabes que no puedo decirte que no.

—Pues di que sí.

Él me abraza.

—Eres una seductora. No has cambiado. Así estabas la primera noche que te vi. Pechos redondos, ojos verdes brillantes, tu pelo brillando en la oscuridad. Mi pelirroja —Paul me baja al suelo y señala su autorretrato—. Pero yo era joven y atractivo, ¿verdad?

—Me gustas más ahora.

—¿Oh?

—Sí, ahora eres más sexy.

Le paso los dedos por los muslos, las caderas, el trasero y luego, despacio, por el bulto entre sus piernas, con un calor fuerte creciendo en mi vientre. Deseo a este hombre. Deslizo la mano en su pantalón y le aprieto el pene.

—Arpía —dice él—. Tú estás más hermosa que nunca.

Me encanta oírle decir eso, que me desea como soy ahora.

Llevo la mano a mi espalda y bajo la cremallera del vestido, que dejo caer apartado de mis pechos desnudos. Una fina capa de sudor los cubre, invitando a mordisquear los pezones, duros por el deseo. No llevo sujetador.

Paul abre mucho los ojos y yo guío su mano para que sus dedos toquen mi piel. Tiro de él detrás de la pantalla negra lacada. Suelto un grito de sorpresa al ver una estatuilla egipcia con el pene erecto en un rincón. ¿Cómo ha llegado aquí? O quizá no se fue nunca. Después de todo, es magia negra.

—Mira, Paul, es la estatua del dios Min —la coloco entre mis pechos desnudos—. ¿Qué hago con él?

—Déjalo en su rincón —Paul entierra la cara en mi pelo y me besa el cuello—. No necesito su magia negra. Te tengo a ti.

Sonrío y abrazo a mi guapo artista. Me siento protegida, me siento amada. Pero hay algo más en mi mente.

—Paul, es el dios de la fertilidad. No podemos defraudarlo.

—¿Estás sugiriendo que follemos aquí?

Asiento.

—Si no te importa.

Paul me estrecha con fuerza y baja las manos lentamente por mi cuerpo, haciéndome ronronear.

—Será un placer, *mademoiselle*.

De pie, con el trasero apretado contra la pared, el dulce aroma sensual de mi pubis impregna la atmósfera y los dedos de él separan mis labios; el pulgar frota el botón que brilla en mi interior hasta que grito de placer. Antes de que pueda respirar bien, me penetra con su pene. Levanto las caderas para responder a sus embestidas y nuestros cuerpos se unen en una intensa sensación dual de satisfacción.

Suspiro y saboreo la sensación; su falo palpitante golpea mi punto G con sus embestidas rítmicas y me hace temblar primero y gritar después cuando mi orgasmo empieza y se prolonga por mucho tiempo. Cada palpitación de placer va seguida de otra y otra más, con nuestros cuerpos resbaladizos por el sudor y el embriagador perfume del pasado y el presente mezclándose juntos. Capto una cierta libertad en el aire, como la noche en que bailé el cancán en el Moulin Rouge, cuando el embrujo y la realidad se unieron en una experiencia emocionante.

Mi orgasmo ahora es igual de real; y Paul me abraza, tan real como nuestro futuro juntos.

¿Y Min? ¿Quién necesita un dios egipcio con una erección perenne para sentirse joven? Yo no, yo tengo a Paul. Su erección nunca se para. ¡Y es tan grande!

Ñami, ñami.

TÍTULOS DE LA COLECCIÓN

MEGAN HART
Dentro y fuera de la cama

SARAH McCARTY
Placer salvaje

NANCY MADORE
Cuentos para el placer

JINA BACARR
Placer en París

KAYLA PERRIN
Tres mujeres y un destino

MEGAN HART
Tentada

SARAH McCARTY
La llamada del deseo

AMANDA McINTYRE
Diario de una doncella

www.ingramcontent.com/pod-product-compliance
Lightning Source LLC
LaVergne TN
LVHW091620070526
838199LV00044B/877